# 헤이안의 사랑과 풍류

이세 모노가타리 伊勢物語

고 선 윤

제이앤씨
Publishing Company

만남은 우연이었다. 그리고 결과는 한 권의 책이 되었다.

대학원 첫 학기에 수강한 '일본중고문학연구'에서 나는 『이세 모노가타리』를 만났다. 일본에서 공부를 마치고 귀국하신 김종덕 교수님과의 첫 만남이기도 하다. 이 만남은 나의 운명이었다고 감히 말한다.

고전을 읽는 작업은 상당한 근기와 노동을 필요로 한다. 각종 문헌들 속에서 원문에 대한 다양한 해석을 찾아서 기록하고, 그것들을 조화시켜 나만의 해석을 만들어 나가는 작업이 우선되어야 하기 때문이다. 머리보다는 몸을 더 많이 써야 하는 작업이다. 나는 이 작업이 참 좋았다.

당시 손글씨로 작성한 「이세 모노가타리의 미야비 -초단을 통해서-」라는 보고서를 아직도 가지고 있다. 20년 하고도 몇 년이 더 지난 그 시간의 것이다. '미야비'라는 하나의 키워드를 가지고 마치 엉킨 실타래를 풀듯이 이렇게도 풀어보고 저렇게도 풀어보면서 모노가타리의 매력에 흠뻑 빠졌던 것 같다.

이렇게 시작한 만남이었지만 내가 『이세 모노가타리』를 연구하고 박사논문을 쓰기까지는 20년이 걸렸다. 물론 그 오랜 시간 나는 이것만을 바라보고 있었던 것은 아니다. 20대는 20대라서, 30대는 30대라서 해야 할 일이 있다고 잠시, 잠시……. 그리고 오랜 시간 멀리 도망가 있기도 했다. 사실 이건 모두 핑계다. 논문에 대한 두려움과 무거움 때문에 숨었다고 말하는 것이 솔직하다.

그런데 숨어 있기도 쉽지 않았다. 꿈속에 열두 겹 긴 옷자락을 끌면서 사라지는 헤이안 여인의 뒷모습이 보이는 날에는 화들짝 깨어나 더 이상을 잠을 청하지 못했다.

긴 숨을 내뱉고 '나는 과연 할 수 있을까?' 이런 생각을 할 때, 나에게는 항상 찾아갈 수 있는 곳이 있었다. 바로 김종덕 교수님이시다. 한번도 재촉하지 않았지만 그렇다고 내손을 놓지도 않았다. 언제 찾아가도 반가이 그리고 따뜻하게 맞아주셨다. 그게 힘이었다. 그래서 나는 할 수 있었다.

김종덕 교수님께 제출한 손글씨의 보고서는 결국 석사 논문「이세 모노가타리의 미의식에 관한 일고찰 -미야비를 중심으로-」이 되었고, 박사 논문「이세 모노가타리 연구 -사랑과 풍류를 중심으로-」로 완성되었다.

이 책은 필자의 박사 학위 논문을 부분적으로 수정해서 일본문학 전공자만이 아니라 일반 독자들도 접근할 수 있게 만들고자 했다. 소중한 나의 만남이 하나의 책으로 완성할 수 있도록 허락해주신 제이앤씨 출판사 윤석현 사장님과 김선은 대리께 감사드린다.

2014년 봄을 기다리면서……

고 선 윤

# 목차

*5*

# 범 례

1. 『伊勢物語』의 본문 인용은 다음과 같다.
   - 福井貞助 校注·訳, 『竹取物語 伊勢物語 大和物語 平中物語』
     (新編日本古典文学全集 12, 小学館, 2004)
   - * 인용 부분의 표시는 段, 페이지 순으로 한다.

2. 기타 본문 인용은 다음과 같다.
   - 橘建二 他 校注·訳, 『大鏡』(新編日本古典文学全集 34, 小学館, 1998)
   - 阿部秋生 他 校注·訳, 『源氏物語①~⑥』
     (新編日本古典文学全集 20~25, 小学館, 2004)
   - 小沢正夫 他 校注·訳, 『古今和歌集』
     (新編日本古典文学全集 11, 小学館, 2004)
   - 峰村文人 校注·訳, 『新古今和歌集』
     (新編日本古典文学全集 43, 小学館, 2003)
   - 中野幸一 校注·訳, 『うつほ物語①~③』
     (新編日本古典文学全集 14~16, 小学館, 1999)
   - 片桐洋一 他 校注·訳, 『竹取物語 伊勢物語 大和物語 平中物語』
     (新編日本古典文学全集 12, 小学館, 2004)
   - 山口佳紀 他 校注·訳, 『古事記』
     (新編日本古典文学全集 1, 小学館, 2003)
   - *『源氏物語』『うつほ物語』인용 부분의 표시는 권명, 권수, 페이지 순으로
     한다.

3. 원문 번역은 각종 주석서를 참고해서 필자가 번역한 것이다.

# 헤이안의 사랑과 풍류

이세모노가타리 伊勢物語

# 서 장

# 01
# 『이세 모노가타리』의 성립

　　『이세 모노가타리伊勢物語』는 헤이안 시대平安時代(794~1192) 최초의
우타 모노가타리歌物語[1]이다. 우타 모노가타리란 와카和歌를 중심으로
그 와카가 언제 어디서 누구에 의해 어떤 식으로 읊어졌는지를 이야기
하는 형식의 글이다. 따라서 우타 모노가타리는 구송口誦되고 전승된
와카 설화를 기반으로, '와카'와 그것을 읊는 '인물'에 대한 제시가 있어
야 한다. 가집歌集의 문체가 와카를 전하는 것이라면 모노가타리의 문
체는 어떤 인물이 행동한 사적事績을 전하는 것으로 양자는 구분된다.[2]
따라서 『이세 모노가타리』는 와카를 중심으로 이야기가 펼쳐지고, 각
단마다 '옛날에 남자가 있었다(昔、男ありけり)'라고 주인공을 제시하
는 것으로 시작된다.

　　『이세 모노가타리』에는 125개 단의 짧은 이야기가 있다. 짧은 것은
3행, 긴 것은 수십 행 정도의 글이다. 각 단은 주인공인 남자 '무카시

오토코昔男[3]의 노래를 중심으로, 혹은 증답가贈答歌를 중심으로 이루어진다. 아리와라 나리히라在原業平(825~880)의 와카가 많은 비중을 차지하고 그의 친지나 주변 인물들(伊都内親王, 惟高親王, 紀有常 등)이 등장하지만, 시골 사람을 주인공으로 하는 23단[4]과 같은 이야기도 있다. 따라서 주인공이 반드시 나리히라라고는 할 수 없다. 이른바 125개 단의 이야기 중에는 나리히라와는 전혀 관계가 없는 이야기도 있다. 그러나 성인이 된 남자의 순수한 사랑(초단)에서 시작해서 마침내 세상과 작별하는 아쉬움을 담은 내용(125단)으로 마무리를 하는 흐름은 나리히라의 일대기라고 할 수 있다.[5]

아리와라 나리히라에 대해서는 『일본삼대실록日本三代実録』에 '용모가 수려하고, 방종하다는 말을 들을 정도로 정열적이고, 한문의 재능은 없지만 와카를 잘 지었다'[6]는 기록이 있다. 『이세 모노가타리』의 주인공 남자는 반드시 나리히라 실상이 아니다. 그러나 『이세 모노가타리』를 연구하기 위해서는 그에 대한 지식이 필요하다.

나리히라는 헤이제이平城(在位 806~809) 천황의 제1 황자인 아보 친왕阿保親王(792~842)과 이토 내친왕伊都内親王(桓武天皇의 皇女)의 아들로 황족출신이었지만, 그의 생애는 불우했다.

헤이제이 천황은 헤이안쿄平安京를 도읍지로 정한 간무桓武(在位 781~806) 천황의 장남으로, 33세에 즉위해서 당풍화唐風化를 거부하고 국풍国風 보존을 위한 적극적 정책을 펼친 인물이다. 그러나 병약한 체질 때문에 재위 3년 만에 황위를 동생(嵯峨天皇)에게 물려주고 옛 도읍지인 헤이조쿄平城京로 내려가 은거했다. 이때 후궁인 후지와라 구스코藤原薬子가 부추겨서 다시 천황이 될 욕심을 가지는데, 이것은 모두 실패로 끝나고 결국 헤이제이 상황上皇이 불문에 입도하는 것으로 이 사건

**▌아리와라 나리히라**
(不退轉法輪寺 所藏)

은 마무리된다. 이것이 '구스코의 변薬子の變'이다. 그는 10여 년 간 외딴 곳에서 근신하며 살다가 향년 51세에 생을 마감했다.

그 아들인 아보 친왕은 이 변으로 인하여 810년, 19살이라는 어린 나이에 규슈九州의 유배지로 쫓겨났다.[7] 아보 친왕의 서거를 전하는 『일본 몬토쿠 천황실록日本文德天皇實錄』 842(承和9)년 10월 22일 기록에, 헤이제이 천황 사후에 비로소 아보 친왕의 귀경이 허락됨을 전하고 있다.[8] 이른바 이 사변에 연좌된 친왕의 귀경이 허락된 것은 아버지 헤이제이 상황이 타계한 824(天長元年)년의 일이고 도읍으로 돌아온 것은 그해 겨울 혹은 그 다음 해 초의 일이다. 14년이라는 긴 세월을 유배지에서 보내고, 아버지의 죽음으로 비로소 해방된 아보 친왕은 이토 내친왕을 처로 맞이하고 나리히라를 얻는다. 나리히라의 탄생은 할

아버지 헤이제이 상황이 타계한 바로 다음 해의 일이다.

나리히라의 조상은 부계나 모계나 모두 천황계이다. 명문 중의 명문으로 그의 긍지도 상당했을 것이다. 그러나 앞에서 기술한 바와 같은 이유로 그의 삶은 영화롭지 않았다.

나리히라는 친왕의 아들이지만 826년 '아리와라在原'라는 성姓을 하사받아 신하의 신분이 된다. 이 사실 역시 『삼대실록』에서 읽을 수 있다. 아보 친왕은 '동생 다카오카 친왕高岳親王의 자식들은 이미 성을 하사받았다. 신臣의 자식에게도 차별 없이 성을 하사하기를 청한다'[9]는 글을 천황에게 올리고, 나리히라를 비롯한 그의 자식들은 '아리와라'라는 성을 하사받는다.

당시 성을 하사받는다는 것은 황족에서 밀려나는 그런 부정의 의미만 있는 것이 아니었다. 사실 천황이 성을 내리는 사성賜姓이 시작된 것은, 814년 사가嵯峨(在位 809~823) 천황이 황자 30여 명을 관료의 지위에 앉힌 것에서 비롯된다. 장원莊園의 확대와 더불어 황실 경제가 해마다 증가해서 황족의 생활비를 감당할 수 없게 되었기 때문이다. 이들은 황족으로 있을 때보다 신족으로 내려왔을 때 훨씬 유복한 생활을 할 수 있었다. 왕가의 계통을 뜻하는 '와칸도호리わかんどほり'[10]는, 기품은 있으나 내용은 황량하고 딱딱하고 고풍스러운 인물을 연상시킨다. 따라서 성을 내리는 일은 부정의 의미보다는 특별한 배려라고 할 수 있다.

865(貞觀7)년 3월 나리히라는 우마두右馬頭로 임명되고, 이후 순조로운 승진이 이어졌다. 나리히라만이 아니다. 그의 형제들, 그리고 사촌 아리와라 요시후치在原善渕(高岳親王의 아들)도 마찬가지였다. 이 무렵에는 헤이제이 천황 공양을 위해서 헤이제이 천황의 아들 다카오카

친왕의 저택을 사원으로 개축하고자 하는 청원도 받아들여질 정도가 되었다. 이렇게 아리와라 일족은 구스코의 난이 있고 반세기가 지난 후, 대죄인 헤이제이 천황의 자손이라는 낙인에서 벗어난 것 같다.

『삼대실록』을 보면, 나리히라는 어머니 이토 내친왕을 잃은 그 다음 해(862년)에 종5위상從五位上으로 임명되고 세상을 떠나는 날(880년)까지 줄곧 관인으로서의 길을 걸었다.[11] 그는 38세라는 결코 이르지 않은 나이였지만 그때부터 죽음을 맞이하기까지 약 20년 동안 관료로서의 삶을 살았다.

# 02
# 선행연구

　『이세 모노가타리』는 많은 독자를 가지는 만큼 그 연구사 역시 길고 충실하다. 헤이안 시대에는 『오기쇼奧義抄』와 같은 가학서歌学書에 『이세 모노가타리』 와카 일부의 주해註解가 있을 정도였다. 그런데 가마쿠라 시대鎌倉時代(1185~1333)의 고주古注(『和歌知顯集』, 『冷泉家流伊勢物語抄』 등)는 모든 등장인물에 실존인물의 이름을 대응시키고, 사건 역시 현실의 연호 연월일을 가져다 설명했다. 이른바 '모노가타리'는 실상을 가상의 모양으로 나타내는 것이라고 전제하고, 실상에서는 언제·누구의 일이라는 것을 주석으로 설명했다.

　무로마치 시대室町時代(1336~1573)의 주석은 가마쿠라 시대의 주석 '고주'와 구분하기 위해서 '구주舊注'[12]라고 하는데, 구주는 고주의 황당 무계함을 날카롭게 공격하고 부정하면서 감상적 태도를 명확하게 내세우고 있다. 그래도 『이세 모노가타리』를 나리히라의 실전實傳으로 본다는 점에서는 다를 바가 없다. 이런 경향은 에도 시대江戶時代(1603~1867)에도 이어졌다. 그리고 가다노 아즈마마로荷田春滿가 처음으로 『이세 모노가타리 도지몬伊勢物語童子問』에서 『이세 모노가타리』를 꾸미며서 만든 이야기 '쓰쿠리 모노가타리作り物語'로 받아들였다.

근대 『이세 모노가타리』의 연구는 1930년대 이케다 기칸池田龜鑑의 저서 『이세 모노가타리에 대한 연구伊勢物語に就きての研究』[13]에서 시작된다. 이전까지의 연구가 주석을 중심으로 하는 주관적 연구였다면, 이케다는 전해지는 본문 자료를 객관화하고 완전히 복원한다는 자세에서 시작했기 때문에 획기적이었다.

『이세 모노가타리』는 천년에 걸쳐서 많은 독자를 확보하고 있는 일본 고전문학의 대표작으로 후대 문학에 끼친 영향 역시 막대하다. 그러나 『이세 모노가타리』가 어떻게 성립했는가에 대해서는 알려진 바가 없다. 이케다 기칸은 앞에서 소개한 책에서 『이세 모노가타리』는 『나리히라슈業平集』[14]에서 비롯되었다는 주장[15]을 하였고, 이것이 학계의 통설이 되었다. 이른바 『이세 모노가타리』의 모체로서 『나리히라슈』가 있었다는 것인데, 오쓰 유이치大津有一[16]와 후쿠이 데이스케福井貞助[17]도 같은 주장을 했다.

한편 가타기리 요이치片桐洋一는 『이세 모노가타리』의 모체가 『나리히라슈』라는 점을 부정하고, 적어도 3번 이상 50년 이상에 걸쳐서 보태고 다듬어지면서 성장했다는 '단계적 성장'[18]을 주장했다. 이른바 나리히라의 가집이나 집안에 전해지는 이야기를 후대의 사람이 보태고 다듬어서 단계적으로 현재의 125개 단으로 성장했다는 가설이다. 이에 대해서 후쿠이와 야마타 기요이치山田淸市,[19] 이시다 조지石田穰二[20]는 단계적 성립이 아니라 동시 성립이라는 주장을 하면서 논쟁을 벌이고

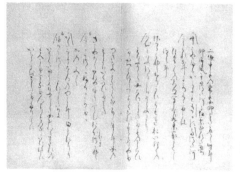
『業平集』
(宮內廳書陵部 所藏)

있다. 가라시마 도시코辛嶋稔子[21]는 가타기리 설에 입각해서 국어학적 분석을 시도했는데, 역시 후쿠이와 야마타로부터 비판을 받았다.

근년에는 와타나베 야스히로渡辺泰宏[22]가『이세 모노가타리』성립에 『나리히라슈』를 이용하는 것은 부당하다는 논을 치밀하게 전개해서 주목을 받고 있다. 이렇게『이세 모노가타리』의 성립에 대해서는 아직 도 정설이 없고 가설만 있을 뿐이다. 따라서『이세 모노가타리』는 아 리와라 나리히라의 노래와 그에 관한 일화를 바탕으로 혹은 그것을 중심으로 확대해서 만들어나간 우타 모노가타리라고만 말할 수 있을 것 같다.

『이세 모노가타리』의 주인공 '무카시 오토코'에 대한 연구는 실존 인물 나리히라와의 관계 속에서 많이 논의 되고 있다. 쓰노다 분에이角 田文衛는 주변자료들을 가지고 '동쪽 지방으로의 유리東下り', '니조 황후二 条后와의 사랑', '이세사이구伊勢齋宮와의 밀회' 등을 긍정적으로 받아들 였는데,[23] 이치하라 스나오市原愿[24]를 비롯한 학자들의 반론도 많다.[25] 메자키 도쿠에目崎徳衞는 체면이나 관습에 얽매이지 않아서 분방하다는 평가를 받는 두 사람, 이른바 실존의 나리히라와『이세 모노가타리』의

주인공을 후인들이 결부시켜서 하나로 보았다고 설명했다.[26]

『이세 모노가타리』의 주제에 관한 연구도 활발하게 이루어졌는데, 그 중심은 '미야비'에 관한 연구이다. 1940년부터 시작된 엔도 요시모토遠藤嘉基,[27] 오카자키 요시에岡崎義惠,[28] 오가와 다마키小川環樹[29]의 선구적 연구 업적은 1973년 이누쓰카犬塚旦의 「미야비고みやび攷」[30]에 정리되어 있다.

이후 주인공의 말과 행동 그리고 그 마음에 주목한 와타나베 미노루渡辺実는 때와 장소, 나와 상대의 인간관계, 상대가 나에게 무엇을 기대하고 있는가 등 여러 조건을 고려해서 '세련된 말과 행동을 만들어 내는 마음의 움직임이 '미야비'인데, 『이세 모노가타리』가 이것을 개척했다'고 주장했다.[31]

가타기리 요이치片桐洋一는 속세의 욕심을 버리고, 고상하고 우아한 세계에서 살고자 하는 것을 의미하는 '미야비'의 한자어(風流·雅·閑)에 주목했다. 그는 궁중 관료로서의 생활을 초월해서 자유롭게 세월을 보내며 아름다운 것을 추구하는 소위 '정신적 자유'가 '미야비'의 실체라고 했다.[32] '미야비'란 사회적·경제적 안정 위에 구축된 것이라고 하지만, 이것을 잃는다고 '미야비'마저 잃는 것은 아니다. 그 가운데 '미야비'를 고집하는 자세가 순수한 규범으로 솟아난다. 이런 역설逆說로서의 '미야비'야말로 『이세 모노가타리』가 말하고자 하는 새로운 미적이념이라고 설명한다.[33]

아키야마 겐秋山虔은 '미야비'에 관한 여러 견해를 서로 모순되는 것으로 보지 않았다. 아키야마는 초단에 초점을 맞추고, 자신의 행동을 와카和歌라는 언어의 질서로 전위하여 마음을 드러내는 태도가 '미야비'라고 했다.[34] 주인공의 생각은 와카로 표현됨으로써 비로소 상대방과 공유할 수 있게 된다고 주장했다. '세속적, 일상적 생활 위상에서는 성립하기 어려운 마음의 흐름을 와카로 절실하게 구하는 '미야비' 문학으로, 『이세 모노가타리』의 세계는 창조되었다'는 주장이다.[35] 또한 '미야비'는 일면적一面的 풍류가 아니라 그 내부에 호색성과 도덕성이라는 '부정하는 양의성'을 가지고 있다고 했다.[36] 기쿠타 시게오菊田茂男도 와카와 관련해서 양의성을 중시했다.[37]

한편 이시다는 '미야비'를 이념화해서 작품 해명의 지표로 삼는 것에 의문을 제시하고, 각 단의 주석에 중점을 두어야 한다고 경고했다.[38]

우리나라에서는 『이세 모노가타리』 그 자체보다는 『겐지 모노가타리源氏物語』의 선행 작품으로 연구의 대상이 되었는데, 최근에는 『이세 모노가타리』 그 자체에 관심을 가지고 학위 논문을 비롯해서 학회 논문 등이 다수 발표되고 있다. 민병훈의 「이세 모노가타리를 통해서 본 고대의 관동」,[39] 이상경의 「이세 모노가타리에 나타난 대치적 구성에 관한 연구」[40]를 비롯해서 김임숙의 주석서에 관한 다수의 논문이 꾸준히 발표되고 있다.

# 03
# 연구 목적과 방법

『이세 모노가타리』는 아리와라 나리히라의 일대기적 성격을 가지고 있다고 하지만, 125개의 각각 다른 독립된 장단으로 이루어져 있어서 그 주제 역시 다양하다. 또한『이세 모노가타리』의 주인공인 나리히라는 반드시 실존인물 나리하라의 실상을 의미하지 않는다. 그러나 필자는 실존인물 아리와라 나리히라의 모습을 무시할 수 없다고 생각한다. 더 나아가 그가 살았던 헤이안 시대의 역사적 사건, 그를 둘러싼 인물들 등 크고 작은 요소들을 결코 무시할 수 없다. 따라서 이 책에서는 '무카시 오토코'를 이야기함에 있어서 나리히라의 실상을 동시에 살펴겠다. 나리히라를 둘러싼 이러한 배후의 이야기들은『이세 모노가타리』의 주인공 남자를 이해함에 있어서, 그의 사랑과 풍류를 이해함에 있어서 항상 뼈대 역할을 하고 있다고 본다.

다시 말해서『이세 모노가타리』의 주인공인 남자 '무카시 오토코'는 나리히라의 실상을 의미하지 않는다. 어떤 특정한 미의식에 의해 여과된 당시의 이상적 인간상을 말한다. 여기서 '미의식'이란『이세 모노가타리』의 주제라고도 할 수 있는 '미야비'를 뜻한다.『이세 모노가타리』의 주인공은 바로 '미야비'를 대변하는 이상적 인간상이다.

『이세 모노가타리』의 나리히라는 헤이안조平安朝의 미의식에 의해서 만들어진 이상적 인간상으로, 이른바 '미야비'의 대표적 인물이다.『이세 모노가타리』역시 '미야비'를 대표하는 작품이다. 따라서 이 책에서는『이세 모노가타리』전반에 깔려있는 미의식인 '미야비'를 의식하면서, 사랑과 풍류를 중심으로『이세 모노가타리』를 연구하겠다.

헤이안 시대에는 후궁을 중심으로 하는 화려한 궁중 문화가 전성기를 이루는데, 이것은 귀족사회 전체에 교양과 세련미를 요구했다. 따라서 헤이안 귀족의 생활은 그 자체가 궁정풍의 우아하고 세련된 풍류 '미야비'의 실현이었다. 당시 '미야비'의 용례가 많지 않은 이유도 헤이안의 귀족은 생활 속에서 이미 '미야비'를 구현하고 있어서 더 이상 이 단어를 표면화할 필요가 없었기 때문이라 사료된다.

이 책에서는 먼저『이세 모노가타리』의 미의식, 이른바 궁정풍의 우아하고 세련된 풍류 '미야비'와 이상적인 풍류인 '이로고노미'를 기술하고, 이어서『이세 모노가타리』이야기 속에서의 사랑과 풍류를 규명해보겠다.

『이세 모노가타리』의 주인공 남자는 125개 단 속에서 다양한 모습을 연출한다. 성인식을 필두로 시작하는 이야기는 죽음을 예감하는 노래를 읊는 것으로 막을 내린다. 남자는 사랑, 우정, 사교의 주인공으로 무대의 중심에서 열정적으로 그리고 순수하게 자신의 삶을 영위한다. 이루지 못한 사랑을 아파하고 자신이 살 곳을 찾아 동쪽 지방으로 떠나기도 한다. 그리고 작품의 후반부에서는 '노인翁'이 되어 등장한다. 이 책에서는 이런 이야기들 속에서 사랑과 풍류가 어떻게 그려지고 있는지 하나하나의 이야기 속에서 규명해 나가겠다.

좌절과 괴로움만 남기는 사랑이지만 진실되고 순수한 마음의 사랑은 그 자체가 『이세 모노가타리』의 사랑이고 풍류라고 할 수 있다. 고레타카 친왕에 대한 변함없는 마음과 속세에서 멀리 떨어진 암자에서 느낄 수 있는 자유로움 역시 또 하나의 사랑이고 풍류라고 할 수 있다. 헤이안 귀족의 생활은 그 자체가 궁정풍의 우아하고 세련된 풍류 '미야비'의 실현이었다고 볼 때, 도읍을 의미하는 '미야코都'는 '미야비'의 전제조건이라고도 할 수 있다. 따라서 도읍을 떠나는 '동쪽 지방으로의 유리'에서도 풍류, 즉 '미야비'와 '반反미야비'를 이야기할 수 있겠다. 그리고 옛날의 젊은이를 기억하는 오늘날의 노인翁의 삶에서는 사랑도 풍류도 추억일 뿐이다. 젊은 날 추억 속의 사랑과 풍류를 기억하는 것으로 『이세 모노가타리』의 또 하나의 풍류를 이야기하겠다.

따라서 이 책에서는 『이세 모노가타리』 전반에 깔려있는 미의식 '미야비'를 의식하면서 등장인물의 사랑과 풍류를 중심으로 『이세 모노가타리』를 고찰하겠다. 『이세 모노가타리』의 본문 인용은 福井貞助 校注・訳, 『竹取物語 伊勢物語 大和物語 平中物語』(新編日本古典文学全集 12, 小学館, 2004)로 한다. 인용 부분의 표시는 단, 페이지 순으로 한다.

1 和歌를 중심으로 그 和歌가 언제 어디서 누구에 의해서 어떤 식으로 읊어졌는지를 말해주는 歌物語의 형식은 『古事記』, 『日本書紀』, 『万葉集』에서도 보이는데, 문학사상에서는 『伊勢物語』를 비롯해서 『大和物語』, 『平中物語』를 지칭한다.

2 「歌集の文体はあくまで和歌を伝えるためのものであり、物語の文体は人物の事績を伝えるためのものであるという相違は厳として存在し、その両者を混同することはなかったのである。」(片桐洋一, 『伊勢物語研究 [研究篇]』, 明治書店, 1991, p.8)

3 『伊勢物語』의 각 단은 대부분 '昔男ありけり'로 시작된다. 따라서『伊勢物語』는 昔男의 이야기라고 할 수 있다.

4 23단 筒井筒

5 『伊勢物語』는 業平의 일대기 형식이므로 『在五が物語』또는『在五中将日記』라고도 한다. 在五란 業平를 가리킨다. (吉田精一, 『日本文学鑑賞辞典』, 東京堂出版, 1975, p.20)

6 清和・陽城・光孝天皇의 삼대의 역사를 기술한 史書『日本三代実録』의 元慶四年(880) 五月二十八日条에「業平体貌閑麗。放縦不拘。略無才学。善作倭歌」라는 기록이 있다.(藤原時平 等奉勅撰, 『日本三代実録』, 国史大系刊行会, 1929, p.475)

7 小町谷照彦, 「業平」(『国文学』, 学灯社, 1993. 10) p.36

8 承和九年(842)十月二十二日条「親王坐此倉卒之変出大宰員外師。経十余年。至天長之初。特有恩詔。令得入京。」(藤原時平 等奉勅撰, 『日本文徳天皇実録』, 国史大系刊行会, 1929, p.147)

9 元慶四年(880)五月二十八日条「天長三年親王上表曰。无品高岳親王之男女。先停王号。賜朝臣姓。臣之子息未預改姓。既為昆弟之子。寧異歯列之差於是。詔仲平行平守平等。賜姓在原朝臣。」(藤原時平 等奉勅撰, 『日本三代実録』, 国史大系刊行会, 1929, p.475)

10 「わか」は「若」、「んどおり」は系統・血統の意の「とおり」に接頭語「み」の付いた「みとおり(御裔)」の変化したものか。一説に、「わか」は「王家」の変化とも。皇室の血統。皇族。皇族の女子からの出生であること。また、その人。

11 元慶四年(880)五月二十八日条「貞観四年三月授従五位上。五年二月拝左兵衛佐。数

年遷左 近衛権少将。尋遷右馬頭。累加至従四位下。元慶元年遷為右近衛権中将。明年兼相摸権守。後遷兼美濃権守。」(藤原時平 等奉勅撰, 『日本三代実録』, 国史大系刊行会, 1929, pp.475~476)

12 鎌倉時代의 주석을 古注라고 하는데 대해, 室町時代의 주석을 旧注라고 구분한다. 一条兼良의 『伊勢物語愚見抄』, 肖柏의 『伊勢物語肖聞抄』, 宗長의 『伊勢物語宗長聞書』, 三条西実隆의 『伊勢物語直解』, 清原宣賢의 『伊勢物語惟清抄』, 細川幽斎의 『伊勢物語闕疑抄』 등이 있다.

13 池田亀鑑, 『伊勢物語に就きての研究-研究編』, 大岡山書店, 1934

14 「現存『業平集』の祖として想定される『業平集』から『伊勢物語』の原形が形成されたとする。」(高田祐彦, 「研究の現在」, 『伊勢物語必携, 別冊国文学』 34号, 学灯社, 1988, p.176)

15 「伊勢物語の源流はこれを歌集たる業平集に求むべく、業平集を中心として先つ原始的歌物語の第一次伊勢物語が編纂され、更に後人の手によって敷衍され、より完備せる物語的形式に改編せられたものが第二次伊勢物語であると推測される。かく物語文の発生はこれを形式的方面より考察すれば、まさしく和歌の詞書の延長といふ点に認められるのである。」(池田亀鑑, 『伊勢物語に就きての研究-研究編』, 大岡山書店, 1934, p.594)

16 大津有一, 「伊勢物語の原本について」(『国語と国文学』, 東京大学国語国文学会, 1931)

17 「伊勢物語はもと歌集一業平集であった。そしてその歌集は、春をはじめとして、大体四季、恋、雑、賀、哀喪等の配列を以て、不完全ながら整えられんとした形の歌集であったと考える。」(福井貞助, 『伊勢物語生成論』, 有精堂, 1965, p.223)

18 片桐洋一, 『伊勢物語 大和物語』, 鑑賞日本古典文学 5, 角川書店, 1981, pp11~15 참조

19 山田清市, 『伊勢物語の成立と伝本の研究』, 桜楓社, 1972
山田清市, 『伊勢物語校本と研究』, 桜楓社, 1977

20 石田穣二, 『新版伊勢物語』, 角川文庫, 1979

21 辛嶋稔子, 「伊勢物語の三元的成立の論」(『文学』, 岩波書店, 1961)

22 渡辺泰宏, 「在中将集・雅平本業平集考 -その性格と伊勢物語の成立に関する試論」(『国語と国文学』, 東京大学国語国文学会, 1983)

23 角田文衛, 『王朝の映像』, 東京堂出版, 1970

24 市原愿, 「業平東下り論攷 -角田氏説の問題点について-」(『文学語学』73, 全国大学国語国文学会, 1974. 10)

25 鷲山樹心, 「伊勢物語私見」(『文芸論叢』9, 大谷大学, 1974)
今井源衛, 『在原業平』(王朝の歌人 3, 集英社, 1985)

26 目崎徳衛, 「在原業平の歌人的形成」(『平安文化史論』, 桜楓社, 1968)

27 遠藤嘉基, 「風流攷」(『国語国文』, 京都大学国語国文学会, 1940)

28 岡崎義恵, 「みやびの伝統」(『文学』, 岩波書店, 1943)

29 小川環樹, 「風流の語義の変化」(『国語国文』, 京都大学国語国文学会, 1951)

30 犬塚旦, 「みやび攷」(『王朝美的語詞の研究』, 笹間書院, 1973)

31 渡辺実, 『伊勢物語』(新潮日本古典集成, 新潮社, 1990) p.153

32 片桐洋一, 「伊勢物語根本」(『源氏物語とその周辺』, 古代文学論叢, 武蔵野書院, 1971) p.27

33 三田村雅子, 「みやび・をかし」(『国文学』, 学灯社, 1985. 9) p.52

34 秋山虔, 「伊勢物語みやびの論」(『国文学』, 学灯社, 1979)

35 秋山虔, 『王朝文学空間』, 東京大学出版会, 1987, p.67

36 秋山虔, 「みやびの構造」(講座日本思想 5, 東京大学出版会, 1984)

37 菊田茂男, 「みやびとことば」(『国文学』, 学灯社, 1983)

38 石田穣二, 『新版伊勢物語』, 角川文庫, 1979

39 민병훈, 「伊勢物語를 통해서 본 고대의 関東」(『日本文化学報』, 한국일본문화학회, 2006)

40 이상경, 「伊勢物語에 나타난 대치적 구성에 관한 연구」(『日本学報』, 한국일본학회, 1996)

# 제1장
# 풍류로서의 '미야비'

伊勢物語畫帖(個人所藏)

『이세 모노가타리伊勢物語』는 아리와라 나리히라在原業平의 일대기라고 하는데, 여기서 나리히라는 반드시 실존인물의 실상을 의미하지 않는다. 어떤 특정한 미의식에 의해 만들어진 당시의 이상적 인간상을 대변한다. 특정한 미의식이란 바로『이세 모노가타리』의 주제라고도 할 수 있는 '미야비'[1]를 뜻한다. 스즈키 지타로鈴木知太郎는『이세 모노가타리』의 주인공 나리히라가 '미야비'를 중심으로 하는 이상적 인물상이라고 논한 바 있다. 또한 '실제의 나리히라와 모노가타리 허상의 나리히라가 하나가 되어서, 헤이안 초기부터 귀족문예 속에서 살아있는 풍류인 본류로서의 나리히라상像을 만들었다'고 덧붙였다.[2]

그런데 헤이안 시대 '미야비'의 대표적 작품으로 인식되고 있는『이세 모노가타리』에도 '미야비'의 용례는 초단 한군데에 불과하다. 당대의 다른 작품 속에서도 그 용례는 많지 않다.[3] 이것은 당시 귀족들의 생활 속에 '미야비'가 자연스럽게 실현되고 있어서[4] '미야비'라는 단어를 굳이 쓸 필요가 없었기 때문이라고 생각한다. 따라서 '미야비'의 의미를 하나의 개념으로 규명하기는 쉽지 않다. 이 글에서는『이세 모노가타리』의 풍류, '미야비'를 와카를 중심으로 규명해보겠다.

# 01
# 헤이안 남녀의 '미야비'

　헤이안 시대는 794년 헤이안쿄를 도읍으로 정하면서 시작되는데, 궁
중을 중심으로 우아하고 섬세한 정취를 자아내는 귀족 문화가 그 전성
기를 맞이한다. 중국과의 관계가 소홀해지고 대신 일본 문자인 가나仮
名가 성립되는 등 국풍문화国風文化가 꽃을 피우면서 왕조의 귀족과 여
류작자가 이 시대 문학의 주체가 된다. 이런 시대적 배경 속에서 한시
에 대응하는 '야마토 우타' 즉 일본의 시가 '와카和歌'[5]가 부흥했다. 5·
7·5·7·7의 31자로 된 정형시 와카는 905년 칙찬가집勅撰歌集인『고
킨슈古今集』가 편찬되면서 남녀의 의사전달 혹은 교제 수단으로 발달
한다. 가나문자의 발명으로 여성도 와카를 읊고 읽을 수 있게 되었기
때문이다. 와카는 귀족 집안에서 자녀교육의 필수과목이 되었고, 귀족
사회의 일상생활에 널리 보급되어 문화생활의 중심이 되었다.
　특히 남녀 간의 만남의 장소에서 자유로운 연애감정을 달리 표현할

수 없었던 당시에는 와카를 이용해서 사랑하는 마음을 대변했다. 극도로 정형화된 짧은 문장 속에 감정을 이입해야 하기 때문에 얕은 문학적 소양이나 교양으로 좋은 노래를 만드는 일은 쉬운 일이 아니었다. 그래서 와카의 가치는 높아졌고, 와카에 능수능란한 사람은 그것만으로도 좋은 평가를 받았다.

필자는 '남녀 간의 만남'이라는 표현을 썼는데, 당대의 명확하지 않은 혼인 제도를 생각하면 남녀 간의 만남은 바로 헤이안 시대의 혼인과도 무관하지 않은 것으로 사료된다. 헤이안의 여성과 가족을 연구한 허영은이 '헤이안 문학을 이해하는 데 있어서 최대의 어려움은 당시의 애매한 혼인습속과 가족제도이다'[6]라고 할 정도로 헤이안 시대의 작품을 이해하는 데 있어서 당대 남녀의 만남, 즉 혼인을 이해하는 일은 쉬운 일이 아니다.

다카무레 이쓰에高群逸枝의 일부다처설과 구도 시게노리工藤重矩의 일부일처(정확히는 一夫一妻多妾)설, 그리고 다카무레의 입장을 계승하면서 부분적으로 구도의 입장을 받아들이는 설 등 헤이안 시대의 혼인 형태에 대해서는 아직도 명확한 정의가 내려지지 않은 상황이다.[7] 사실 당시의 혼인 제도를 이해하기 위해서는 일부다처나 일부일처만의 문제가 아니라 주거, 모계, 부계, 시대적 변화 등등 많은 요인들을 고려해야 한다. 그런데 여기서 중요한 사실은 남녀의 만남에서부터 구혼과 혼인에 이르기까지 와카는 항상 그 중심에 있었다는 점이다.

헤이안 시대 남녀의 만남은 대개 남자가 재색을 겸비한 여자에 대한 소문을 듣고 그 여자의 집에 구혼의 내용을 담은 와카 '요바이부미よばい文'를 보내면, 여자가 그 와카에 대한 답장을 하는 것으로 시작된다. 이후 남자가 여자의 집에 드나들게 되고, 그 드나듦으로 인해서 결혼이

▌ 헤이안 남녀의 만남에서 혼인에 이르기까지 와카는 항상 그 중심에 있었다.
奈良絵本竹取物語(東北大学附属図書館 所藏)

성립된다.

남녀 관계의 첫 단계는 이렇게 와카를 주고받는 것으로 시작된다. 『이세 모노가타리』는 많은 사랑이야기를 담고 있는 만큼, 이런 류의 와카를 중심으로 이야기가 전개되는 단이 적지 않다. 『이세 모노가타리』의 시작인 초단부터 그렇다.

따라서 당시 귀족사회 전반에 걸쳐서 와카에 관한 교양이 요구되는 것은 당연한 일이었다. 이것은 남자만이 아니라 여자에게도 요구되었다. 헤이안 시대의 여성에게는 남성에 비해서 교육의 기회가 동등하게 주어지지 않았지만, 와카에 대한 교육만은 가정에서 철저하게 이루어졌다. 『마쿠라노소시枕草子』 제21단에 무라카미村上(在位 946~967) 천황의 후궁 센요덴뇨고宣耀殿女御가 아버지 고이치조 좌대신小一條左大臣으로부터 받은 교육에 관한 기록이 있는데, '첫째는 붓글씨를 배우도록 해라. 둘째는 와곤和琴(거문고와 비슷한 일본 고유의 악기)을 다른 사

람보다 잘 켤 수 있도록 해라. 셋째는『고킨슈』20권을 다 암기해서
학문의 표본으로 삼도록 해라'라는 내용이다.[8]

　이와 같은 기록이『오카가미大鏡』에도 있다.

　　모로스케의 딸은 무라카미 천황 때의 센요덴뇨고인데 그 용모는 정말
　　아름답고 사랑스러웠다 …(중략)… 천황은 너무 총애해서
　　　'살아서도 죽어서도 비익조가 되어 떨어지지 말자구나'
　　라고 읊자,
　　뇨고는 답가로
　　　'당신의 말씀만 변하지 않는다면 나도 연리지가 되어 언제까지라
　　　도 함께 하겠습니다'
　　『고킨슈』를 암기하고 있다는 말을 들은 천황은, 책을 숨겨서 뇨고에
　　게는 보이지 않게 한 다음 '와카란 무엇인가'를 시작으로 노래의 처음
　　부분을 말하고 그 이어지는 부분을 물으니 머리말이나 와카나 틀리는
　　곳이 한 곳도 없었다.
　　御女、村上の御時の宣耀殿女御、かたちをかしげにうつくしうおは
　　しけり。…(中略)… 帝、いとかしこくときめかさせたまひて、かく
　　仰せられけるとか。
　　　生きての世死にての後の後の世も羽をかはせる鳥となりなむ
　　御返し、女御、
　　　あきになることの葉だにも変はらずは我もかはせる枝となりなむ
　　「古今うかべたまへり」と聞かせたまひて、帝、こころみに本をかく
　　して、女御には見せさせたまはで、「やまとうたは」とあるをはじめ
　　にて、まづの句のことばを仰せられつつ、問はせたまひけるに、言
　　ひたがへたまふこと、詞にても歌にてもなかりけり。

　　　　　　　　　　　　　　　　　　　　　　　　　　（天の卷, pp.117~118)

센요덴뇨고는 용모가 아름다웠을 뿐 아니라 당나라의 시인 백거이의 '하늘에서는 비익조가 되고 땅에서는 연리지가 되도다(在天願作比翼鳥, 在地願爲連理枝)'라는 장한가長恨歌에 대한 지식도 있었던 것 같다. 무라카미 천황은 그녀가 『고킨슈』 20권 1100여수의 와카를 다 외우고 있는지 직접 확인했다는 것으로 보아 당시 여성의 교양에 대한 의식을 짐작할 수 있다. 센요덴뇨고의 일화만이 아니라 여성의 교양에 대한 기록은 『가게로 일기蜻蛉日記』, 『우쓰호 모노가타리ぅつほ物語』의 「축제의 사신祭りの使 권」, 그리고 『곤자쿠 모노가타리今昔物語』에서도 찾아볼 수 있다. 즉 헤이안 시대의 여성은 교양으로 가나・음악・와카를 익혀야 했는데, 이것은 남녀의 만남에 있어서 필수 교양이었다.[9] 특히 와카는 여성에게도 중요한 덕목으로 요구되었다.

남자가 먼저 와카를 보내고, 이어서 여자가 답가를 보내는 것으로 비로소 남녀의 만남이 시작된다. 그런데 『이세 모노가타리』에는 구애를 받아도 나이가 어려서 편지를 제대로 쓰지 못하고 사랑의 표현도 하지 못하는 여자를 대신해서 집주인이 편지를 써주고 그녀에게 베껴 쓰게 했다는 내용이 107단에 있다. 여기서 집주인은 모노가타리의 주인공 즉 나리히라를 가리키고, 여자는 신분이 귀한 집에서 일을 하는 시녀를 가리킨다. 남자는 주인이 대필한 답가라는 사실을 알고 있었는지 몰랐는지 여하튼 그 글에 탄복하고 인연을 맺는다.

먼저 남자가 '장마비처럼 끊임없이 흘러내리는 눈물은 강으로 흘러들어 소매만 적실 뿐 만날 방법이 없습니다(つれづれのながめにまさる涙河袖のみひちてあふよしもなし)'라는 와카를 보내자, 여자를 대신해서 집 주인은 다음과 같은 와카로 답한다.

'물이 얕아서 소매만 젖습니다. 눈물의 강에 몸이 떠내려갈 정도가 되면 그때는 당신에게 의지하겠습니다'
あさみこそ袖はひつらめ涙河身さへながると聞かば頼まむ

대필한 것이기는 하지만 '소매가 젖을 정도가 아니라 몸마저 떠내려갈 정도로 눈물을 흘리신다면 그때는 당신을 만나겠다'는 내용의 와카에 남자는 감동하고 두 사람의 만남이 시작된다. 만남이 이루어졌다고 더 이상 와카를 주고받는 일이 없어지는 것은 아니다. 다시 남자가 '비가 내릴 것 같아서 어떻게 할까 망설이고 있습니다. 운이 좋다면 이 비가 내리지 않을 것인데(雨のふりぬべきになむ見わづらひはべる。身さいはひらば、この雨はふらじ)'라고 비를 주제로 편지를 보내자, 역시 집주인이 여자를 대신해서 와카를 보내는데 이 와카를 본 남자는 허둥지둥 찾아왔다고 한다. 집주인이 대필한 와카는 다음과 같다.

'나를 생각하는지 안 하는지 묻기는 어려운데, 내 사정을 아는 비는 계속 쏟아지고 있습니다'
かずかずに思ひ思はず問ひがたみ身をしる雨はふりぞまされる

(107단, p206)

남자는 처음의 와카에서도 그러했듯이 비를 핑계 삼아 소극적인 자세를 보인다. 비가 그치면 그때야 만날 수 있다는 정도의 내용이다. 이에 비해 집주인이 대필한 여자의 와카는 과감하다. '이 정도의 사랑임을 원망하는 내 마음을 하늘도 알아서, 내 눈물처럼 비가 더욱 쏟아진다'는 뜻을 담은 와카를 보내자 남자가 바로 찾아왔다는 설정이다.

'나이가 어려서 구애를 받아도 편지를 제대로 쓰지 못하고 사랑의 표현도 하지 못하는 여자'라는 설명으로 보아, 와카를 직접 쓸 수 없는 어린 나이의 여자이라서 대필을 하는 것으로 설정되어있다. 집주인 남자의 노래는 물론 수작이었고 이것으로 남녀의 만남은 순조롭게 이루어진다. 여기서 와카는 상대편 남자의 마음을 움직여서 바로 찾아오게 하는 훌륭한 것이었고, 이런 와카를 짓는 행위 그 자체를 '미야비'라고 할 수 있다.

10단에서도 신분이 높은 사람에게 시집을 보내려는 어머니가 구혼을 받은 딸을 대신해서 남자에게 답가를 보내고, 남자는 이 답가에 대한 답가를 다시 보낸다는 이야기가 있다. 주인공 남자가 무사시武蔵에서 그 지방의 여자에게 구애하자, 후지와라 가문 출신의 어머니는 고귀한 신분의 남자에게 시집을 보내고 싶어서 딸을 대신해서 와카를 보낸다.

'미요시노의 논에 내려와 있는 기러기도 당신을 바라보고 울고 있는 것 같군요'
남자가 답가
'저를 연모하는 마음으로 울고 있는 미요시노의 논 기러기를 결코 잊지 않으리라'
라고 읊었다. 남자는 다른 지방에 와서도 이런 풍류를 멈추지 않았다.
　みよしののたのむの雁もひたぶるに君が方にぞよると鳴くなる
むこがね、返し、
　わが方によると鳴くなるみよしののたのむの雁をいつか忘れむ
となむ。人の国にても、なほかかることなむやまざりける。

(10단, pp.123~124)

여자를 기러기에 비유하고 남자의 구애를 받아들이는 와카를 보내자, 남자 역시 여자를 잊지 않겠다는 내용의 와카를 보낸다. 비록 어머니가 대필한 것이기는 하지만 여기서도 와카를 주고받는 것으로 남녀의 만남은 시작된다. 이렇게 당시 와카는 남녀의 만남에 있어서 무엇보다도 중요한 매개체가 되었음은 의심할 바 없다. 구애를 하는 남자의 와카가 중요한 것은 말할 바 없고, 그 남자와의 만남을 성사시키기 위해서는 남자의 와카에 대한 답가로서의 와카 역시 중요했다. 상대를 감동시킬 수 있는 와카를 쓰기 위해서는 상당한 지식이 요구되었고, 더 나아가 때로는 위와 같은 대필이 필요했다.

107단의 여자는 나이가 어린 시녀로 귀한 신분이 아니고, 10단의 여자는 무사시 지방에서 자란 시골 여자이기 때문에 와카에 대한 지식이 부족한 나머지 그 집주인이나 어머니가 답가를 대필해준 것이다. 그런데 사실은 이런 경우만이 아닌 것 같다. 후지와라 미치쓰나藤原道綱 어머니의 일기인『가게로 일기』를 보면, 작자는 가네이에藤原兼家의 편지에 대한 답가를 시녀에게 대필하게 한다. 가네이에가 친필을 요구하지만 결혼이 성립되기까지 계속 대필을 시킨다. 이런 점을 미루어보아 당시 대필은 특별한 일이 아니었던 것 같다.

헤이안 시대는 섭정정치가 정착되면서 후궁을 중심으로 하는 궁중 문화가 형성되었다.[10] 원래 후궁이란 왕후나 왕비 등 천황의 처첩과 측근들이 사는 궁궐이라는 의미에서 변하여 그곳에 사는 인물들을 가리킨다. 당시 특별히 학식과 재능을 겸비한 재원들을 등용해서 문예활동을 촉진하고 후궁의 번성을 도모했다.『겐지 모노가타리』의 작가 무라사키시키부紫式部(978?~1016?)나『마쿠라노소시』의 작가 세이쇼나곤淸少納言(966?~1025?)과 같은 인물들이 여기에 해당한다. 화려한 궁중

문화는 후궁과 그와 관련된 사람만이 아니라 귀족 전체에 높은 교양과 세련미를 요구했다. 와카를 읊은 다음 우열을 가리는 놀이 '우타아와세 歌合'가 유행했고 또한 평범한 일상생활에서까지도 세련된 우아함을 요구했다. 그러니 왕조귀족은 '미야비' 그 자체인 것이 당연한 것이었다. 어떻게 '미야비'다운 삶을 살 것인가. 그들은 세련되고 우아한 삶을 구체적이고 세심하게 실현했다.[11]

따라서 남녀의 만남도 예외가 아니었다. 와카를 매개로 하는 형식적 정서가 요구되었다. 이런 상황을 메자키 도쿠에目崎德衛는 '정치에 대한 문화의 우월'이라고 주장하고, '헤이안의 혹은 왕조의 '미야비'는 정치성이 약화된 대신 얻어진 것이므로 고도의 탐미적 그리고 형식주의적 정서'라고 했다.[12] 여기서 중요한 사실은 헤이안 시대 남녀 만남의 시작은 와카를 통해서 가능했고, 그 와카는 상대를 감동시킬 수 있는 것이어야 한다는 점이다. 이런 행위가 바로 '미야비'이다.

# 02
# 우아하고 세련된 말과 행동의 '미야비'

## 와카에 수반되는 미적 요소

사랑을 전달하기 위한 와카, 이른바 연애편지를 쓸 때는 그 내용만큼이나 전체 분위기를 중요시했다. 예컨대 편지를 보낼 때에는 편지만 보내는 것이 아니라 그 계절에 맞는 꽃이나 나뭇가지를 같이 보냈다. 또한 편지지도 그 계절과 상황에 맞게 골라서 사용했다. 계절이 봄이고 편지에 벚꽃을 같이 보낼 때는 편지지를 주홍색으로 하였고, 겨울에 꽃이 피지 않을 때에는 소나무 가지를 곁들이고 편지지를 하얀 색으로 했다.[13] 특히 연애편지는 대개 옅은 주홍색, 보라색 등의 종이에 쓰고 그 계절의 꽃나무 가지에 묶어서 보냈다. 이렇게 꽃이나 선물, 편지지 색깔 등은 편지의 전체 분위기를 좌우하는 중요한 요소가 되었다. 즉 사랑하는 마음을 와카로 잘 표현하는 것은 당연한 일이고, 그 와카를 둘러싼 모든 요소들이 중요한 역할을 하고 있음을 간과할 수 없다. 우타 모노가타리歌物語의 와카는 와카 그 자체로만 하나의 가치를 가지는 것이 아니라 와카를 적는 종이의 색과 필체 등 상당히 계산된 다양한 조건들과 어우러져서 특별한 의미를 가진다.

남녀의 만남을 위한 와카에서는 이런 요소들이 더욱 중요하다.『겐지 모노가타리源氏物語』에서 히카루 겐지光源氏의 장남인 유기리夕霧가 구모이노가리雲居の雁에게 '바람이 불어 떼구름 흩날리는 저녁에도 한시도 잊을 수 없는 당신이여(風さわぎむら雲まがふ夕べにもわするる 間なく忘られぬ君)'라는 와카를 보내는데, 보라색의 얇은 종이에 붓끝을 보면서 정중하게 적는다. 그리고 이 종이를 바람에 날린 억새에 묶어서 보내려고 하자, 시녀들이 '사랑의 글을 보낼 때는 그 종이의 색과 조화를 이루는 초목이어야 하는데, 보라색과 억새의 색은 조화롭지 않다'고 야유하는 장면이 있다.(「野分巻」③, p283)

또한『가게로 일기』에는 작자가 가네이에로부터 구애의 와카를 받은 다음 이런 글을 남기고 있다.

> 보아하니 편지지도 이와 같은 상황(구혼)에 어울리지 않고, 구혼의 편지는 정성을 기울여서 구석구석 미치지 않은 곳 없게 훌륭하게 쓰는 것이라고 들었는데 필적도 무성의하고 정말로 그분으로부터의 편지인지 의심이 갈 정도로 조잡하다.
> 見れば、紙なども例のやうにもあらず、いたらぬところなしと聞きふるしたる手も、あらじとおぼゆるまで悪しれば、いとぞあやしき。[14]

남녀사이에 오가는 와카는 필체만이 아니라 종이를 비롯해서 수반되는 모든 것에 미적 아름다움이 요구되었다. 그래서 미적 감각이 둔한 사람은 낮은 평가를 받았다.[15] 이 구절은 명문가의 남자인 가네이에의 편지로 보기에는 너무 조잡하다고 실망하는 내용이다. 여자에게 보내는 편지는 그 내용만이 아니라 수반되는 모든 요소들이 훌륭해야 한다는 것이 당시의 상식이었던 것 같다. 이렇게 하나의 와카를 보내는데도 수반되는 모든 요소에 우아하고 세련된 아름다움을 갖추어나가는 그 자체가 '미야비'이다. 따라서 헤이안 귀족사회에서 '미야비'란 특별한 것이 아니라 생활 전반에 걸쳐서 세련된 아름다움이 요구되는 것이라고 할 수 있겠다.

## 초단의 '미야비'

『이세 모노가타리』에서 유일하게 '미야비'의 용례를 찾아볼 수 있는 초단은 하나의 단으로도 훌륭한 독자적 세계를 지닌 『이세 모노가타리』의 대표적 단이다.

갓 성인이 된 주인공은 도읍都을 떠나 옛 도읍지인 나라奈良로 사냥을 갔다가 뜻밖에 아름다운 자매를 보게 되는데, 주인공의 마음을 사로잡은 자매의 모습은 후미진 옛 도읍지와는 어울리지 않는 매우 세련된 모습이었다. 주인공은 흔들리는 마음을 와카로 표현해서 그 자매에게 보냈다는 것이 초단의 내용이다.

…남자는 입고 있던 옷의 옷자락을 찢어서 노래를 적어보냈다. 그 남
자는 지치풀로 염색한 시노부즈리의 평상복을 입고 있었다.

　　'가스가 벌판의 새 지치풀처럼 젊고 아름다운 당신들 때문에 나의
　　마음은 시노부즈리의 무늬처럼 마구 엉클어져 있습니다'
라고 그 자리에서 읊은 노래를 보냈다. 이러한 때에 노래를 지어 보내
는 것이 운치 있는 일이라고 생각한 모양이다.

　　'미치노쿠 지역에서 나오는 시노부즈리의 무늬처럼 내 마음이 어
　　지러워진 것은 당신 아닌 누구 때문이겠습니까'
라는 유명한 옛 노래를 이용하여 읊었다. 옛날 사람은 이렇게도 정열
적이고 우아한 '미야비'의 행위를 했다.

…男の、着たりける狩衣の裾をきりて、歌を書きてやる。その
男、信夫摺の狩衣をなむ着たりける。

　　春日野の若むらさきのすりごろもしのぶの乱れかぎりしられず
となむおひつきていひやりける。ついでおもしろきことともや思ひ
けむ。

　　みちのくのしのぶもぢずりたれゆゑに乱れそめにしわれならな
　　くに
といふ歌の心ばへなり。昔人は、かくいちはやきみやびをなむしけ
る。
　　　　　　　　　　　　　　　　　　　　　　　　(1단, p.113~114)


　　헤이안 시대의 남자는 12세 전후에 어른이 되는 의관을 착용하는
의식인 성인식元服을 행한다. 신분이 높은 귀족의 남자는 성인식과 함
께 결혼을 하는 경우가 많았다. 『겐지 모노가타리』의 히카루 겐지 역
시 성인식과 동시에 아오이노우에葵の上와 결혼을 하는데 이것이 좋은
예이다. 그런데 초단의 주인공인 남자는 엉뚱하게도 옛 도읍지인 나라
로 사냥을 갔다가 그곳에서 만난 지방 여인에게 와카를 보낸다.

성인식을 치르고 사냥을 나온 남자가 아름다운 자매를 몰래 엿보고 있다.
伊勢物語絵巻(住吉如慶筆・個人所藏)

　이것은 당대의 일반 귀족과는 다른 행동이다. 여기서 와카는 매우 중요한 역할을 한다. 시미즈 후미오淸水文雄는 주인공의 흔들리는 마음에 주목해서 '사랑하는 마음이 원래 가지고 있는 방종성에 의탁해 위험한 나락의 길을 갈 것인가. 아니면 전통적 시형식인 와카를 읊는 것으로 그러한 상태를 벗어날 것인가. 이 단계에서는 어느 쪽이나 다 가능성이 있다. 그런데 이 젊은이는 후자의 길을 택했다'[16]면서 와카로 인하여 남자의 행동은 단순한 행동이 아니라 '미야비'의 의미를 가지게 됨을 설명했다.

　흔들리는 마음, 즉 사랑하는 마음은 남녀 교제의 필수 조건인 와카에 의해서 자신의 행동을 절제한다. 여기서 주인공인 남자는 아름다운 것을 아름다운 것으로 느낄 수 있는 순수한 사람이며 그 순간의 감정을 적절한 말과 행동으로 표현할 수 있는 사람으로 그려져 있다. 이른바 주인공은 와카를 가지고 자신의 감정을 표현할 수 있는 사람이다. 이때 와카는 전체 분위기를 중요시하며 상당한 교양과 섬세한 감각을 필요로 한다. 앞에서도 지적한 바와 같이 헤이안 시대의 귀족들은 문화생활뿐만 아니라 일상생활 속에서도 세련된 우아함을 요구했다. 그래서 와카를 동반한 연애편지를 보낼 때에도 그 내용만큼이나 전체 분위기를 중요시했다.

초단의 주인공은 사냥을 나간 그 자리에서, 종이도 없고 계절에 맞는 꽃도 없는 상황에서 옷자락을 찢어 와카를 적어 보낸다. 이것은 마치 아무 것에도 구애받지 않고 아무렇게나 마음 내키는 대로 즉흥적으로 행동한 것처럼 보이지만 필자는 결코 그렇게 생각하지 않는다. 와카를 적기 위해 찢은 옷자락은 지치풀로 염색한 시노부즈리[17]의 평상복이다. 주인공은 아름다운 자매를 지치풀에 비유하였고, 흔들리는 자신의 마음은 시노부즈리의 불규칙하고 난잡한 무늬에 비유하였다. 비록 계절에 맞는 꽃이나 나뭇가지를 준비하지는 못했지만, 또한 선물이나 편지지도 없었지만 시노부즈리의 옷자락에 적은 와카는 그 어떤 편지보다도 상황에 잘 어울리는 섬세함을 연출하고 있다.

물론 이런 일을 예상하고 시노부즈리의 옷을 입고 간 것은 아닐 것이다. 우연일 수도 있다. 그렇지만 남자의 행동은 와카의 내용과 절묘하게 어우러진다. 궁정풍의 우아하고 세련된 풍류를 아는 남자이기 때문에 가능한 행동이었다.

또한 이 와카는 옛노래를 답습한 것이므로 열정적인 '미야비'라는 말을 들을만하다. 히구치 기요유키樋口淸之가 '헤이안이 되면 염문은 오로지 와카에 의존한다. …(중략)… 연애편지 중에는 고전이나 옛 노래의 교양이 없으면 이해하지 못하는 것이 많다[18]고 한 것도 같은 맥락에서 이해할 수 있다. 와카를 읊는다는 것은 표면상의 의미만이 아니라 그 깊은 뜻을 모두 읽어야 한다. 그러기 위해서는 많은 사전 지식을 요구한다. 물론 와카를 지을 때도 마찬가지다.

## 와카와 어우러지는 선물

『이세 모노가타리』의 주인공인 남자는 비단 초단에서만 아니라 다른 이야기 속에서도 짧은 글 가운데 많은 의미를 담기 위해서 비유, 암시 등 시적 기교에 의존[19]할 뿐 아니라 자신이 선물하는 내용물과 잘 어우러지는 와카를 지어서 보낸다. 먼저 3단을 보자. 남자가 여자에게 녹미채를 보내려고 와카를 보낸다.

> '사랑한다면 넝쿨풀 잠자리도 나는 괜찮소. 비록 옷소매로 이부자리 깔더라도'
> 思ひあらばむぐらの宿に寝もしなむひじきものには袖をしつつも
>
> (3단, p.115)

녹미채를 뜻하는 '히지키'는 같은 발음의 '이부자리引敷物'를 암시한다.[20] 문장으로 봐서는 마음에 둔 여자에게 녹미채를 보내기 위해서 첨부한 와카인데, 이부자리를 강조하기 위한 녹미채인지 녹미채를 선물하기 위한 와카인지 구분이 되지 않는다. 이렇게 와카와 함께 보내는 녹미채는 이 이야기 속에서 중요한 의미를 가진다. 남자는 녹미채를 선물하고, 녹미채가 가지는 이부자리라는 뜻을 강조하면서 선물과 와카는 하나의 쌍을 이룬다. 또 하나의 이야기 52단을 보자.

> 옛날 한 남자가 있었다. 어떤 사람이 장식떡을 보냈기에 답가로
>> '창포를 꺾기 위한 당신은 늪에서 헤매고, 나는 들에 나와 사냥을 하니 외로워라'
>
> 라고 노래를 지어서 꿩과 함께 보냈다.
>
> むかし、男ありけり。人のもとよりかざりちまきおこせたりける返りごとに
>> あやめ刈り君は沼にぞまどひける我は野にいでて狩るぞわびしき
>
> とて、雉をなむやりける。　　　　　　　　　　　　　(52단, p.158)

단오 때 먹는 장식떡かざりちまき[21]을 받은 남자가 답가를 보내는데 '당신은 나에게 보낼 떡을 위해서 창포를 꺾으러 늪으로 갔고, 나는 당신께 드릴 꿩을 잡기 위해서 들에 나가 같이 있지 못했다'는 내용의 와카다. 물론 와카와 함께 꿩을 곁들어 보낸다. 이렇게 와카는 곁들어 보내는 물건으로 그 내용을 더욱 풍요롭게 한다. 이런 재치야말로 헤이안조의 '미야비'일 것이다.

이런 예는 반드시 남녀의 만남을 위한 노래를 할 때만의 일이 아니다. 상대를 원망할 때, 이별할 때도 꽃 따위를 곁들여서 와카를 읊는다. 100단에 등장하는 원추리의 역할을 보자.

> 옛날 한 남자가 …(중략)… 고귀한 분께서 "와스레구사를 시노부구사라고도 합니까"라면서 원추리를 내놓으시니 받아서는

'저를 와스레구사가 자라는 들녘으로 보시나 봅니다. 저는 와스레
구사가 아니라 숨어서 참고 견디는 시노부구사입니다. 당신의 말
에 힘입어 후일의 만남을 그립니다'

むかし、男、…(中略)… あるやむごとなき人の御局より、「忘れ草
を忍ぶ草とやいふ」とて、いださせたまへりければ、たまはりて、

忘れ草おふる野辺とは見るらめどこはしのぶなりのちも頼まむ

(100단, pp.200~201)


원추리를 말하는 와스레구사의 '와스레忘れ'에는 잊는다는 뜻이, 넉
줄고사리를 말하는 시노부구사의 '시노부忍ぶ'에는 참고 견딘다는 뜻이
담겨있다. 남자는 '당신을 그리며 다시 만날 날을 기다리고 있다'는 마
음을 전하고 있다.

90단에서는 냉정한 여자가 만나자는 말에, 남자는 기쁘지만 한편으
로는 의심스러운 마음에 활짝 핀 벚나무 가지를 곁들여 와카를 읊어
보낸다.


'활짝 핀 벚꽃 오늘은 이렇다 해도 믿기 어렵소, 내일 밤의 일이라'

桜花今日こそかくもにほふともあな頼みがた明日の夜のこと

(90단, p.194)


벚꽃은 화려하게 피고는 바로 지는 꽃이기 때문에, 고대부터 덧없는
아름다운 것으로 받아들여졌다.[22] 이런 벚꽃을 가지고 여자의 마음이
금방 변하지 않을까 의심한다.

96단에서는 가을이 되면 만나자고 약속했는데, 소문이 무성해지자
여자의 오라버니가 여자를 데리러왔다. 여자는 떠나기 전에 단풍잎을

곁들여서 와카를 남긴다.

> '가을이 되면 만나자 했던 약속 이루지 못하고, 강에 낙엽 쌓이듯 덧없
> 는 인연이여'
> 秋かけていひしながらもあらなくに木の葉ふりしくえにこそありけれ
>
> (96단, p.198)

봄이면 벚꽃, 가을이면 단풍이 계절을 대표한다. 벚꽃이 화려하게
피고는 쉽게 지는 것처럼 단풍 역시 낙엽이 되어 떨어지는 운명이기
때문에 이별을 말하기 위해서 끌어들이고 있다.

# 03
# 마음을 공유하는 '미야비'

가덕설화歌德説話

가론의 효시라고 할 수 있는 『고킨슈』의 가나 서문假名序에 와카에 대한 서술이 있다.

> 와카란 인간의 마음을 씨앗으로 탄생한 각양각색의 언어의 잎이라고 할 수 있다. 이 세상에 살고 있는 사람은 갖가지 일을 겪게 되는데 그때마다 느끼는 심정을 본 것 들은 것을 가지고 표현한다. …(중략)… 힘을 들이지 않고 천지 신들의 마음을 움직이고, 눈에 보이지 않는 저 세상 귀신도 감동시키고, 남녀 사이를 부드럽게, 용맹한 무사의 마음조차 온화하게 하는 것이 노래다.

やまとうたは、人の心を種として、万の言の葉とぞなれりける。世の中にある人、ことわざ繁きものなれば、心に思ふことを、見るもの聞くものにつけて、言ひ出だせるなり。…(中略)… 力をも入れずして天地を動かし、目に見えぬ鬼神をもあはれと思はせ、男女の中をも和らげ、猛き武士の心をも慰むるは歌なり。 (假名序, p.17)

와카는 인간의 마음을 글로 표현한 것으로 이것은 엄청난 힘을 가지고 있다는 내용이다. 한자로 된 서문眞名序에도 같은 내용의 기술이 있다.[23] 이것은 『시경』의 주석서毛詩大序의 영향을 받은 것이라고 한다.[24] 그런데 사실은 일본에서 가장 오래된 가론집 『가경표식歌経標式』[25]의 '요컨대 노래는 귀신을 그윽한 정에 감동시키고 천인天人의 연정을 위로하는 것이다'는 와카에 대한 자각을 반영한 것으로 보인다. 따라서 와카는 ①천지를 움직이고 ②귀신도 감동시키고 ③남녀 사이를 부드럽게 ④무사의 마음조차 온화하게 하는 것이라고 정의할 수 있다.

『신고킨슈新古今集』의 가나 서문에도 '남녀사이의 정을 두텁게 하며 마음을 평안하게 하는 매개체이고 치세의 수단이다(色にふけり心をのぶるなかだちとし、世を治め民をやはらぐ道とせり)'(假名序, p.17)라는 와카에 대한 서술이 있고, 역시 한자로 된 서문에도 '와카는 모든 덕의 시조이며 만복의 근원이다. 나라를 다스리고 백성을 돌보는 제왕의 위대한 업적의 표시이며 사물을 찬미하는 마음과 기쁜 일의 규범이다(夫和歌者。群德之福。百福之宗也。理世撫民地鴻。賞心楽事之龜鑑者也。)'(眞名序, p.578)는 기술이 있다. 이른바 와카는 그 기능과 역할이 확실하게 있음을 서술하고 있다.

물론 와카는 정치적 사회적 의미보다는 사계절의 풍물을 즐기는 산물이며, 고래로부터 전해오는 풍속의 하나일 뿐이라고 서술하는 칙선

집(『後拾遺集』[26], 『千載和歌集』[27] 등)의 서문도 있다. 와카는 의식적으로 뭔가를 교훈하는 것이 아니라 자연을 느끼고 그것을 자신의 말로 표현한 것에 지나지 않는다는 주장도 있는데, 다음과 같다.

> 와카는 육예(고대 중국의 여섯 가지 교과, 禮·樂·射·御·書·數)의 하나가 아니라서 원래부터 천하의 정치에 도움이 되지 않고 일상생활에도 도움이 되지 않는다. 고킨슈의 서문에 천지를 움직이고 귀신을 감동시킨다는 망설을 믿어서는 안 된다. 무사의 마음을 위로하는 일은 어느 정도 있겠지만 그것은 음악에 비할 바가 못 된다. 남녀 관계를 부드럽게 한다는 것은 맞는 말이지만 오히려 음란하고 방탕한 것을 부추기는 것은 아닌지. 따라서 와카는 사회적으로 높은 가치를 가지는 것이 아니다.
> 歌の物たる、六芸の類にあらざれば、もとより天下の政務に益なく、また日用常行にも助くる所なし。古今の序に「天地を動かし」「鬼神を感ぜしむる」といへるは、妄談を信ぜるなるべし。勇士の心を慰むる事はいささかあるべけれど、いかでか楽に及ぶべき。男女の中を和らぐるはさる事なれど、却りて淫奔の媒とやなるべからん。されば、歌は貴ぶべき物にあらず。　　　　　　(『歌論集』翫歌論)[28]

> 노래는 정치를 위한 것이 아니며 수신修身하기 위한 것도 아니다. 단지 마음속에서 느끼는 것을 말할 뿐이다.
> 歌の本体、政治をたすくる偽にもあらず、身を修むるにもあらず。ただ心に思ふことをいふより他なし。[29]

그러나 와카가 만들어지게 된 사정이나 그 연유를 살피다보면 고킨슈의 서문에서 제시한 와카의 기능과 역할을 간과할 수 없다. 특히 『이세 모노가타리』처럼 와카를 중심으로 이야기를 전개하는 우타 모노가타리의 경우는 더욱 그러하다. 남녀의 사랑이야기가 많은 부분을 차지하는 만큼『고킨슈』가나 서문에서 제시한 네 가지 중, 특히 '남녀 사이를 부드럽게' 하는 기능은 굳이 지적하지 않아도 될 정도로 많다. 단지 느끼고 떠오른 것을 자신의 말로 표현한 것일 뿐이라고 해도 '천지를 움직이고 귀신도 감동시키고 무사의 마음조차 온화하게 하는 와카의 힘'은 상대의 마음을 움직여서 행복한 결말로 이어진다. 이런 류의 패턴을 흔히 가덕설화歌德説話라고 한다.

비가 내리지 않아 사람들이 죽어가자 와카를 지어 비를 내리게 했다는 이야기, 유배되었을 때 자신의 처지를 와카로 지어 다시 복귀했다거나 무죄가 증명되었다는 이야기, 장님이 와카를 통해서 눈을 뜨게 되었다는 이야기 등등의 설화가 대표적인 것인데 이런 이야기들을 여러 서적에서 발췌해서 근세에는『와카이토쿠 모노가타리和歌威徳物語』[30]라는 책으로 출판하기도 했다.[31]

## 우물가에서 키운 사랑

『이세 모노가타리』에서도 가덕신화를 찾아볼 수 있다.『와카이토쿠 모노가타리』에 실린 이야기처럼 귀신과 천지를 감동시켜서 복을 얻는 그런 극적인 것은 아니지만, 와카를 통해서 행복한 결말을 맞이하는 이야기가 몇 가지 있다. 먼저 23단 '우물가에서 키운 사랑'이야기에서 가덕설화적 패턴을 찾아볼 수 있다.『이세 모노가타리』의 대부분의 이

▌ 우물가에서 놀고 있는 아이
伊勢物語絵巻
(住吉如慶筆・個人所藏)

야기는 '옛날에 남자가 있었다'로 시작되는데, 23단의 시작은 좀 다르다.

> 옛날, 시골에서 생계를 꾸리고 있는 사람의 아이들이 우물가에 나와
> 놀았는데 어른이 되자 남자도 여자도 수줍어하는 사이가 되었다. 남자
> 는 이 여자를 아내로 맞이하고 싶다고 생각했다. 여자도 이 남자를
> 남편으로 섬기고 싶다고 생각하고, 부모가 다른 사람과 결혼시키려고
> 해도 말을 듣지 않았다.
> むかし、ゐなかわたらひしける人の子ども、井のもとにいでて遊び
> けるを、おとなになりにければ、男も女もはぢかはしてありけれ
> ど、男はこの女をこそ得めと思ふ。女はこの男をと思ひつつ、親の
> あはすれども聞かでなむありける。　　　　　　(23단, pp.135~136)

    등장인물에 대한 설정과 배경이 구체적이다. 특히 여자에 대한 설명
이 상당히 구체적이다. 여자의 남자에 대한 확고한 마음이 드러나 있
다. 결국 두 사람은 서로 와카를 주고받고 결혼을 하게 되는데 그들이
주고받은 와카는,

'우물가에서 견주던 내 키는, 만나지 못하는 사이에 담을 넘어버렸네'
筒井つの井筒にかけしまろがたけ過ぎにけらしな妹見ざるまに

(23단, p.136)

'누가 더 긴지 재보던 머리도 어깨를 넘었습니다. 당신이 아니면 누가
이 머리를 올려주겠습니까'
くらべこしふりわけ髪も肩すぎぬ君ならずしてたれかあぐべき

(23단, p.136)

　남자의 노래보다 여자의 노래가 훨씬 적극적이다. 머리를 올려 달라,
즉 여자가 먼저 청혼을 한 셈이다. 그런데 세월이 흘러 여자의 부모가
죽고 생활이 어려워지자 남자는 다카야스高安라는 고을에 새 여자를
두고 드나든다. 당시 생활을 보살피는 것은 여자 쪽 부모였기 때문에
경제적으로 어려워진 남자는 부유한 집 여자를 찾아 떠난 것이다. 헤
이안 시대의 가족은 모계중심으로 형성되었다. 자식을 외가에서 키우
고, 남자(사위)가 왕래하는 '가요이혼通い婚'이 보편적이었다. 그래서 재
산도 딸 부부에게 상속되었다.[32] 현실성을 강하게 띠고 있는 작품『우
쓰호 모노가타리』에서도 마사요리正頼의 집은 그의 장모로부터 물려받
은 것이다.
　23단의 이야기는 다음과 같이 전개된다.

　그래도 여자는 싫어하는 기색도 없이 남자가 가는 것을 허락하였다.
남자는 이 여자가 다른 마음이 있어서 이러는 것이라고 의심하고, 뜰
의 나무 뒤에 숨어서 지켜보았다. 여자는 아주 예쁘게 화장을 하고
깊은 시름에 잠겨서,

'바람이 불면 흰 파도가 인다는 다쓰타 산을 오늘 밤 당신께서
홀로 넘어가시네'

라고 읊는 것을 듣고 한없이 애처롭게 생각했다. 그래서 다카야스 여
자의 집에 가지 않게 되었다.

さりけれど、このもとの女、あしと思へるけしきもなくて、いだし
やりければ、男、こと心ありてかかるにやあらむと思ひうたがひ
て、前栽のなかにかくれゐて、河内へいぬるかほにて見れば、この
女、いとよう化粧じて、うちながめて

　　風ふけば沖つしら浪たつた山夜半にや君がひとりこゆらむ

とよみけるを聞きて、かぎりなくかなしと思ひて、河内へもいかず
なりにけり。
(23단, p.137)

　여자의 와카는 남자가 넘어야 하는 산 '다쓰다 산龍田山'을 도출해내
기 위해서 '바람이 불면 흰 파도가 인다'를 앞에 내세우고 있다.[33] 그리
고 남자가 한밤중에 혼자서 험한 길을 가는 것에 대한 여자의 걱정과
배려가 담겨있다.

　남자가 무사히 갈 수 있도록 기도하는 마음이 담긴 와카를 읊는 여
자의 모습에 남자는 감동하고 가던 발걸음을 멈춘다. 질투조차 하지
않고 보내는 여자에 대해서 남자는 오히려 의심하고 몰래 지켜보는데,
여자는 순수하고 아름다운 마음을 와카에 실어서 표현한다. 이 하나의
와카에 의해서 남자와 여자는 비록 경제적으로는 어렵지만 다시 마음
을 나누는 사이로 돌아간다. 천지를 움직이고 귀신도 감동시키고 무사
의 마음조차 온화하게 한다는 와카의 힘으로 여자는 남자의 마음을
움직인 것이다.

　예쁘게 화장을 하고 슬픈 눈빛으로 하늘을 쳐다보며 남편의 무사귀

가를 바라는 노래를 읊는 장면에서 오오카 마코토大岡信는 '현실적으로 는 있을 수 없는 이상화된 여자의 그윽한 분위기, 순정, 우아함, 생활의 고달픔 등이 담긴 미학이 느껴지는 모노가타리이다'라고 말하고 '이 여 인은 모노노아와레もののあはれ[34]의 화신이다. 『이세 모노가타리』의 이 야기꾼語り手[35]은 이 여인을 통해서 모노노아와레의 미학을 말하고 싶 었던 것이다'라고 여자를 높이 평가했다.[36] '모노노아와레' 역시 헤이안 시대의 대표적 미의식 중 하나로 어떤 사물이나 사실에 대한 감동이나 감흥을 가리키는 말이다. 헤이안 사람들의 온건하고도 조화로운 정서, 우아하고도 섬세한 독자적 미의식을 규정짓는 술어로 쓰이고 있다. 여 하튼 이 여인은 가덕설화의 주인공이 될 자격이 충분하다.

이야기는 여기서 끝을 맺어도 될 것 같은데 다카야스 마을의 여자 이야기가 뒤를 잇는다. 남자는 잘 찾아가지 않다가 어쩌다 찾아가 보 면, 고상했던 그 여자가 직접 밥을 푸고 있었다. 당시 주걱을 들고 직접 밥을 푸는 행위는 하인들이나 하는 미천한 것이었기 때문에 남자는 실망하고 더 이상 가지 않게 된다.

▎주걱을 들고 직접 밥을 담는 다카야스 마을의 여자
異本伊勢物語絵巻(東京國立博物館 所藏)

이렇게 23단의 여자 주인공은 부모가 죽고 의지할 곳이 없어지기는 했지만 와카를 잘 읊어서 이혼의 위기를 모면하게 되었다는 가덕설화의 주인공이다.


## 상대방과 마음을 공유할 수 있는 와카


　『이세 모노가타리』에는 23단만큼 이야기 전개는 길지 않지만, 나름 가덕설화라고 인정할 수 있는 이야기들이 더 있다. 먼저 27단에서, 하룻밤을 지내고 다시 찾지 않는 남자를 그리는 여자가 대야에 비친 자신의 모습을 보고, '이 몸만큼 그대 생각하는 이 없으리라 생각하니, 물밑에 한사람이 더 있네(わればかりもの思ふ人はまたもあらじと思へば水の下にもありけり)'라는 와카를 읊으니, 이 노래를 숨어서 들은 남자가 감동해서 '물꼬에 비친 모습은 바로 내 모습이군요. 개구리마저 물밑에 모여 같이 우니, 나도 당신과 함께 울고 있소이다(みなくちにわれや見ゆらむかはづさへ水の下にてもろ声に鳴く)'라는 와카를 읊는다. 이 역시 찾아오지 않는 남자를 그리며 읊는 여자의 노래에 감동해서 남자가 응해준다는 이야기 전개로, 여자의 와카는 가덕설화로서 그 역할을 다한다.

　123단 역시 여자의 와카가 가덕설화의 역할을 한다. 풀이 무성하다는 뜻을 가진 '후카쿠사深草' 마을에 사는 여자가 싫어져서 떠나려는 남자가 '긴 세월동안 살아오던 동리를 떠나간다면 더욱더 풀 무성한 들이 되어버리겠지(年を経てすみこし里をいでていなばいとど深草野

とやなりなむ)'라는 와카를 남기고 다시 오지 않겠다는 의지를 보이자, 여자는 '풀이 무성한 들이 된다면 이 몸은 메추리가 되어서 울고 있으리, 당신은 사냥을 하기 위해서라도 찾아오지 않을까요(野とならばうづら となりて鳴きをらむかりにだにやは君は来ざらむ)'라는 와카를 짓는다. 결국 남자는 이 와카에 감탄해서 떠날 마음이 없어진다는 결말이다.

헤이안 시대는 부부가 따로 살면서 밤에 남자가 여자의 집을 찾아가는 결혼제도였다. 사랑을 나누고 다음날 새벽에 남자가 떠날 때, 이 이별은 마지막이 될 수도 있는 것이어서 여자의 마음은 애절할 수밖에 없었다. 이런 입장의 여자에게 와카는 자신의 마음을 전하는 유일한 수단이었을 것이고, 이 하나의 와카로 남자의 발걸음을 되돌릴 수도 있었다.

이런 류의 이야기는 『이세 모노가타리』에서만이 아니라 헤이안의 다른 작품 속에서도 찾아볼 수 있는데, 그 대표적인 것으로 『야마토 모노가타리』의 158단이 있다. 야마토에서 남자와 여자가 오랫동안 잘 살았는데 무슨 일인지 남자가 다른 여자를 이 여자의 집으로 데리고 와서 벽 하나를 사이에 두고 살게 했다는 것이 이야기의 시작이다. 본처는 정말 힘들었지만 표현하지 않고 원망도 하지 않는다.

아무리 모계중심의 사회지만 여자의 집에 새 여자를 데리고 들어와서 한살림을 차리는 참으로 뻔뻔한 남자다. 그런데도 여자는 원망하지 않는다. 『이세 모노가타리』의 이야기와 마찬가지로 현실적으로는 있을 수 없는 이상화된 여자의 미학을 느낄 수 있는 것으로, 이 여인 역시 '모노노아와레'의 화신이라 할 수 있다.

그러는 어느 가을날 밤 이 부부의 집에 사슴의 울음소리가 들린다.

벽을 사이에 둔 남자가 "듣고 있나요, 서쪽댁"이라고 하니 "무엇을?"이라고 한다. "사슴 울음소리를 듣고 있습니까?"라고 하니 "네 듣고 있습니다"라고 답한다. 남자는 "그럼 그것을 어떻게 들었습니까?"라고 하니, 여자는 바로 답했다.

'나도 이전에는 저 사슴처럼 울면서 당신을 그리워했습니다. 지금은 당신의 소리만 듣고 있을 뿐입니다'

라고 읊으니, 남자는 더없이 감동을 해서 지금의 여자를 되돌려 보내고 이전과 같이 살았다고 한다.

壁をへだてたる男、「聞きたまふや、西こそ」といひければ、「なにごと」といらへければ、「この鹿の鳴くは聞きたうぶや」といひければ、「さ聞きはべり」といらへけり。男、「さて、それをばいかが聞きたまふ」といひければ、女ふといらへけり。

われもしかなきてぞ人に恋ひられし今こそよそに声をのみ聞け

とよみたりければ、かぎりなくめでて、この今の妻をば送りて、もとのごとなむすみわたりける。　　　　　　　　(158단, pp.394~395)

사슴의 울음소리 즉 녹명鹿鳴이라 하니, 임금이 신하와 귀한 손님에게 잔치를 베풀 때 쓴 악가였던 『시경』의 한 구절이 떠오른다.

무리를 부르는 사슴들이 평화로운 초원에서 풀을 뜯는다
나에게 귀한 손님이 와서 비파를 타고 젓대를 부노라
젓대를 불고 생황을 울려서 광주리를 받들어 폐백을 올리니
나를 좋아하는 님들이여 나를 보살펴 내가 대도를 가도록 이끌어주게
呦呦鹿鳴 食野之苹。
我有嘉宾 鼓瑟吹笙,
吹笙鼓簧 承筐是将。

人之好我 示我周行。[37]

빈객을 접대하는 모습을 평화로운 사슴을 연상하고 노래한 것이다. 사슴은 먹이가 있을 때 친구를 외면하지 않고 소리를 내어 동료를 부른 다. 아이누가 사슴사냥을 할 때 사슴울음소리와 비슷한 소리를 내는 피리 '이팝케니イパプケニ'를 이용해서 사슴을 불러 모으는 것을 보면 사 실인 것 같다. 그래서 녹명은 단순히 사슴의 울음소리만이 아니라 빈 객을 접대한다는 뜻을 내포하고 있다.

야마토의 여자가 이런 뜻을 알고 있었는지는 모르는 일이다. 사슴의 울음소리가 들렸고 그래서 사슴의 울음에 대한 말이 오고갔기 때문에 와카를 이렇게 읊은 것에 불과한지도 모른다. 그런데 여자가 또한 야 마토의 남자가 녹명의 뜻을 알았다면 위의 와카는 '나도 이전에는 저 사슴처럼 먹을거리를 챙기면서 당신을 사모했습니다. 지금은 당신이 다른 곳에서 다른 사람을 챙기면서 사는 모습을 볼 뿐입니다'로 해석이 가능하다. 먹을거리를 챙긴다는 것은 바로 '생활' 그 자체를 의미한다.

그런데 가을날 밤 사슴의 울음소리를 들었다는 것으로 봐서는 찬 밤공기 속에서 짝을 그리며 소리를 높이 내어 우는 이미지가 더 강하 다. 그렇게 해석을 하더라도 여자의 남자에 대한 마음의 표현은 다를 바 없다. 이런 마음이 담긴 와카는 역시 남자의 마음을 움직여서 가덕 설화의 줄거리를 만든다.

헤이안 시대 인간관계에 있어서 꼭꼭 숨겨진 마음을 드러낼 수 있는 방법은 와카인데, 때와 장소를 비롯한 제반의 상황을 고려해서 우아하 고 세련된 말로 재치 있게 와카를 읊는 것으로 '미야비'를 실현한다. 여기서 '미야비'를 실현하는 와카의 역할은 무엇보다도 상대방과 마음을 공유하는 데 있다. 이런 점에 초점을 두고 본다면 가덕설화의 와카 야말로 '미야비' 실현에 있어서 가장 우수한 것이라 할 수 있겠다. 상대 방과 마음을 공유할 수 있는 와카, 그리고 그 와카의 진의를 읽을 수 있는 상대방의 마음 역시 훌륭한 '미야비'임을 간과해서는 안 된다.

❖ ❖ ❖

『이세 모노가타리』의 주인공 나리히라는 헤이안조의 미의식에 의해 만들어진 이상적 인간상으로, 이른바 '미야비'의 대표적 인물이라 할 수 있다. 『이세 모노가타리』역시 '미야비'를 대표하는 작품이다. 따라 서 이 글에서는 『이세 모노가타리』의 이야기, 특히 이야기 속의 와카를 통해서 『이세 모노가타리』의 미의식인 '미야비'를 규명해보고자 했다.

헤이안 시대에는 후궁을 중심으로 하는 화려한 궁중 문화가 전성기 를 이루는데, 귀족사회 전체에 교양과 세련미를 요구했다. 따라서 헤 이안 귀족의 생활은 그 자체가 '미야비'의 실현이었다. 당시 '미야비'의 용례가 많지 않은 이유도 헤이안의 귀족은 생활 속에서 이미 '미야비' 를 구현하고 있었기 때문이다. 따라서 더 이상 그 단어를 표면화할 필 요가 없었다. 즉 헤이안조 귀족들의 생활은 그 자체가 '미야비'였다고 할 수 있다. 이 가운데에서도 와카를 가지고 시작되는 남녀의 사랑은 더 말할 필요가 없다.

사실 『이세 모노가타리』에도 '미야비'의 용례는 초단 한 군데에 불과 하다. 그런데 『이세 모노가타리』에 등장하는 남녀는 그 만남에 있어서 상대의 마음을 움직일 수 있는 와카를 주고받았고 나아가 그 와카는 때와 장소에 적합한 것으로 섬세한 감각을 수반했다. 종이의 색, 같이 보내는 꽃나무와 선물, 그리고 단어 하나하나가 전체적으로 하나의 의미를 가지고 우아하고 세련된 그리고 재치가 엿보이는 미의식의 세계를 만들었다. 이 자체가 바로 헤이안의 '미야비'이다.

가덕설화라고 할 수 있는 이야기 속에서는 와카의 역할이 두드러진다. 행복한 결말을 이끌어내는 결정적인 역할을 하는 와카는 상대방의 마음을 움직일 수 있는 것이야 한다. 상대방의 마음을 움직이고 공유할 수 있는 와카를 짓는다는 것은 그 자체가 바로 '미야비'이다. 또한 와카의 진의를 읽고 마음을 움직일 수 있는 그 사람 역시 '미야비'이다,

이 글에서는 『이세 모노가타리』의 등장인물들이 와카를 통해서 만들어내는 세계를 중심으로 『이세 모노가타리』의 미의식, 궁정풍의 우아하고 세련된 풍류 '미야비'를 규명했다.

■ 주───────────────────────────────

1 「「みやび」は「みやぶ」の連用形が名詞に転じたものであろう。「みやぶ」は「宮」に接尾
語「ぶ」が付いた語で、語源は「宮廷のような状態にある」「宮廷におけるような動作
をする」の義であろう。「みやび」は「宮廷風な動作・状態」ということから、「優雅な
こと」「風雅なこと」の義となったのであろう。」(大津有一・築島裕 校註, 『伊勢物語』,
日本古典文学大系, 岩波書店, 1957, pp.189~190)

2 鈴木知太郎, 「在原業平」(『王朝の歌人』, 和歌文学講座 6, 桜楓社, 1984) p.26

3 「みやび 用례는 『万葉集』『伊勢物語』『大鏡』에 각각 1개, 『源氏物語』에 5개 있다.
형용동사인 「みやびか」는 『源氏物語』에 10개, 『枕草子』에 1개 있다.」(宮島達夫, 『古
典対照語い表』, 笠間索引叢書 4, 笠間書院, 1981, p.284)

4 岡崎義恵, 「みやびの精神」(『日本の文芸』, 講談社学習文庫, 1978) p.168

5 고대로부터 오늘날에 이르기까지 5・7・5・7・7인 미소히토모지(三十一字文)의 단가
가 가장 대표적이다.

6 허영은, 『일본문학으로 본 여성과 가족』, 보고사, 2005, p.15

7 工藤重矩, 「婚姻制度と文学-研究現状問題点」(『国文学』, 学灯社, 2000. 12) p.50

8 松尾聡 他 校注・訳 『枕草子』(新編日本古典文学全集 18, 小学館, 1997) pp.53~54

9 김종덕, 「平安時代 文学에 나타난 女性」(『일본문학속의 여성』, 제이앤씨, 2006) p.15

10 角田文衛, 「日本文化と後宮」(『国文学解釈と教材の研究』, 学灯社, 1980. 10) pp.7~9 참
고

11 森野宗明, 「みやび」, 『国文学解釈と鑑賞』, 至文堂, 1977, p.47

12 目崎徳衛, 『王朝のみやび』, 吉川弘文館, 1978, p.11

13 藤岡作太郎, 『国文学全史 平安朝篇』, 講談社, 1977, p.60

14 菊地靖彦 他 校注・訳, 『土佐日記 蜻蛉日記』(新編日本古典文学全集 13, 小学館, 1995)
p.90

15 河合隼雄, 『紫のマンダラ』, 小学館, 2000, p.58

16 清水文雄, 「いちはやきみやび」(『源氏物語その文芸的形成』, 大学堂書店, 1978) p.35

17 信夫摺 : 忍草の葉を布帛に摺りつけて染めたもの。その模様の乱れた形状から、しのぶもじずりともいう。(『日本国語大辞典第二版』, 小学館, 2001)

18 樋口清之, 『性と日本人』(日本人の歴史 第1巻, 講談社, 1985) p.120

19 왕숙영, 「고전시가」(『신일본문학의 이해』, 시사일본어사, 2001) p.23

20 掛詞 : 同音異義를 이용해서 하나의 뜻 이상의 의미를 가지게 한다.

21 かざりちまき : ちまきを種々の糸、あるいは五色の糸で縛ったもの。(『角川古典大辞典』, 角川書店, 1982)
　　ちまき : 古く茅の葉で巻いたところからいう。笹やまこもで、もち米・うるち米を巻き、長円錐形こ固めて藺草で巻いて蒸したもち。端午の節供にたべる習慣は、五月五日に泪羅に入水した屈原をとむらって、その姉が餅を江に投じたことからはじまあるという。(『日本国語大辞典第二版』, 小学館, 2001)

22 鈴木日出男, 「桜」(『国文学』臨時増刊号, 第47巻3月号, 学灯社, 1992) p.30

23 「動天地。感鬼神。化人倫。和夫婦。莫宣於和哥。」(真名序, p.422)

24 임찬수, 「와카의 효율성」(『日本言語文学』9, 한국일본언어문화학회, 2006) p.375 참조. (毛詩大序에는 「動天地。感鬼神。経夫婦。厚人倫。」)

25 「原夫歌者、所以感鬼神之幽情、慰天人之恋心者也。」 (『歌経標式』, 日本歌学大系 第一巻, 風間書房, 1990, p.1)

26 「日のうちによろづのことわざ多かる中に、花の春、月の秋、折りつけ、事にのぞみて、むなしく過ぐしがたくなんおはします。」(『後拾遺集』, 新日本古典大学大系, 岩波書店, 1994, p.4)

27 「おほよそこのことわざ我が世の風俗として、これをこのみもてあそべは名を世世にのこし、…かかりければ、この世に生れ生れ、我カ国に来りと来る人は、高きも下れも、この歌をよまざるは少なし。」(『千載和歌集』, 新日本古典大学大系, 岩波書店, 1993, p.4)

28 有吉保 他 校注・訳, 『歌論集』(新編日本古典文学全集 87, 小学館, 2002) pp.520~521

29 本居宣長, 「あしわけ小舟」(日本歌学大系 第七巻, 風間書房, 1990) p.238

31 「歌德の種別は、昇官、恋の成就、免罪、病気恢復、除災等が主で、後には和歌威德物語(作者不詳、元禄二年出版)といつて、これら説話を集大成した著作さえも出された。」(斎藤清衛, 『中世日本文学』, 有朋堂, 1966, p.133)

32 高群逸枝, 「飛鳥奈良平安時代」(『日本婚姻史』, 至文堂, 1963) pp.145~148

33 1구와 2구는 3구를 이끌어내는 역할만 하는 것이라, 이것을 序詞라고 한다.

34 「物ノアハレヲ知ルガ、即チ人ノ心ノアル也、物ノアハレヲ知ラヌガ、即チ人ノ心ノナキナレバ、人ノ情ノアルナシハ、只物ノアハレヲ知ルト知ラヌニテ侍レバ、此ノアハレハ、ツネニタヾアハレトバカリ心得ギルマ、ニテハ、センナクヤ侍ン、… 伊勢源氏ソノ外アラユル物語マデモ、又ソノ本意ヲタヅヌレバ、アハレノ一言ニテコレヲ弊ぶべし、孔子ノ詩三百一言以弊之日思舞邪トノ玉ヘ儿モ、今ココニ思ヒアラススレバ、以タルコト也。」(村岡典嗣 編, 『安波礼弁』, 本居宣長全集, 岩波書店, 1942, pp466~467)
もののあはれに 대한 정의를 밝힌 최초의 인물이 本居宣長이다. 그의 개념으로 인하여 모든 장르의 문학과 시대, 풍토를 초월하는 보편적 가치관을 구상하게 되었다.

35 「語り手。 語る人。 話す人。 話し手。」(『広辞苑』, 岩波書店, 1998)
伊勢物語는 한 사람이 아니라, 오랜 시간 여러 사람이 보태고 다듬어서 성장한 작품이다. 따라서 '작자 혹은 편자'라고도 할 수 있는데, 필자는 모노가타리의 특성상 이야기를 전한다는 점에 중점을 두고 '이야기꾼'이라 하겠다.

36 大岡信, 「奇想の天才源順」(『あなたに語る日本文学史』, 新書館, 1998) p.173

37 기세춘 외 편역, 『시경』(중국역대시가선집 1권, 돌베개, 1994) p.146
이어지는 부분은 「呦呦鹿鳴 食野之蒿。我有嘉宾 德音孔昭。視民不佻 君子是则是效。我有旨酒 嘉宾式燕以敖。呦呦鹿鳴 食野之芩。我有嘉宾 鼓瑟鼓琴 和乐且湛。我有旨酒 以燕乐嘉宾之心。」

# 헤이안의 사랑과 풍류

이세모노가타리(伊勢物語)

# 제2장
## 이상적 '이로고노미'

**가이마미**|垣間見
冊子本伊勢物語(Chester Beatty Library 所藏)

『이세 모노가타리』에는 남자의 사랑이야기가 많다.[1] 그러나 그 내
용은 정해진 한 사람과의 사랑이 아니라 다양한 대상을 상대로 한다.
사냥을 갔다가 아름다운 자매를 보고 첫눈에 반해서 노래를 보내기도
하고, 도저히 접근할 수 없는 신분의 여성에게 사랑을 고백하기도 한
다. 시골 여자의 구애에 응하기도 하고, 99세 노파의 사랑을 받아들이
기도 한다. 『이세 모노가타리』의 남자는 많은 여성과 다양한 접촉을
한다.

　그래서 『이세 모노가타리』의 주인공으로 생각되는 아리와라 나리히
라는 『겐지 모노가타리』의 주인공인 히카루 겐지와 더불어 '헤이안 시
대 문학 작품 속에서 '이로고노미色好み'[2]의 으뜸'이라는 말을 듣는다.[3]
『이세 모노가타리』는 사랑을 하나의 미적 이념으로 승화시키고 있기
때문이다.

　여기서 '이로고노미'란 단순히 호색好色을 의미하지 않는다. 다카하시
도오루高橋亨는 '이로고노미'를, '연애나 정교를 좋아하고 그 정취情趣를
노래 등 유예遊藝로 표현하는 행위나 사람을 말한다'[4]고 했다. 김종덕은
'이로고노미'의 의미를 다음과 같이 크게 세 가지로 분류해서 설명했다.

첫째, 오리구치 시노부折口信夫가 주장하는 고대의 신화나 전설에서 영웅이나 왕권을 달성하는 미덕 또는 그런 사람. 둘째, 『고킨슈』의 가나로 된 서문에서 제시하는 바와 같이 남녀 사이에서 연애의 정취를 이해하는 것, 또는 그런 사람. 셋째, 단순히 여색을 탐하는 호색한好色漢 또는 호색인 여자. '이로고노미'의 의미는 고대에서 근대에 가까워질수록 대체로 첫째, 둘째, 셋째의 순으로 그 뜻이 변천되어 왔다.[5]

'이로고노미'는 고대 영웅에게 요구되는 하나의 자격이었다. 각 지방을 지배한다는 것은 바로 각 지방의 신을 지배하는 것이고, 그것은 각각의 신을 모시고 있는 최고의 무녀를 아내로 삼는 것이었다. 위대한 수장(남자)은 많은 지방의 무녀(여자)와 결혼하는 것으로 그 지방을 지배하에 두었다.[6] 따라서 '이로고노미'는 고대의 이상적 영웅이 지닌 최대의 미덕이며 일본인의 이상이라는 게 오리구치의 주장이다. 그런데 근대에 가까워지면서 '이로고노미'는 여색을 탐한다는 부정적 의미의 호색한으로 변한다. 그러니 『이세 모노가타리』의 시대 헤이안에서는 '이로고노미'가 어떤 뜻을 담고 있었는지 궁금하다. 고어사전에는 '남녀 누구에게나 쓰이는 용어인데 용모·태도·성격·재능 등 다방면에서 이성을 매료시키는 매력을 지니고 있으며, 또한 연애의 정취를 이해하는 사람을 말한다. 당시 귀족으로서는 바람직한 타입으로 후세의 부정적 의미와는 다르다'[7]라고 기록하고 있다.

이 글에서는 125개 단의 독립된 이야기로 이루어진 『이세 모노가타리』의 공통된 주제를 주인공 남자의 '이로고노미'에서 찾고자 한다. 『이세 모노가타리』의 나리히라는 어떤 모습을 하고 있어서, 어떤 조건을 갖추고 있어서 '이로고노미'의 대표적 인물로 지목을 받고 있는 것일까. '이로고노미'의 조건을 중심으로, 『이세 모노가타리』의 미의식 '이로고노미'를 규명하겠다.

# 01
# '이로고노미'의 조건

## 와카

　『이세 모노가타리』의 주인공은 '이로고노미'의 대표적 인물이다. 그런데 『이세 모노가타리』에는 '이로고노미'라는 용어가 직접 등장하는 단이 많지 않다. 125개의 단 중 단 7군데에 불과하다. 이 중 '이로고노미' 남자를 이야기하는 단은 3군데(39, 58, 61단), '이로고노미' 여자를 이야기하는 단은 4군데(5, 28, 37, 42단)이다.

　이 중에서 미나모토 이타루源至를 천하의 '이로고노미'라고 수식하는 39단을 보면 『이세 모노가타리』에서 뜻하는 '이로고노미'의 조건의 하나를 확인할 수 있다. 황녀 다카이코崇子의 장례날 밤, 주인공인 남자가 여성용 우차牛車를 타고 구경을 하고 있는데,

…천하의 '이로고노미'인 이타루라는 사람도 구경을 나왔다가 남자가 탄 우차를 여자의 것으로 보고 반딧불을 잡아 여자의 우차에 넣고 수작을 부렸다. 남자는 반딧불의 빛으로 얼굴이 보일 것을 염려하고 바로 와카를 읊어 보냈다.

'관이 나가면 이것으로 마지막이니, 황녀의 혼과 같은 이 불이 꺼진 어둠 속에서 허무한 생명이었다고 슬퍼하는 사람들의 소리를 들어보세요'

이타루의 답가는

'대단히 애처로운 일입니다. 그러나 불이 꺼진다고 황녀의 혼마저 사라진다고는 생각하지 않습니다. 반딧불의 불은 꺼져도 아름다운 사람을 향한 나의 마음은 지워지지 않습니다'

천하의 '이로고노미'의 노래치고는 평범했다.

…天の下の色好み、源の至といふ人、これももの見るに、この車を女車と見て、寄り来てとかくなまめくあひだに、かの至、蛍をとりて、女の車に入れたりけるを、車なりける人、この蛍のともす火にや見ゆらむ、ともし消ちなむずるとて、乗れる男のよめる。

いでていなばかぎりなるべみともし消ち年経ぬるかと泣く声を聞け
かの至、返し、

いとあはれ泣くぞ聞ゆるともし消ちきゆるものともわれはしらずな
天の下の色好みの歌にては、なほぞありける。(39단, pp.147~148)

'천하의 '이로고노미'의 와카치고는 평범했다'는 표현은 천하의 '이로고노미'라면 와카도 잘 지어야 하는데 자격 미달이라는 뜻이다. 소위 천하의 '이로고노미'라는 평을 듣는 이타루는 진정한 의미의 '이로고노미'가 아님을 의미한다. 수준 있는 와카를 짓지 못하고 가벼운 마음으로 여자에게 접근하는 것을 진정한 '이로고노미'라 할 수 없다.

'이로고노미'라는 용어가 문헌상 최초로 등장하는 것은 『고킨슈』의 가나 서문假名序인데, 『고킨슈』의 가나 서문 중 와카의 역사를 기술하는 단에 다음과 같은 기록이 있다.

> 지금의 세상은 표면의 아름다움에 빠져 사람의 마음도 화려해진 결과, 내용이 빈약한 와카, 한 순간의 자리만을 위한 와카가 등장하게 되었다. 그래서 와카는 '이로고노미'들 사이에서 모습을 감추고 지식을 가진 자들이 인정하지 않아 버림받은 매목처럼 되었다. 공식석상에는 가져갈 수 없는 참억새 꽃의 이삭만도 못한 존재가 되었다
> 今の世の中、色につき、人の心、花になりにけるより、あたなる歌、はかなき言のみいでくれば、色好みの家に埋れ木の、人知れぬこととなりて、まめなる所には花薄穂に出たすべきことにもあらずなりにたり。
>
> (假名序, p.23)

그리고 한문 서문에서는 '이로고노미'를 '호색'으로 대응시키면서 와카가 '이로고노미'들의 개인적 서신으로만 이용되게 되었고, 남자들의 공식적 자리에는 등장하지 않게 되었음을 기록하고 있다.(基實皆落。基花孤榮。至有好色之家。以此爲花鳥之使。乞食之客。以此爲活計之謀)(真名序, p.424) 『고킨슈』의 두 서문을 통해서 와카가 공식 자리에서는 소홀해졌음을 알 수 있는데, 이 글에서는 '이로고노미'와 와카가 서로 긴밀한 관계에 있다는 사실에 주목하겠다.

와카야말로 남자와 여자의 마음을 하나로 하는 최대의 무기이다. 공식적으로는 인정되지 않지만 와카를 무기로 여자의 마음을 움직이고 자유롭게 한 자들을 '이로고노미'라 할 수 있다. 따라서 '이로고노미'에게 와카는 절대 조건임을 새삼 인정해야 한다.[8]

# 정열

『이세 모노가타리』의 주인공으로 생각되는 나리히라에 대해서 '용모가 뛰어난 미남이고 방종하다는 말을 들을 정도로 정열적이고 한문의 재능은 없지만 와카를 잘 지었다'[9]라는 기록이 있다. 김종덕은 이 짧은 기록 속에 나리히라의 풍류만이 아니라 '이로고노미'적 자질이 잘 나타나 있다고 주장한 바 있다.[10] 따라서 수려한 용모, 정열, 와카 이 세 가지가 '이로고노미'적 자질을 충족하는 조건임을 알 수 있다.

나리히라의 '이로고노미'를 백제계였다는 것으로 설명하려는 시도도 있다. 『쇼쿠니혼코키続日本後紀』에 나리히라의 아버지 아보 친왕阿保親王의 어머니가 후지이 씨葛井氏[11]라는 기록이 있다.[12] 후지이 씨는 4~5세기 오진応神 천황 재위 시 일본에 건너온 백제의 왕족으로 사료된다. 백제의 14대왕 근구수왕近仇首王(?~384)은, 일본에서 백제에 사람을 보내어 학자를 구하니 그 손자 진손왕辰孫王과 함께 왕인王仁을 일본에 보냈다. 이때『논어』와『천자문』을 가지고 간 사실은 익히 알려진 바이다. 여하튼 후지이 씨는 진손왕의 후예라 할 수 있다. 그러니 나리히라의 외할머니는 도래인인 셈이다.

당시 대표적인 백제계 귀족으로는 나리히라와 그의 형 유키히라行平(818~893), 사가嵯峨 천황의 12번째 아들이자『겐지 모노가타리』의 주인공 히카루 겐지의 실제 모델이라는 설이 있는 미나모토 도루源融(822~895), 간무桓武 천황의 손자임에도 출가해서 승려가 된 가인歌人 헨조僧正遍照(816~890) 등이 있다. 이들은 모두 당대의 '이로고노미'이고 풍류의 가인으로 평이 난 인물들이었다.

메카다 사쿠오目加田さくを는 당시 백제계 귀족의 특징을 몇 가지로 정리했는데 다음과 같다. ①백제계 후궁의 인연으로 승진이 파격적이다 ②교만하다 ③호색이고 술을 즐긴다 ④풍류적 주거에서 우아한 생활을 한다 ⑤무예가 뛰어나고 멋을 안다 ⑥천황과 불화 ⑦불우한 최후 ⑧용모가 아름답다 등이다.[13] 역시 호색, 우아한 생활, 수려한 용모 등이 포함된다. 헤이안 시대 후지와라 씨藤原氏 중심의 정치가 정비되어가는 가운데 백제계 귀족들은 왕권의 중심에서 소외될 수밖에 없었고, 소외됨으로써 '이로고노미' 즉 풍류와 연애의 정취를 이해하는 생활을 할 수밖에 없었을 것이다. 나리히라에 대한 기록 중 '방종하다는 말을 들을 정도로 정열적'이라는 구절이 있는데 이것은 왕권의 중심에서 소외된 자가 정권의 중심에서 벗어나 풍류를 즐기며 그들만의 특징을 지닌 삶을 영위했기 때문이라고 생각한다.

사회적 경제적 안정을 잃으면 '미야비' 즉 풍류마저 잃는 것이 아니라 잃으면 잃을수록 더욱 '미야비'이고자 하는 '역설로서의 미야비'[14]로 이해할 수 있다. 니조 황후와의 이룰 수 없는 사랑, 이세사이구와의 금기된 사랑, 고레타카 친왕에 대한 충성과 같은 이야기가 바로 여기에 해당한다.

## 용모

    귀족사회의 현실을 사실적寫實的으로 그렸다는 평을 받는 『우쓰호 모노가타리うつぼ物語』「다다코소忠こそ 권」에 우대신 다치바나 치카게橘 千蔭의 아들 다다코소가 13~4세로 성장하자, '용모가 수려하고 마음씨 또한 대단히 우아한 미소년으로 성장하여 관현의 음악에 능하고 어디 하나 흠잡을 데 없는 '이로고노미'로 성장하여(かたち淸らに、心のな まめきたること限りなし。よきほどなる童にて、遊びいとかしこ く、こともなき色好みにて生ひ出でて)'(「忠こそ」①, p.217)라는 기 술이 있다. 따라서 '이로고노미'의 조건의 하나로 수려한 용모를 말할 수 있다. 이것은 나리히라에 대한 설명에서 또한 백제계에 대한 설명 에서 이미 언급한 바 있다.

    역시 『우쓰호 모노가타리』「사가인嵯峨の院 권」에도 '이로고노미'에 대한 이야기가 있는데 다음과 같다.

> 나카요리仲頼는 우대신 미나모토노 스케나카源祐仲의 둘째 아들이다. 이 세상에서 뛰어나게 훌륭한 사람이라고 한다. 구멍이 있는 관악기는 불고, 실이 있는 현악기는 켜고 춤도 못하는 것이 없어서 각가지 예능 이 보통이 아니다. 용모도 대단히 우수했다. 그래서 이 세상에서 최고 의 '이로고노미'라 했다. 이 세상의 모든 악기는 이 사람의 손을 거치지 않은 것은 좋지 않다고 할 정도이다.
> かくて、左近少將源仲頼、左大臣祐成のおとどの二郎なり。この 小將、三十、世の中にめでたき者にいはれけり。穴あるものは吹 き、緒あるものは彈き、よろづの舞數を盡くして、すべて千種のわ

ざ世の常に似ず、かたちもいとこともなし。世の中の色好みになむ
ありける。よろづの琴、笛、この人の手かけぬはいとわろし。

(「嵯峨の院」①, p354)

여기서 악기와 예능에 관해서는 나중에 논하기로 하고, 역시 용모에
대해서 주목하겠다. 또 하나 「구라비라키蔵開 하권」에도 '이로고노미'
용례가 있다. 다다즈미忠澄의 동생 지카즈미近澄에 대해서 '용모도 마음
씨도 뛰어나 더할 바 없는 '이로고노미'(かたちも心もまさりたる、類
なき色好みにぞありける)'(「蔵開」②, p.538)라고 기술하고 있다. 이런
용례를 통해서 뛰어난 용모가 '이로고노미'의 하나의 조건임을 확인할
수 있다.

앞에서 기술한 바와 같이 『이세 모노가타리』의 주인공 나리히라를
설명하는 『삼대실록』에 '수려한 용모'라는 구절이 있었다. 물론 '이로
고노미'의 결정판[15]이라고 할 수 있는 『겐지 모노가타리』의 히카루 겐
지 역시 수려한 용모의 소유자였음은 익히 잘 알려져 있는 사실이다.

## 예능

위에서 제시한 『우쓰호 모노가타리』의 문장 속에서 또 하나 간과할
수 없는 것이 있다. '이로고노미'라는 말을 듣는 다다코소는 관현의 음
악에 능하고, 미나모토 나카요리는 갖가지 예능이 보통이 아니었다.
이 세상의 모든 악기는 이 사람의 손을 거쳐야 한다고 할 정도이다.

'이로고노미'와 음악에 대한 언급은 다른 곳에서도 찾아볼 수 있다. 「후지와라노 기미藤原の君 권」에도 '동궁의 사촌인 마사아키라正明는 음악이 대단히 능숙한 이로고노미(東宮の御いとこの平中納言正明と申しあげる方は、たいそう音樂に秀でた色好み)'(「藤原の君」①, p.140)라는 기술이 있다.

음악 역시 '이로고노미'의 조건이다. 따라서 헤이안 시대 '이로고노미'의 조건은 와카 · 정열 · 용모 · 예능 등이라는 사실을 용례를 통해서 확인할 수 있다.

# 02
# '이로고노미'의 부정적 측면

## 『다케토리 모노가타리』의 '이로고노미'

모노가타리에서 '이로고노미'라는 용례가 처음으로 등장하는 것은 『다케토리 모노가타리竹取物語』이다. 성장한 가구야 아가씨かぐや姫에게 구혼하는 5명의 귀공자를 '이로고노미'라고 설명한다.

> 그 가운데 여전히 청혼을 하고 있는 자는 당대의 '이로고노미'라고 할 수 있는 다섯 사람으로 체념도 하지 않고 밤낮으로 찾아왔다
> その中に、なほいひけるは、色好みといはるるかぎり五人、思ひやむ時なく、夜昼来けり。
>
> (p.20)

▌가구야 아가씨에게 구혼하는
  5명의 귀공자
  竹取翁かぐや併姫絵巻物
  (宮內廳書陵部 所藏)

체념하지 않고 구혼하는 다섯 사람(石作皇子, 車持皇子, 右大臣阿倍御主人, 大納言大伴御行, 中納言石上磨足)은 이 시대에 실재했던 인물의 이름을 빌린 것으로, 황자나 최고급 관료들이다. 즉 사교계 최고의 구성원으로, 정상에 위치한 존재이다. 이들을 설명하는 내용으로 다음과 같은 글이 이어진다.

> 세상에 얼마든지 있을 법한 정도의 여인에게조차, 조금 용모가 뛰어난 미인이라는 소문을 들으면 자기 사람으로 만들고 싶어 하는 사람들이어서…
> 世の中に多かる人をだに、すこしもかたちよしと聞きては、見まほしうする人どもなりければ…                                    (p.20)

이들은 가구야 아가씨의 아름다운 용모에 관심을 가지고, 자신의 사람으로 만들기 위해서 밤이면 가구야 아가씨의 집 근방에서 피리를 불기도 하고, 노래를 읊기도 하면서 오랜 시간 구애한다. 그러나 결국 가구야 아가씨가 낸 문제를 풀지 못하고 단념한다. 그 뿐 아니라 그들은 거짓과 모략 등 부정적 방법으로 문제를 해결하고자 하는 모습을 보이면서 긍정적이기보다는 부정적 인물로 묘사되고 있다. '이로고노미'의 용례가 처음으로 등장하는『다케토리 모노가타리』에서, '이로고노미'는 긍정적 의미의 이상적인 풍류인을 수식하기 위한 용어로 쓰이고 있지 않다. 이들은 단지 여성의 용모에 관심을 가지고 구애한다는 의미로 '이로고노미'가 쓰였을 뿐, 하나의 미의식으로 미덕을 갖추고 있다고는 볼 수 없다. 고대로부터 전승된 이상적 영웅상이 아닐 뿐 아니라 사랑을 쟁취하지 못한 실패자이며 추한 모습을 보여주는 부정적 요소까지 가미하고 있다.

## 『이세 모노가타리』 남자의 '이로고노미'

앞에서도 지적한 바와 같이『이세 모노가타리』에는 이로고노미라는 용례가 7군데 나오는데, '이로고노미' 남자에 대한 이야기는 3군데에 불과하다. 그중 하나는 미나모토노 이타루를 천하의 '이로고노미'로 묘사한 39단인데, 이미 앞에서 소개한 바와 같이 와카가 수준미달이라서 진정한 '이로고노미'가 아니라는 것으로 결론을 내렸다.

58단과 61단에 등장하는 이로고노미 용례에 대해서도 보겠다. 먼저 58단은 다음과 같이 시작한다.

옛날 풍류를 아는 '이로고노미'인 남자가 나가오카라는 곳에 집을 짓고 살고 있었다. 이웃 황족의 집에 사는 용모가 아름다운 여자들이 시골이라서 이 남자가 벼를 베러나갈 것이라고 생각하면서 남자를 보고 '대단한 스키모노가 있구나'하고 몰려왔다. 남자가 안으로 숨어버리니…

むかし、心つきて色好みなる男、長岡といふ所に家つくりてをりけり。そこのとなりなりける宮ばらに、こともなき女どもの、ゐなかなりければ、田刈らむとて、この男のあるを見て、「いみじのすき者のしわざや」とて、集りて入り来ければ、この男、逃げて奥にかくれにければ…

(58단, p.160)

'이로고노미＝스키모노すき者'가 하나의 쌍을 이루고 있다. 즉 같은 의미로 쓰이고 있다. 61단에서는, 남자가 쓰쿠시筑紫(규슈)에서 '저 사람은 이로고노무 스키모노(これは、色好むといふすき物)'라는 말을 듣는다. 여기서도 '이로고노미＝스키모노'와 같은 뜻으로 쓰이고 있다.

여기서 '스키모노'에 대한 설명이 필요하다. 가토 무쓰미加藤睦에 따르면 스키모노란 '스키數奇[16]'를 실천하는 자, 이른바 문학이나 예능을 탐닉하는 것으로 풍류의 도道에 몸을 던지는 자를 의미한다. 스키모노란 원래 호색자를 의미하는데 당시는 와카나 관현의 음악 없이는 사랑을 나눌 수 없는 시대이기 때문에 와카나 예능에 관심을 가지고 오로지 사랑 하나에 매달리는 사람을 말한다.[17] 즉 '스키모노'는 문학이나 예능과도 관계가 있는 단어이지만 그 보다는 '호색'에 더 비중이 있는 단어임을 알 수 있다. 또한 오리구치 시노부折口信夫가 주장하는 '영웅이나 왕권을 달성하는 미덕' 즉 신앙적 혹은 특권적인 면모 역시 찾아볼 수 없다.

따라서 『이세 모노가타리』의 58단과 61단의 '이로고노미'는 어떤 미덕을 갖춘 긍정적 인물을 묘사하기 위한 용례가 아님을 알 수 있다. 이것은 남자에게 야유를 보내는 의미로 쓰이고 있다. 58단에서 여자들이 '대단한 스키모노'라면서 몰려오고 남자가 안으로 숨어버렸다는 설정을 봐서도 충분히 이해가 된다.

61단에서도 남자는 '이로고노무 스키모노'라는 말을 듣고 '소메가와 강을 건너려는 사람이 어찌 색에 물들지 않고 건너는 일 있으랴(染河を渡らむ人のいかでかは色になるてふことのなからむ)'라는 노래를 읊는다. 소메가와는 '소메루そめる'의 의미를 내포하는데, 여기서 '소메루'는 색을 물들이다는 뜻만이 아니라 남녀가 사랑에 빠진다는 뜻을 가진다. 쓰쿠시에 오려면 누구나 소메가와를 건너야 한다는 사실을 전제하고, '누구나 다 바람둥이다'라는 뜻을 담은 노래다. 즉 '어찌 나만 바람둥이이겠는가. 쓰쿠시에 오는 모든 이는 다 바람둥이다'라고 자신을 변호한다.

이에 여자는 '이름을 보면 바람둥이일 것 같은 다와레지마이지만, 실은 밀려오는 파도에 젖은 옷을 입었을 뿐이라고 한다네(名にしおはばあだにぞあるべきたはれ島浪のぬれぎぬ着るといふなり)'라고 응답한다. 다와레지마의 '다와레たはれ'는 장난·놀이의 뜻을 가진다. 그래서 이름만 보면 바람둥이 같지만 사실은 그렇지 않다. 이름 때문에 억울한 누명을 입고 있다고 사람들이 말한다는 것을 강조하면서, 남자에게 '소메가와'라는 이름 때문에 물들었다 즉 바람둥이라고 하는 것은 있을 수 없는 일이라고 일축한다.

따라서 『이세 모노가타리』에서 '이로고노미' 용례를 가지고 등장하는 남자는 일본 고유의 미의식을 가진다기보다는 부정적 의미 즉 호색, 바람둥이로 쓰이고 있음을 알 수 있다.

## 『이세 모노가타리』 여자의 '이로고노미'

앞에서 소개한 용례 이외는 모두 그 대상이 여자이다. 헤이안 시대 귀족 여성들에게 있어서 가장 중요한 인생사는 이성과의 연애와 결혼이었을 것이다. 이를테면 칙찬가집인 『고킨슈』 20권 중에 사랑의 노래가 5권으로 전체의 약 32%를 차지하고 있다는 것은 남녀의 사랑에 대한 관심이 그만큼 컸다는 것을 의미한다.[18] 따라서 '이로고노미' 여자가 등장하는 것은 당연한 일이다.

25단에서는 '만난다고 혹은 만나지 않는다고 확실히 언약하지는 않았지만 막상 만나려고 하면 만나지 않는 여자(あはじともいはざりける女の、さすがなりける)'를 '이로고노미' 여자라고 기술하고 있다. 고주석서[19]를 보면 '이런 행동은 '이로고노미' 여자가 하는 짓인데, 이것은 호색을 경계하기 위한 이야기'라고 설명한다. 이른바 남자에게 자신의 의사를 확실하게 밝히지 않아서 접근할 수 있는 여자로 보이는 여자를 '이로고노미'라고 한다는 것이다. 이것은 바로 호색 즉 바람기가 있다는 것을 의미한다.

28단은 '이로고노미인 여자가 집을 나갔다(色好みなりける女、いでていにければ)'로 시작된다. 남자는 '왜 이렇게 만나기 어려운 사이가 되어버렸나 물 샐 틈 없을 정도로 서로 사랑했는데(どてかくあふごかたみになりにけむ水もらさじとむすびしものを)'라면서 여자를 원망한다. 고주석서[20]에서는, '성질이 급한 여자가 현재의 남편을 버리고 다른 남자의 곳으로 떠난 것을 말한다'고 설명하며, 여자를 부정하다고 한다.

'이로고노미' 용례는 없지만 남편을 버리고 떠나는 여자의 이야기가 60, 62단에도 있다. 둘 다 여자의 결말은 비참하다. 남편과 재회하면서 여자는 자신의 경솔했던 행동을 부끄럽게 생각해서 비구니가 되기도 하고 도망을 가기도 한다. 헤이안조는 한 남자와 한 여자의 일부일처제가 아니었지만, 여자가 남자를 떠나는 것에 대해서는 '이로고노미'라 수식하고 부정적 견해를 가졌던 것이 분명하다.

  37단에서는 '남자가 이로고노미 여자를 만나는데(色好みなりける女にあへりけり)' 여자의 마음이 변해 떠날까 걱정한다. 42단에서는 '남자는 여자가 '이로고노미'라는 사실을 알면서도 그 여자를 만난다'로 시작한다.(色好みとしるしる、女をあひいへりけり) 남자는 2~3일 동안 찾아가지 못하게 되자, 여자가 다른 남자를 만나지 않을까 의심한다. '이로고노미'로 수식되는 여자는 한 남자의 여자가 아니다. '바람기가 다분한 호색녀'로 한 남자에게 사랑을 다하는 그런 여자가 아니다. 항상 다른 남자의 품으로 떠날 것만 같은 부정한 여자로 그려진다. 사실 '이로고노미'와 여자가 연결되는 것은 『이세 모노가타리』에서 처음 있는 일인데, 이시다 조지石田穣二는 '이로고노미' 여자에 대해서 한마디로 '바람기가 많은 사람'을 뜻한다고 해석했다.[21]

  한편 '이로고노미' 여자들의 모습에서 수동적 여자의 모습이 아니라 사랑에 대해서 적극적이고 주도적인 당당한 모습을 찾아볼 수도 있다. 37, 42단의 여자는 사랑의 헤게모니를 장악하고 있다. 남자는 여자의 집에서 밤을 보내고 새벽이면 떠난다. 그래서 헤이안 남녀의 만남과 이별은 항상 남자의 선택으로 이루어질 것 같은데, 남자는 항상 '이로고노미' 여자의 변심을 염려하고 긴장한다. '이로고노미'를 단순히 바람기라고 해석한다고 해도 여자는 상당히 매력적인 인물임이 분명하다.

남자는 '이로고노미' 여자를 비난하고 멀리하기보다는 더 안타까워하고 염려한다.

28단의 여자는 남자를 버리고 떠나는데 나중의 일은 알 수 없지만, 당장 남자는 여자를 미워하기보다는 아쉬움이 가득 담긴 '왜 이렇게 만나기 어려운 사이가 되어버렸나…'라는 노래를 남긴다.

25, 37단의 여자는 남자가 보낸 노래에 대해서 훌륭한 답가를 보낸다.[22] 와카는 '이로고노미'의 조건이다. 설사 『이세 모노가타리』 여자의 '이로고노미'를 바람기라고 해석한다고 해도 와카의 가치는 인정해야 할 것이다. 사실 『이세 모노가타리』 본문에서는 '이로고노미' 여자 즉 여자의 바람기를 원망하거나 비난하는 구절이 없다. 이것은 당시 남녀의 성관계가 현대보다 대등하고 평등한 관계를 유지했기 때문이라고 해석하기도 한다.[23] 이렇게 '이로고노미'로 수식되는 여자들을 통해서 헤이안 시대의 여성을 재조명할 수도 있겠다.

그런데 이 글에서 중요한 사실은 『이세 모노가타리』에서 쓰이는 '이로고노미'의 용례는 앞에서 제시한 조건들에 부합하는 이상적 풍류인으로서의 '이로고노미'가 아니라, 바람기 즉 호색을 의미한다는 사실이다. 『이세 모노가타리』에는 '이로고노미'라고 형용되는 남녀가 등장하는데, 진정한 의미의 '이로고노미'의 예는 없다고 볼 수 있다. 이마니시 유이치로今西祐一郎도 『이세 모노가타리』에는 '이로고노미'로 수식되는 남녀의 예가 8가지 있는데, 그중에서 실제로 '이로고노미'라고 할 수 있는 예는 하나도 없다. 『이세 모노가타리』의 주인공은 오히려 남녀 관계에서 성실하고 진실하게 교제하는 남자, 마음을 중요시하는 남자로 묘사되고 있다'고 지적했다.[24]

더 나아가 난바 히로시南波浩는 '헤이안 시대 진정한 '이로고노미'는 점점 사라지고 한어풍의 호색의 이미지가 짙어졌기 때문에 『이세 모노가타리』의 주인공은 '이로고노미'라기보다는 진정한 '이로고노미'의 길을 구현하는 성실한 남자로 설정되어 있다[25]고 하면서, 진정한 '이로고노미'는 '성실한 남자(마메오토코)'에서 찾을 수 있다고 주장했다. '마메'란 성실, 진실을 뜻한다.

마메의 용례도 『이세 모노가타리』에서 찾아볼 수 있다.

> …여자는 겉모습보다는 마음이 뛰어났다. …(중략)… 그 성실한 남자가 그녀와 정담을 나누고 돌아와서 얼마나 그리워했는지…
>
> …その人、かたちよりは心なむまさりたりける。…(中略)… それをかのまめ男、うち物語らひて、かへり来て、いかが思ひけむ…
>
> (2단, p.114)

옛날에 한 남자가 있었다. 대단히 성실해서 들뜬 마음(바람기)은 없었다. 닌묘仁明(在位 833~850) 천황을 모시고 있었다. 그 남자는 마음의 실수를 한 것인지, 친왕의 총애를 받고 있는 여자와 말을 나누었다.

> '당신과 함께 한 밤의 꿈은 너무나 덧없는 것이어서, 그 꿈을 확실하게 다시 보기 위해서 돌아와서 잠을 청하니 허무한 꿈속을 왕래하게 되는군요'

라고 읊었다. 이 노래는 매우 불결하다.

むかし、男ありけり。いとまめにじちようにて、あだなる心なかりけり。深草の帝になむ仕うまつりける。心あやまりやしたりけむ、親王たちのつかひたまひける人をあひいへりけり。さて、

> 寝ぬる夜の夢をはかなみまどろめばいやはかなにもなりまさるかな

となむよみてやりける。さる歌のきたなげさよ。 (103단, p.203)

위의 두 내용으로도 가히 짐작할 수 있다. 성실한 남자는 용모보다 마음을 더 중요시한다. 특히 103단 마지막 부분에서 이야기꾼語り手은 '불결하다'는 말을 덧붙이고 있다. 들뜬 가벼운 마음이나 마음의 실수는 성실한 남자의 입장에서 볼 때 용납되지 않는 요소들이다. 성실한 남자에게는 변함없는 마음으로 사랑을 지켜나가는 신중함이 요구된다.

그래서 '마메' 즉 성실함이란 '이로고노미'와는 상반되는 개념이 아니라, 진정한 '이로고노미'가 사라진 시대의 또 다른 모습의 '이로고노미'를 의미한다고 볼 수 있다.

# 03
# 이상적 풍류인 '이로고노미'

―――
99세 노파
―――

『이세 모노가타리』에는 '이로고노미' 용례가 없는 니조 황후 단, 이세사이구 단, 시골 여자와의 관계를 다룬 단, 99세 노파와의 만남을 다룬 단 등에 오히려 이상적 풍류인 '이로고노미'상像이 잘 나타나 있다.[26] 그 까닭은 『이세 모노가타리』가 쓰여질 당시 이미 '이로고노미'의 진정한 의미가 많이 퇴색되었기 때문이다.

이런 사실은 『이세 모노가타리』의 주석서에서도 확인된다. 『이세 모노가타리』의 주석을 연구한 김임숙은

『이세 모노가타리』의 나리히라는 일반적으로 '이로고노미'의 인물로 인식되고 있는데 중세의 『이세 모노가타리』 주석에 있어서는 그것이

호색이라는 의미로 변환되어 나리히라를 호색적 인물로 이해하고 있다. 그런데 소기 류宗祗流(무로마치 시대)[27] 이후의 주석서에서는 나리히라의 호색적 성향을 부정하고 있으며, 그와 동시에 자비와 관용의 면모를 부각시키고 있는 곳도 쉽게 찾아볼 수 있다.[28]

즉 『이세 모노가타리』의 나리히라는 '이로고노미' 인물로 인식되는데, 주석서에서는 시대를 달리하면서 다르게 해석하고 있다. 그중 중세의 주석서에서는 나리히라를 자비와 관용의 인물로 읽고 있다. 위에서 난바가 주장한 '진정한 '이로고노미'의 길을 구현하는 성실한 남자'도 이런 맥락에서 읽을 수 있다.

그렇다면 『이세 모노가타리』에서 가장 '이로고노미'다운 이야기는 무엇일까? 『이세 모노가타리』의 주인공은 여자로부터 사랑을 받을 때에도 사랑을 할 때만큼이나 신중하다. 와카조차 제대로 지을 줄 모르는 시골 여자와의 만남[29]에도 99세 노파의 구애에도 주인공은 신중한 태도를 보인다. 젊고 아름다운 주인공과는 어울리지 않는 사랑이야기를 통해서 『이세 모노가타리』의 주인공인 나리히라가 '이로고노미'임을 확인하고자 한다.

이 글에서는 63단, 99세 노파와의 이야기를 통해서 '이로고노미'를 살펴보겠다.

옛날에 색을 밝히는 한 여자가, 어떻게 해서라도 사랑해줄 남자를 만나고 싶다고 생각했다. 그러나 그 말을 꺼낼 기회를 찾지 못해서 삼형제를 불러서 지어낸 꿈 이야기를 진짜인 것처럼 했다. 그중 두 아들은 어머니의 이야기를 매정하게 무시했다. 셋째 아들은 그런 어머니의 마음을 딱하게 여기고 "좋은 사람이 나타날 것입니다"라고 해몽을 하자, 여자는 대단히 기뻐했다. 다른 사람은 정이 있다고 할 수 없다. 어떻게 해서라도 풍류를 아는 나리히라를 만나게 해주고 싶다는 마음을 가졌다. 그래서 나리히라가 사냥을 하면서 걷고 있는 곳으로 찾아가 말을 잡고는 이런 사정을 이야기했다. 이 이야기에 감동한 남자는 그날 밤 여자의 집을 찾아가 하룻밤을 보냈다.

むかし、世心つける女、いかで心なさけあらむ男にあひ得てがなと思へど、いひいでむもたよりなさに、まことならぬ夢がたりをす。子三人を呼びて語りけり。 ふたりの子は、なさけなくいらへてやみぬ。三郎なりける子なむ、「よき御男ぞいで来む」とあはするに、この女、けしきいとよし。こと人はいとなさけなし。いかでこの在五中将にあはせてしがなと思ふ心あり。狩し歩きけるにいきあひて、道にて馬の口をとりて、「かうかうなむ思ふ」といひければ、あはれがりて、来て寝にけり。(63단, pp.164~165)

'색을 밝히는 한 여자'란 백 살에서 한 살 모자라는 노파를 가리키는 것으로, 대단한 노령임에도 불구하고 사랑해줄 남자를 그리는 여자다. 이 여자는 사랑해줄 남자를 만나고 싶어서 지어낸 꿈 이야기를 삼형제에게 들려주는데, 이 이야기를 들은 아들 중 막내아들이 그런 어머니의 마음을 헤아려 주인공인 남자를 소개한다는 것이 이 단의 내용이다.

여기서 셋째 아들은 '어떻게 해서라도 나리히라를 만나게 해주고 싶다'고 정확하게 나리히라를 지목한다. 『이세 모노가타리』에는 나리히라의 노래를 가지고 구성된 이야기가 많다. 그래서 『이세 모노가타리』의 골격은 나리히라의 일대기라고도 하는데, 사실 그 이름은 좀처럼 등장하지 않는다. 그런데 63단에서는 정확하게 그 이름在五中将을 밝히고 만나게 해주고 싶다고 한다. 이유는 '이로고노미'의 대표적 인물인

┃ 99세 노파가 남자를 몰래
　엿보고 있다.
　伊勢物語色紙(俵屋宗達筆)

나리히라만이 노모의 이런 마음을 받아줄 수 있다고 확신했기 때문일
것이다.

　아들이 확신한대로 나리히라는 아들의 말을 듣고, 아들의 효심과
노모의 마음을 이해하고 배려하는 마음으로 잠자리를 같이한다. '이
이야기에 감동한 남자'라는 구절로 알 수 있듯이 남자가 여자를 사랑
하고 인연을 맺고 싶어서가 아니다. 주인공은 본문의 표현처럼 아들
의 이야기를 듣고 감동했기 때문에 찾아간 것이다. 자신을 붙잡고
사정 이야기를 하는 아들의 마음과 상대편 여자의 마음을 이해했기
때문이다. 그런데

　　그 후 남자가 나타나지 않자, 여자는 남자의 집으로 가서 몰래 들여다
　　보았다. 남자는 이것을 눈치 채고,
　　　'백살에서 한 살 모자라는 백발 노파가 나를 사모하고 있는 것
　　　같구나. 그 모습이 환상으로 보이네'
　　라는 노래를 읊고 여자의 집으로 가려고 하자, 여자는 가시나무와 탱

자나무에 걸리면서도 급히 집으로 돌아와 누워서 기다렸다. 남자는
조금 전에 그 여자가 한 것처럼 아무 말 없이 밖에서 몰래 들여다보자,
여자는 한숨을 내리쉬고는 자려는 기색으로

　　'요 위에 옷소매를 한 자락 깔고, 오늘밤도 또 그리운 님 만나지
　　못하고 혼자 밤을 지새워야하는 것입니까'

라고 노래를 읊었다. 이것을 들은 남자는 애절한 심정을 노래로 표현
하는 노파의 정열에 못 이겨, 그날 밤 같이 잤다.

…さてのち、男見えざりければ、女、男の家にいきてかいまみける
を、男ほのかに見て、

　　百年に一年たらぬつくも髪われを恋ふらしおもかげに見ゆ

とて、いで立つけしきを見て、うばら、からたちにかかりて、家に
きてうちふせり。男、かの女のせしやうに、忍びて立てりて見れ
ば、女嘆きて寝とて、

　　さむしろに衣かたしき今宵もや恋しき人にあはでのみ寝む

とよみけるを、男、あはれと思ひて、その夜は寝にけり。

(63단, pp.165~166)

　나리히라는 '노파의 환상이 보인다'는 노래를 읊는데, 여기서 환상이
보인다는 것은 내가 상대를 생각해서가 아니라, 상대가 나를 생각하기
때문인 것으로 해석할 수 있다. 이것은 당시의 꿈 해석과도 일맥상통
한다. 앞에서 노모가 아들에게 거짓 꿈 이야기를 하는데 여기서 꿈 이
야기란, 분명 꿈속에서 어떤 남자를 만나서 사랑을 나누었다는 내용일
것이다. 당시 꿈에 대한 해석은 프로이드의 꿈 해석과는 사뭇 달랐다.
110단에 '오늘 밤 꿈속에서 당신을 보았습니다'는 전갈을 받고 남자는
다음과 같은 노래를 보낸다.

'당신을 너무 많이 생각한 나머지 나의 몸을 빠져나간 혼이 당신께 보인 것 같구려. 내 모습이 보인다면 내 영혼이 다른 곳에서 헤매지 않도록 그대 곁에 묶어두시오.'

思ひあまりいでにし魂のあるならむ夜ぶかく見えば魂結びせよ

(110단, p.208)

상대를 너무 많이 생각하면, 나 자신도 모르게 혼이 몸에서 빠져 나간다는 생각이 있었던 것 같다. 그래서 꿈을 꾸는 자가 아니라 꿈에 나타난 자가 꿈을 꾸는 자를 그리워하고 있다는 믿음이 당시에 있었음을 알 수 있다. 꿈은 자신의 원망願望의 충족이고 무의식이 상징적으로 표현된 것이라는 프로이드의 꿈에 대한 해석과는 상반되는 생각이다. 누군가가 꿈에 나타난다는 것은 꿈을 꾸는 자의 원망 때문이 아니라, 꿈에 나타난 자의 원망 때문이라는 생각이 당시의 상식이었던 모양이다. 이런 상식을 가진 노모는 거짓 꿈 이야기를 했고, 셋째 아들은 그 꿈을 해몽한다면서 노모의 마음을 읽은 것이다.

마찬가지로 나리히라가 환상을 본 것은 나리히라가 노파를 생각했기 때문이 아니라 노파가 나리히라를 절실하게 사모했기 때문이다. 물론 여기서는 환상이 아니라 노파가 몰래 숨어서 엿본 것 즉 '가이마미垣間見'[30]를 빗대고 있다.

여자가 남자의 집을 몰래 들여다보는 행위 '가이마미'는 당시의 상식으로서는 도저히 생각할 수 없는 이상한 행동이다. 그럼에도 불구하고 주인공은 노파를 매도하지 않고, 그 사람을 많이 생각하면 환상이 되어 나타난다는 노래로 상황을 무마시킨 후 노파의 집으로 찾아간다. 주인공은 상대의 행동, 이른바 그 자체의 표면적 의미만이 아니라 그 행동을 유발시킨 마음까지도 헤아려 판단할 수 있는 능력을 지닌 사람이다.

　이 단의 마지막에서 이야기꾼은

> 세상 사람들은 자신이 사랑하는 상대를 사랑하고 사랑하지 않는 상대
> 는 사랑하지 않는 법인데 이 사람은 사랑스럽게 생각하는 여인에 대해
> 서도 그렇지 않게 생각하는 여인에 대해서도 차별하지 않는 마음을
> 가진다.
> 世の中の例として、思ふをば思ひ、思はぬをば思はぬものを、この
> 人は思ふをも、思はぬをも、けぢめ見せぬ心なむありける。

(63단, p.166)

면서 주인공을 칭찬한다. 주인공의 사교적 감각과 왕성한 성적 호기심
에 의한 모험은 보통 사람으로서는 불가능한 아름다운 행동이었다고
평가한다. 현대적 감각으로서는 이해할 수 없지만 헤이안 시대의 미적
이념을 고려할 때 이와 같은 내용에 내포된 의도란, 이성에 대한 정열
나아가서는 그러한 노파에 응해주는 주인공의 풍요로운 마음을 강조
하는데 있음을 간과할 수 없다.

　격렬하고 타협할 줄 모르는 사랑과는 다르다. 주인공 자신이 사랑하
는 여자가 아니더라도 여자의 적극적 구애를 거절하지 않고 받아들인
다. 자신이 사랑하는 사람만을 사랑하는 일반적 관습과는 다르다. 또
한 주인공은 상대를 동정하거나 무시하지 않는다. 오히려 상대방 여성
의 진심을 받아들이려는 노력을 한다. 세상 사람들은 자신이 사랑하는
사람만을 사랑하는데 주인공은 사랑하던 안 하던 차별하지 않는 마음
을 지니고 있다. 차별하지 않는 마음은 모든 여성에게 똑같은 관심을
보이는 이른바 단순히 색을 밝힌다는 의미와는 다르다. 여기서 강조하

는 것은 보여지는 사실만으로 상대를 평가하는 것이 아니라 상대방의 진실한 마음을 이해하고자 노력하고 상대가 원하는 바를 응해주는 주인공의 태도이다. 상대의 진심을 읽고 그 마음을 배려할 수 있는 마음이 바로 '이로고노미'이다

신선향 역시 노파의 사랑을 남자가 어떻게 받아들이는가에 초점을 두고 '보통사람들은 자신의 싫고 좋고에 따라서 상대방의 청에 응하거나 거부하지만 나리히라는 자신의 심정에 구애 없이 상대방의 구애에 모두 응해준다. 이와 같이 자신의 감정을 초월해서 상대방을 대하는 나리히라의 행위는 헤이안 시대가 이상理想으로 내세웠던 '이로고노미'의 전형이라고 할 수 있다'[31]고 설명했다.

주인공은 어떠한 상대의 마음도 받아들일 수 있는 열린 마음을 지니고 있다. 상대의 진실한 마음은 주인공의 마음을 감동시키고 그 감동은 행동으로 표현되는데, 이 행동은 다분히 즉흥적이며 일회적 성격을 지니고 있어서 지속적 관계가 될 수는 없지만 주인공은 그 당시만큼은 진실하다. 자기가 사랑하지 않는 여자라도 사랑하는 여자와 차이를 두지 않는다. 여자의 젊음이나 늙음, 아름다움이나 못생김에 상관없이 상대를 차별하지 않고 진실하게 여자와 교제하는 마음을 가진 나리히라의 행동은 가히 '이로고노미'라고 말할 수 있다.

고령임에도 불구하고 사랑할 상대를 구하는 노파나 남자를 소개하는 아들, 그런 노파와 같이 밤을 보내는 주인공의 태도 등은 지금의 상식으로는 이해할 수 없는 부분이다. 그러나 노파가 자신의 남자를 찾는다는 설정에 관한 비난은 없다. 이에 대해서 후쿠토 사나에服藤早苗는 '당시 귀족층에 노녀의 성애에 대한 타부가 성립되었다면 절대로 창작될 수 없는 이야기라고 생각한다'[32]라고 한 바 있다. 당시 귀족사

회의 늙은 여인의 성에 대한 자유로운 사고가 인정되는 바이다.

김영은 이 이야기에서 남자보다 여자에 주목하고 '헤이안 시대는 지금 우리가 생각하는 것보다 훨씬 여성의 성에 대한 의식이 개방적이었음을 짐작할 수 있다. 이와 같은 '이로고노미' 여성은 나이가 들어 아름다움을 잃었을지언정 자신의 솔직한 마음을 당당히 주장해서 어떻게든 자신의 사랑을 쟁취하는 모습을 보이고 있다'면서, 이 이야기를 '이로고노미 여자의 결정판'이라고 주장했다.[33]

## 겐노나이시노스케

헤이안 시대 모노가타리 속에서 사랑을 호소하는 늙은 여인이라면 『겐지 모노가타리』의 겐노나이시노스케源典侍를 생각하지 않을 수 없다. 겐노나이시노스케는 환갑에 가까운 고령임에도 10대의 두 꽃미남(光源氏와 頭中将)을 규방에 끌어들이는 여인으로 등장하는데, 나이에 어울리지 않는 몸짓을 하고 노래를 주고 받는다. 수시로 등장해서 호색적 자태로 사랑을 호소하고 작품 속에서 웃음가마리 역할을 수행한다.(「紅葉賀」①, pp.335~347 참조) 겐노나이시노스케는 『이세 모노가타리』의 99세 노파를 답습한 것이라는 설도 있는데, 이런 전통은 이 시대에 끊이지 않았던 것으로 보인다.[34]

스즈키 히데오鈴木日出男의 주장에 따르면, 늙은 여인이 그 시대의 가장 이상적인 남성과 맺어진다는 설정의 배후에는 신들의 힘이나 어떤 영력이 인간의 늙은 모습으로 등장한다는 생각이 있었다. 일상적인 힘을 넘어선 어떤 신성神性이나 영성靈性이 모노가타리의 인물유형 중 노인을 선정한다는 발상이다.[35] 신선향은 위와 같은 주장을 바탕으로 '늙은 여인에게도 사랑을 나누어주는 나리히라나 겐노나이시노스케를 거절하지 않고 상대하는 겐지의 행적을 통해 '이로고노미'를 구현하는 고대의 이상적인 인물 조형을 발견한다'[36]고 했다.

고대적 의미의 '이로고노미'까지 가지 않아도 헤이안 시대 노녀의 구애에 응하는 남자는 당시의 이상적 인물, 바로 '이로고노미'이었음을 부정할 수 없다.


## 유랴쿠 천황


'이로고노미'를 이야기하면서 늙은 여인의 등장을 생각하면, 『고지키古事記』 하권에 등장하는 유랴쿠雄略(在位 456~479) 천황의 이야기도 빼놓을 수 없다.

유랴쿠 천황이 나들이 갔을 때 미와강美和河에서 빨래를 하고 있는 아름다운 여자아이 히케타베노 아카이코引田部赤猪子를 보고 "결혼을 하지 말고 기다려라"는 말을 남기고 떠난다. 아카이코는 천황을 기다리면서 많은 세월을 보내는데 그 모습은 수척해지고 더 이상 어디 의지할 곳도 없게 된다. 이윽고 아카이코는 기다린 마음이라도 전하고자 궁으로 찾아가는데 천황은 "까맣게 잊고 있었다. 네가 명을 기다리면서 아름다운 시간을 다 보냈다니 참으로 안타깝기 그지 없구나"라고는 하지만, 너무 늙어서 결혼은 하지 않고 두 수의 노래를 보낸다. 그 노래는 다음과 같다.

'신령이 있는 미모로 산의 신성한 떡갈나무 아래, 그 떡갈나무 아래에
있는 신성해서 다가가기 어려운 가시하라 처녀'
御諸の 嚴白檮が下 白檮が下 忌々しきかも 白檮原童女

(「下つ卷」, p.343)

'히키타의 젊은 밤나무 밭이여, 젊어서 동침했으면 좋았을 것을 이제
는 늙어버렸네'
引田の 若栗栖原 若くへに 率寝てましもの 老いにけるかも

(「下つ卷」, p.343)

이에 아카이코 역시 두 수의 노래를 남긴다.

'미모로 산에 쌓은 훌륭한 울타리. 이제는 누구에게 의지해야 합니까,
신을 모시는 무녀는'
御諸に 築くや玉垣 つき余し 誰にかも依らむ 神の宮人

(「下つ卷」, p.343)

'구사카 후미진 곳의 연꽃이여. 꽃을 피우는 연꽃이여. 이렇게 꽃을
피우는 젊은 사람이 부럽기만 하구려'
日下江の 入江の蓮 花蓮 身の盛り人 羨しきろかも

(「下つ卷」, p.343)

천황을 기다리다 늙어버린 아카이코는 늙었다는 이유만으로 포기하
지 않고 유랴쿠 천황을 만나러 궁으로 직접 찾아가는 적극성을 보인다.
이런 모습에서 99세 노파와 겐노나이시노스케 두 여인의 모습이 연상

된다. 여기서 주목해야 하는 인물은 유랴쿠 천황이다. 많은 세월이 흘러 아카이코가 늙었다는 것은 유랴쿠 천황 역시 늙었다는 것을 의미한다. 그러나 문장 속에서는 여자의 늙음만 문제될 뿐 남자의 늙음은 언급되지 않는다. 늙어서 결혼하지 않는다는 항목에서도 여자의 늙음이 두드러진다. 천황은 나리히라나 히카루 겐지처럼 당대의 이상적 풍류인으로만 비추어진다.

이 글에서는 유랴쿠 천황의 '이로고노미'를 호색적 성향보다는 자비와 관용의 면모를 부각시켜서 말하고 싶다. 사실 아카이코를 보고 아름답다는 이유만으로 마음을 움직이고 궁으로 데려올 것을 약속한다는 이야기부터 '이로고노미'다. 그러나 여기서는 늙은 아카이코를 대하는 유랴쿠 천황의 태도에서 '이로고노미'를 찾고 싶다. 물론 결혼은 하지 않는다. 그러나 매정하게 쫓아내는 것이 아니라 '이로고노미'의 조건인 노래歌謠로 긴 세월에 대한 안타까움을 보상하고 있다.

여자 역시 노래를 남기는데 '누구에게 의지해야 하나 신을 모시는 무녀는' 그리고 황후 와카쿠사카베若日下部를 꽃에 비유해서 '꽃을 피우는 연꽃이여, 젊음이 한창인 사람이 부럽기만 하다'는 내용을 담은 노래를 남긴다. 여기서 아카이코가 무녀라는 사실을 알 수 있다.

오리구치 시노부는 각각의 신을 모시고 있는 최고의 무녀를 아내로 삼는 것이 바로 고대 영웅에게 요구되는 자격이라고 주장한 바 있다.[37] 각 지방을 지배하는 것은 바로 각 지방의 신을 지배하는 것이기 때문이다. 따라서 위대한 수장은 많은 지방의 무녀와 결혼하는 것으로 그 지방을 지배하에 두었다. '이로고노미'는 고대 영웅에게 요구되는 자격이었다. '이로고노미', 그것은 각각의 신을 모시고 있는 최고의 무녀를 아내로 삼는 것이다. 따라서 '이로고노미'는 고대의 이상적 영웅이 지닌 최대의 미덕이며 일본인의 이상이라고 오리구치는 주장했다.

　유랴쿠는 지방의 무녀를 아내로 삼고자 했다는 점, 그리고 늙은 여인에 대한 배려, 노래로 답하는 보상, 이런 것들로 말미암아 가히 '이로고노미'라고 할 수 있다. 유랴쿠 천황은 아카이코와의 이야기로 말미암아 헤이안 시대의 나리히라, 히카루겐지와 맥을 잇는 '이로고노미'라 할 수 있다.

❖ ❖ ❖

　『이세 모노가타리』의 나리히라상像은 헤이안 시대 문학 작품 속에서 '이로고노미'의 으뜸이므로, 125개 단의 독립된 이야기로 이루어진 『이세 모노가타리』의 공통된 주제를 주인공 남자의 '이로고노미'에서 찾고자 했다.

　'이로고노미'는 한자어 호색好色으로 이해하기 쉬운데, '이로고노미'는 단순한 호색이 아니라 헤이안조의 하나의 미적 이념으로 간주할 수 있다. 그 조건은, 와카에 능해서 적절한 장소에서 적절한 정감을 실은 와카를 지을 수 있어야 한다. 또한 자신의 몸을 바칠 수 있는 정열이 있어야 하고, 그 용모도 중요하다. 그리고 악기를 비롯해서 다양한 예능을 알아야 한다.

　『이세 모노가타리』에는 '이로고노미'의 용례가 몇 군데 있는데 하나같이 이상적이라기보다는 부정적 의미를 수반한다. '이로고노미'라는 수식어를 가졌지만 그 이름에 걸맞은 훌륭한 와카를 짓지 못한다거나 단순히 호색 즉 바람기가 있는 사람으로 거론될 뿐이다. 이것은 남자도 여자도 마찬가지다. 당시 진정한 '이로고노미'의 뜻은 사라지고 호색의 이미지가 짙어졌기 때문이다. 따라서 진정한 '이로고노미'는 '이로고노미'의 용례에서보다는 『이세 모노가타리』의 다양한 이야기 속에서 찾을 수 있다.

이 글에서는 『이세 모노가타리』의 주인공 남자와 99세 노파와의 만남에서 이상적인 풍류인 '이로고노미'를 찾았다. 현대적 감각으로서는 이해할 수 없지만 헤이안 시대의 미적 이념을 고려할 때 이성에 대한 정열, 나아가서는 그러한 노파에 응해주는 주인공의 풍요로운 마음에서 이상적 풍류인의 모습을 찾을 수 있다. 격렬하고 타협할 줄 모르는 사랑이 아니다. 자신이 사랑하는 여자가 아니라도 여자의 적극적 구애를 거절하지 않고 받아들이는 사랑이다. 자신이 사랑하는 사람만을 사랑하는 일반적 관습과는 다르다. 또한 주인공은 상대를 동정하거나 무시하지 않는다. 오히려 상대방 여성의 진심을 받아들이려는 노력을 한다. 세상 사람들은 자신이 사랑하는 사람만을 사랑하는데 주인공은 사랑하던 안 하던 차별하지 않는 마음을 가진다. 이 마음은 단순히 색을 밝힌다는 의미와는 다르다.

여기서 강조하고 싶은 것은, 보여지는 사실만으로 상대를 평가하는 것이 아니라 상대의 진심을 읽고 그 마음을 배려할 수 있는 마음이 바로 '이로고노미'라는 사실이다. 나카무라 신이치로中村真一郎는 '단순한 충동으로 행동하는 것은 에고이스트이다. 문명인은 상대의 기분을 존중하고 장소에 따라 상대를 성적 대상으로 대하는 태도가 새로운 성도덕 '이로고노미'라는 모럴이 되었다'[38]고 설명했다. 즉 '이로고노미'는 하나의 모럴로서 충분한 가치를 가진다.

『이세 모노가타리』에서는 '이로고노미'라고 수식되지는 않지만 니조 황후 단, 이세사이구 단, 시골 여자와의 관계를 다룬 단 등에서 이상적 풍류인 '이로고노미'像을 찾을 수 있다. 이 글에서는 나리히라와 99세 노파와의 만남을 통해서 이상적인 풍류인 '이로고노미'를 규명했다.

1 125개의 단 중 90개의 章段이 남녀 간의 사랑이야기를 담고 있다.

2 「1. 恋愛の情趣をよく理解すること、多情なこと、またその人。2. 風雅を解すること、またその人。
〈語誌〉平安時代には、男についても女についてもいう。類語にはすきものがあり、源氏物語辺りからすきものの方が多く使われるようになるが、色好みは主に行為の面からとらえた表現であり、すきものは主に対象に対して、一般人よりも優れて好き心を抱く人という意で、主に性質の面からとらえた表現のようである。」(『古語大辞典』、小学館、1984)

3 김종덕, 「『源氏物語』의 日本的 美学」(『외국문학』 제18호, 열음사, 1989.3) p.28

4 高橋亨, 「いろごのみ」(『国文学』、学灯社, 1985.9) p.50

5 김종덕, 「源氏物語의 源泉과 伝承」(『日本研究』 8, 한국외국어대학교, 1993) p.118

6 折口信夫, 『折口信夫全集』 第14巻, 中央公論社, 1987, p.218

7 「この語は、平安時代は男女いずれの場合にも用いられ、容姿・態度・性格・才能など緒方面で、異性をひきつける魅力をもち、また戀愛の情趣解するような人をいい、それが貴族として好ましいタイプーの一つと考えられていた。後世のように、対象に対する悪評を持った語ではないことに注意したい。」(『全訳古語例解辞典』、小学館, 1988)

8 고선윤, 「『伊勢物語』의 '이로고노미'」(『日本文化研究』 제4집, 한국일본학협회, 2001.4)
「제1장, 와카와 '이로고노미'」에서 논한 바 있다.

9 清和・陽城・光孝天皇의 삼대의 역사를 기술한 史書 『日本三代実録』의 元慶四年(880) 五月二十八日条에 「業平体貌閑麗。放縦不拘。略無才学。善作倭歌。」라는 기록이 있다.(藤原時平 等奉勅撰, 『日本三代実録』, 国史大系刊行会, 1929, p.475)

10 김종덕, 「源氏物語의 源泉과 伝承」(『日本研究』 제8호, 한국외국어대학교, 1993) p.134

11 応神天皇 시대에 일본으로 건너간 백제의 왕족으로 사료된다. 백제 14대왕 근구수왕을 선조로 한다.

12 鈴木知太郎, 「在原業平」, 『王朝の歌人』, 和歌文学講座 6, 桜楓社, 1984, p.31

13 日加田さくを, 『物語作家圏の研究』, 武蔵野書院, 1964, p.340

14 三田村雅子, 「みやび・をかし」(『国文学』, 学灯社, 1985.9), p.52

15 「歌物語や歌語りのかなりの部分が色好みを主人公にするのは、和歌と色好みの結
   びつきを示すものがあるが、これがやがて光源氏像となって結実してゆくのである。」
   (堀内秀晃, 「色好み」, 『研究資料日本古典文学① 物語』, 明治書院 1985, p.97)

16 문학이나 예능에 恥溺하는 것, 풍류의 道에 몸을 던지는 것을 의미하는 키워드.

17 加藤睦, 「数奇」(『国文学』, 学灯社, 1985.9) p.88

18 김종덕, 「平安時代 文学에 나타난 女性」(『일본문학속의 여성』, 제이앤씨, 2006) p.12

19 『伊勢物語抄』:「此も好色を誡事」/「是も世上にあること也」
   『伊勢物語古意』:「好色みなる女のするわざなる事」
   (片桐洋一, 『伊勢物語古注釈大成』, 笠間書院, 2004)

20 『伊勢物語抄』:「此段女の不定を刺也」
   『伊勢物語来古意』:「心みじかき女の出て去、是は色好める女にて夫の見るめなくて
   心遅きをきらひて出たるを云」(片桐洋一, 『伊勢物語古注釈大成』, 笠間書院, 2004)

21 「多情な人とかの意味、多情なけしからぬ女」(石田穣二, 『伊勢物語』, 角川書店, 1979)

22 25단
   秋の野にささわけし朝の袖よりもあはで寝る夜ぞひちまさりける
   色好みなる女、返し、
   みるめなきわが身をうらとしらねばや離れなで海人の足たゆく来る(p.140)
   37단
   われならで下紐解くなあさがほの夕影またぬ花にはありとも
   返し、
   ふたりして結びし紐をひとりしてあひ見るまでは解かじとぞ思ふ(p.146)

23 김영, 「일본고대의 성애관 고찰」(『日語日文学研究』 제59집 22권, 한국일어일문학회,
   2006.11) p.45

24 今西祐一郎, 「色好み試論」(静岡女子大学紀要, 1974)참조

25 南波浩, 「歌語り・歌物語の特質」(『物語・小説』, 日本文学講座 4, 大修館書店, 1987)
   p.50

26 김종덕, 「源氏物語의 源泉과 伝承」(『日本研究』 제8호, 한국외국어대학교, 1993) p.137

27 室町後期 『伊勢物語』 注釈史의 주류를 이룸. 連歌師로도 유명했던 宗祇의 伊勢物語 주석서.

28 김임숙, 「室町後期에 있어서의 伊勢物語의 수용」(『日語日文学』 제14집, 대한일어일문 학회. 2000. 11) p.228

29 14단에는 '노래마저 촌스럽다'는 평을 받는 시골 여자의 구애 이야기가 있다. 여기서 남자는 제대로 구색을 갖춘 훌륭한 와카가 아니라도 그 속에 담긴 마음을 읽고 그 사랑을 받아들인다. 비록 한순간이기는 하지만, 이런 남자의 태도에서 '이로고노미'를 찾아볼 수 있다.

30 「平安時代 여인들은 남에게 함부로 얼굴을 보여서는 안 된다. 그래서 남자들은 문 틈사이로 여인을 엿보았다. 이것을 '垣間見'라고 하는데, 이것으로 남녀 간의 사랑이 시작된다.」 (김종덕, 「『源氏物語』의 日本的 美学」, 『외국문학』 제18호, 열음사, 1989.3, p.29)

31 신선향, 「源氏物語의 伊勢物語 受容에 관한 고찰」(『日語日文学』 제12집, 대한일어일 문학회, 1999. 9) p.246

32 服藤早苗, 『平安朝の女と男』, 中央新書 1240, 1995, p.8

33 김영, 「일본고대의 성애관 고찰」(『日語日文学研究』 제59집 22권, 한국일어일문학회, 2006. 11) p.47

34 中村真一郎, 『日本古典性愛』, 新潮社, 1976, p.60

35 鈴木日出男, 「源典侍と光源氏」, 『源氏物語虚構論』, 東京大学出版会, 2003, p.291

36 신선향, 「源氏物語의 伊勢物語 受容에 관한 고찰」(『日語日文学』 제12집, 대한일어일 문학회, 1999.9) p.248

37 折口信夫, 『折口信夫全集』 第14巻, 中央公論社, 1987, p.218

38 中村真一郎, 「好色の誕生」(『日本古典にみる性と愛』, 新潮社, 1976) p.35

# 제3장
# 니조 황후와의 사랑

**아쿠타가와**

伊勢物語色紙(俵屋宗達筆・大和文華館 所藏)

『이세 모노가타리』의 각 단은 독립된 내용으로 앞뒤 서로 아무런 관련이 없는 것처럼 보이지만, 작품 속에는 아리와라 나리히라로 생각되는 '남자' 즉 '무카시 오토코昔男'[1]를 주인공으로 몇 개의 굵직한 줄거리를 가지고 있다. 니조 황후二条后[2]와 관련된 이야기, 이세사이구伊勢齋宮와 관련된 이야기가 이에 해당한다.

이 글에서는 '무카시 오토코'와 니조 황후와의 이야기를 중심으로 『이세 모노가타리』의 사랑을 이야기하겠다. 사실 어떤 이야기가 니조 황후 단에 속하는가를 말하는 것은 쉬운 일이 아니다. 와타나베 야스히로渡辺泰宏는 3, 4, 5, 6, 65, 76단을,[3] 스즈키 히데오鈴木日出男는 3, 4, 5, 6, 26, 29, 65, 76, 100, 106단을[4] 니조 황후 단이라고 했다. 한편 미타니 구니아키三谷邦明는 '동쪽 지방으로의 유리東下り'와 관련된 이야기도 모두 니조 황후 단에 속한다고 주장했다. 더 나아가 초단에 등장하는 자매女はらから의 한사람마저 니조 황후라고 설명했다.[5]

필자는 위 연구자들의 주장을 참고하고, 직접적 간접적으로 니조 황후와의 관계를 암시하고 있는 단(3, 4, 5, 6, 26, 29, 65, 76, 89, 93단)을 중심으로 이들의 만남과 이별, 사랑을 살펴보겠다. 그리고 『이세 모노가타리』가 그리고자 하는 사랑이 어떤 것이었는지에 대해서 이야기하겠다.

앞에서 '아리와라 나리히라로 생각되는 남자 즉 '무카시 오토코'를 주인공으로'라고 기술했는데, 실은 『이세 모노가타리』의 주인공은 결코 나리히라의 실상이 아니다. 어떤 특정한 미의식에 의해 여과된 당시의 이상적 인간상을 그리고 있을 뿐이다. 특히 니조 황후 단에 등장하는 남자는 어떤 특정한 사회적 지위와 개인적 특성을 지닌 존재가 아니라 이룰 수 없는 사랑에 빠진 한 남자로 등장하고 있다.

이에 비해 여자 주인공은 다른 어떤 인물이 아닌, 바로 니조 황후로 등장한다. 실제 이름을 드러내기도 하고, 그녀가 사는 장소 등을 기술하는 것으로 니조 황후임을 추측할 수 있게 한다.[6] 이것은 여자의 신분적 특성을 강조하기 위함이다. 여자는 높은 신분의 소유자로 남자 주인공 '무카시 오토코'와의 사랑은 이루어질 수 없는 것임을 암시한다. 즉 여자의 신분이 강조되고 있는 것은 신분적 차이에 의해 이룰 수 없는 사랑의 괴로움을 강조하기 위함이다. 니조 황후 단은 신분차이에 따른 불가능한 사랑을 처음부터 내재하고 있는데, 이것이 바로 니조 황후 단의 주제라고 할 수 있다.

# 01
# 후지와라 가문 여자와의 만남

## 후지와라 씨

먼저 니조 황후 단을 논하기에 앞서, 니조 황후에 대한 지식이 필요할 것 같다. 니조 황후는 당시 막강한 세력을 자랑하는 후지와라 씨藤原氏 집안의 여인, 후지와라 다카이코藤原高子(842~910)이다.[7] 후지와라 씨는 9세기 중엽, 후지와라 후유쓰구藤原冬嗣(775~826)가 사가 천황의 신임을 얻은 후 세력을 점차 키워나갔는데, 이들은 황족과의 정략결혼을 통해서 자신의 세력을 더욱 강하게 구축하였고 정치를 독점해서 막강한 세력가로 한 시대를 움직였다.

다카이코는 후지와라 후유쓰구의 장남 나가라長良(802~856)의 딸인데 그 어머니는 후지와라 후사쓰구藤原総継(773~843)의 딸 다카하루乙春

이다. 이모 다쿠시澤子는 닌묘仁明(在位 833~850) 천황의 후궁이고, 고코 천황光孝(在位 884~887)의 어머니이다. 다카이코가 15세가 되는 856년 아버지 나가라가 세상을 떠나는데, 당시 21세의 오빠 모토쓰네基経는 숙부 요시후사良房(804~872, 關白)의 양자가 되어 높은 지위에 있었다. 한편 요시후사는 더 이상 천황가에 시집보낼 적당한 나이의 딸이 없었기 때문에[8] 다카이코를 양녀로 삼은 후 황태자 고레히토 친왕惟仁親王(850~880, 훗날 淸和天皇)에게 시집을 보낼 속셈을 가진다. 이렇게 니조 황후는 후지와라 권력의 한가운데에 존재했던 여인이다.

## 니조 황후에 대한 남자의 마음

『이세 모노가타리』에는 남자의 사랑이야기가 많은데, 그 상대가 누구인지 알 수 있는 단은 많지 않다. 그런데 『이세 모노가타리』의 초반부를 장식하는 3, 4, 5, 6단에서는 '니조 황후'라는 이름을 노골적으로 기술하면서 이야기가 전개된다. 즉 주인공 남자와 니조 황후와의 사랑이야기는 여기서부터 시작된다.

옛날에 한 남자가 있었다. 사랑하는 여자에게 녹미채(갈조류의 해조)라는 것을 보내면서
　'당신이 나를 사랑하는 마음이 있다면 설령 잡초가 무성한 잠자리라도 좋습니다. 이불대신에 서로의 옷소매를 깔개로 사용하더라도'
니조 황후가 아직 세이와 천황을 모시지 않고 보통 사람의 신분으로 계실 때의 일이다.

むかし、男ありけり。懸想じける女のもとに、ひじき藻といふもの
をやるとて、

　　思ひあらばむぐらの宿に寝もしなむひじきものには袖をしつつも
二条の后の、まだ帝にも仕うまつりたまはで、ただ人にておはしま
しける時のことなり。　　　　　　　　　　　　　　　　　（3단, pp.224~25）

니조 황후가 아직 입궁하기 전의 일이다. 남자는 소박하지만 '잡초가
무성한 잠자리라도 좋다'는 상당히 적극적인 노래로 구애한다. 니조
황후가 이 마음을 받아주기만 한다면 어떤 어려움도 다 감당할 수 있다
는 내용이다. 남자의 여자에 대한 마음을 엿볼 수 있는데 남자는 세상
의 어떤 조건도 상관하지 않겠다는 순수한 마음을 드러내고 있다.

이에 반해 여자의 마음은 전혀 읽을 수가 없다. 아직 입궁하기 전의
니조 황후라는 사실만 밝힐 뿐 남자에 대해서 어떤 마음을 가졌는지
전혀 드러나 있지 않다. 남자와는 대조적이다.

3단에서 시작된 니조 황후와 관련된 이야기는 4, 5, 6단을 거치면서
발전해 나간다. 4단에는 니조 황후라는 이름이 나오지 않는다. 문장
속에서 '헤이안쿄 동쪽 5조 거리에 황태후가 사시는데 그 저택의 서쪽
건물에 여자가 살았다(東の五条に、大后宮おはしましける西の対に、す
む人ありけり)'고 여자가 거처하는 곳을 기술하고 있을 뿐이다. 그런
데 '헤이안쿄 동쪽 5조 근처로 은밀히 찾아다녔다(東の五条わたり
に、いと忍びていきけり)'로 시작하는 5단에 '니조 황후의 처소에 몰
래 드나든다는 소문이 있어서(二条の后に忍びて参りけるを、世の聞
えありければ)'라는 구절이 있어서 바로 니조 황후임을 알 수 있다.

『삼대실록三代實錄』9의 기록으로도 저택의 주인인 황태후는 고조노

기사키 준시五条后順子임을 알 수 있다. 준시는 닌묘仁明(在位833~850) 천황의 배우자이자 몬토쿠文德 천황의 어머니이며 후지와라 후유쓰구의 딸이므로 니조 황후에게는 고모에 해당한다. 가타기리 요이치片桐洋一,[10] 구보타 우쓰보窪田空穂 역시 황태후가 준시라고 밝혔다.[11] 따라서 헤이안쿄 동쪽 5조 거리에 황태후 준시의 거처가 있었고, 거기에 니조 황후가 같이 살고 있었다는 것으로 해석할 수 있다. '황태후 저택에 사는 여자= 니조 황후'는 머지않아 입궁할 몸이라는 사실 또한 내포하고 있다.

5단에서 두 사람의 이야기는 본격적으로 전개된다. 남자는 아이들이 뚫어놓은 토담 구멍으로 은밀히 여자를 찾아가는데

> …주인은 그가 다니는 길에 사람을 두어 밤마다 지키게 했다. 그래서 남자는 여자를 찾아가도 만나지 못하고 돌아가게 되었다. 남자가 노래하기를
> '아무도 모르게 사랑하는 사람에게로 가는 길을 지키는 파수꾼은, 매일 밤 잠들었으면 좋겠다'
> 라고 읊으니 여자는 매우 가슴 아파했다. 이에 주인은 남자가 오는 것을 허락했다.
> …あるじ聞きつけて、その通ひ路に、夜ごとに人をすゑて守らせければ、いけどもえあはでかへりけり。さてよめる。
> 　人しれぬわが通ひ路の関守はよひよひごとにうちも寝ななむ
> とよめりければ、いといたう心やみけり。あるじ許してけり。

(5단, pp.116~117)

훗날 황태자에게 시집보낼 것을 염두에 두고 있는 니조 황후의 집에

서 남자를 허락할 리 없다. 그래도 남자는 포기하지 않고 자신의 마음을 노래로 표현한다. 어떤 순간에도 포기하지 않는 순수한 정열이 전해졌기 때문일까. 여자의 마음이 처음으로 문장 속에 드러난다. '매우 가슴 아파했다'는 구절이 바로 그것이다. 이제까지는 남자의 사랑하는 마음만 그려졌을 뿐 여자의 마음은 전혀 읽을 수가 없었다. 여기서 처음으로 소극적이기는 하지만 남자의 노래를 듣고 여자가 가슴 아파했다는 표현이 있다. 여자의 남자에 대한 마음이 어느 정도인지는 알 수 없지만, 여자 역시 남자의 존재를 의식하고 있음을 파악할 수 있다.

그런데 이야기는 이렇게 행복하게 끝나지 않는다. 6단으로 이어지면서 이 사랑은 더 큰 고비를 맞이하고, 더욱 바쁘게 전개된다. 6단에서 남자는 여자를 데리고 도망간다. 도저히 이룰 수 없는 사랑이라서, 여자를 훔쳐서 어두운 밤길을 도망치는 것이 이 이야기의 시작이다. 그럼에도 본문은 『이세 모노가타리』의 다른 단들과 마찬가지로 '옛날에 남자가 있었다(むかし、男ありけり)'라는 변함없는 문구로 시작된다.

> 옛날에 남자가 있었다. 도저히 자신의 사람으로 만들 수 없는 여자를 몇 년에 걸쳐서 구애하다가, 이제야 보쌈을 해서 어둠 속으로 도망쳤다. …(중략)… 천둥마저 심하게 치고 비도 심하게 내렸기에, 허물어진 헛간에 여자를 밀어놓고 남자는 활과 전통을 메고는 문간을 지켰다.
> むかし、男ありけり。女のえ得まじかりけるを、年を経てよばひわたりけるを、からうじて盗みいでて、いと暗きに来けり。…(中略)…神さへいといみじう鳴り、雨もいたう降りければ、あばらなる倉に、女をば奥におしいれて、男、弓、胡籙を負ひて戸口にをり、
>
> (6단, pp.117~118)

■ 남자는 여자를 데리고 도망쳤지만, 귀신이 나타나 여자를 한입에 삼키고 말았다.
異本伊勢物語 絵巻(東京國立博物館 所藏)

'도저히 자신의 사람으로 만들 수 없는 여자'라는 표현으로 보아 남자 역시 이 여자와의 사랑은 무모한 것임을 처음부터 알고 있었다. 그럼에도 포기할 수 없는 사랑의 힘이 있었기 때문에 이런 일을 저지른 것이다.

짧은 문장 속에서 엄청난 사건이 전개되고 있다. 비바람이 치는 날, 여자를 데리고 도망친 남자는 허름한 곳간에 여자를 넣어 두고 입구를 지키면서 날이 밝아오기만을 기다린다. 그런데 이야기는 생각지도 못한 방향으로 진행된다.

…빨리 날이 밝아오기만을 기다리면서 앉아 있는데, 귀신이 나타나 여자를 한입에 삼키고 말았다. '어머나'하고 여자가 소리쳤으나 요란

한 천둥소리 때문에 남자에게는 들리지 않았다. 점점 날이 밝아 와서 곳간 안을 보자 데리고 온 여자가 보이지 않는다. 남자는 발을 구르며 절규하지만 아무 소용이 없다.

…はや夜も明けなむと思ひつつゐたりけるに、鬼はや一口に食ひて けり。「あなや」といひけれど、神鳴るさわぎに、え聞かざりけり。 やうやう夜も明けゆくに、見れば率て来し女もなし。足ずりをして 泣けどもかひなし。　　　　　　　　　　　　　　　　(6단, p.118)

　날이 밝아오기를 기다리는 사이에 귀신鬼이 나타나 여자를 잡아먹고 말았다. 주인공의 적극적 행동에도 불구하고 귀신이라는 도무지 감당 할 수 없는 대상으로 인하여 결국 두 사람은 헤어지게 되는 것이다. 아무리 '모노가타리'라고는 하지만, 귀신의 등장은 당황스럽다. 『이세 모노가타리』의 이야기꾼語り手 역시 이 점을 감안한 모양이다. 6단은

여기서 끝나지 않고 다음과 같은 부연 설명을 가진다.

> …이것은 니조 황후가 사촌 자매의 처소에 계셨을 때의 일이다. 용모가 매우 아름다웠기 때문에 그녀를 흠모하는 남자가 보쌈을 해서 등에 업고 달아나려고 했다. 이때 그녀의 오빠인 모토쓰네[12]와 구니쓰네[13]가 …(중략)… 심하게 우는 여자가 있다는 말을 듣고 찾아서 데리고 돌아간 것이다. 이것을 귀신에 비유했다. 왕후가 아직 젊어서 보통 사람의 신분으로 계실 때의 일이다.
>
> …これは二条の后の、いとこの女御の御もとに、仕うまつるやうに
> てゐたまへりけるを、かたちのいとめでたくおはしければ、盗みて
> 負ひていでたりけるを、御兄、堀河の大臣、太郎国経の大納
> 言、…(中略)… いみじう泣く人あるを聞きつけて、とどめてとりか
> へしたまうてけり。それをかく鬼とはいふなりけり。まだいと若う
> て、后のただにおはしける時とや。　　　　　　　(6단, pp.118~119)

니조 황후의 오빠들이 니조 황후를 찾아서 집으로 데리고 갔다는 것이다. 남자는 발을 구르며 울지만 소용이 없다. 앞뒤 따지지 않고 오직 사랑 하나만을 위해서 여자를 훔쳐 도망쳤지만 결국 후지와라 씨의 막강한 힘에 의해서 모든 것이 원점으로 되돌아가버렸다.

민병훈은 '모노가타리 안에서 여자를 훔쳐서 달아나는 이야기는 단순히 약탈혼을 의미하지 않고, 권력자의 권한을 상징하는 물건을 훔쳐서 도망하는 행위'라고 주장한 바 있다.[14] 헤이안 시대 황손이면서도 권력에서 빗겨나간 삶을 사는 나리히라와 당대 최고의 권력을 가진 후지와라 씨의 대립으로 본다면 충분히 이렇게도 해석할 수 있다. 그러나 앞에서 보아온 바와 같이 남자의 여자에 대한 사랑은 어떤 계산된 것이 아니라 무모하리만큼 순수한 열정 때문이었다.

『이세 모노가타리』는 한 사람이 아니라 오랜 시간 여러 사람이 보태고 다듬어서 성장한 작품이다. 그래서 이토 요시히데伊藤好英는 이야기꾼의 부연 설명에 대해서 '나중에 보충했다고 생각되는 부분後人補入까지 결국은 허구의 모노가타리다. 결코 사실의 증거가 될 수 없다'[15]고 했지만 전혀 터무니없는 이야기를 하는 것은 아니라고 생각한다. 역사적 사실은 아니라 할지라도 문학전승으로는 충분한 가치가 있다고 본다. 귀신은 다름 아닌 바로 니조 황후의 오빠들이다. 인간의 힘으로는 도저히 대항할 수 없는 후지와라 씨의 존재를 이렇게 귀신이라고 표현한 것이다.

이야기꾼은 친절하게 본문의 수수께끼(귀신= 니조 황후의 오빠= 막강한 힘을 가진 후지와라 씨)를 풀어주고 있다. 만약 이 부분이 없었다면 독자는 귀신을 둘러싼 상당히 자유로운 상상을 했을 것이고, 허구적이기는 하지만 모노가타리로서의 매력은 더했을지도 모른다. 그래서 이마이 겐에今井源衛 역시 이야기꾼은 모노가타리 본문의 기대와 어긋나게 후주를 덧붙이고 있다고 했다.[16]

여기서 필자는 재미난 이야기를 하나 펼쳐보고 싶다. 귀신 즉 '오니'[17]라는 단어를 고어사전에서 찾아보면 눈에 보이지 않는 초자연의 존재, 죽은 자의 영혼 등 여러 뜻이 있는데 '오니구이鬼食い'나 '오니노미鬼飲み'를 하는 관리라는 뜻이 있다. 즉 귀인의 음식물에 독이 들어있지 않은지 미리 먹어보는 관리이다. 『이세 모노가타리』 6단의 오니는 니조노 기사키를 데리고 그냥 사라진 게 아니라 한입에 삼켰다(一口に食ひてけり). 귀인이 음식물을 먹기 전에 독이 들어있지 않은지 미리 먹어보는 자를 '오니'라고 한다면, 오니가 한입에 삼켰다는 설정은 여자

를 죽였다거나 없앴다기 보다는 귀인에게 보내기 전 하나의 과정으로 볼 수도 있다. 이런 생각은 비약이 심한지도 모르겠다. 그러나 '오니'의 등장이 니조노 기사키 단 전체 흐름 속에서 하나의 사건으로 끝나는 것이 아니라 다음으로 이어지는 역할을 한다면, 이런 해석도 가능하다.

앞에서도 지적한 바와 같이 황태후 저택에 사는 여자는 바로 니조노 기사키라는 사실을 암시하기 위함이었고 그와 동시에 머지않아 입궁 할 몸이라는 사실을 의미한다.

## 남자에 대한 여자의 마음

6단에서도 니조 황후의 마음은 좀처럼 읽을 수가 없다. 이야기꾼의 설명에 따르면 남자가 흠모해서 여자를 데리고 도망쳤는데 여자가 심하게 울었기 때문에 오빠들이 데리고 갔다는 것이다. 무모하기까지 한 남자의 적극적 행동에 비해 여자가 보인 모습은 '심하게 울었다' 정도다. 그렇다면 이 사건은 남자의 일방적인 행동으로 여자가 납치된 것쯤으로 이해해야 할 것 같다.

그러나 필자는 그렇게 보고 싶지 않다. 남자와 함께 아쿠타가와芥河 (大阪府高槻市를 흐르는 강)에 이르자, 여자는 풀 위에 맺힌 이슬을 보고 '이것이 무엇인가요(かれは何ぞ)'라고 묻는다. 이 장면에서 여자의 마음을 읽을 수 있다. 남자의 일방적 무모한 행동으로 여자를 끌고 왔다면, 여자는 이런 천연덕스러운 모습을 보이지 못했을 것이다. 어 두운 밤 여자를 데리고 도망을 치는 긴박한 흐름 속에서 마치 쉼표를

하나 찍는 듯 여자는 이슬을 보고 '이것이 무엇인가요'라고 질문을 한다. 남자가 내민 손에 손을 내밀고 따라온 자의 모습을 여기서 찾아볼 수 있다.

『이세 모노가타리』의 12단에 6단과 비슷한 이야기가 있다.

> 옛날, 남자가 있었다. 남의 딸을 몰래 무사시의 들로 데리고 가던 중, 남의 딸을 훔친 도둑인지라 지방관에게 붙잡히게 되었다. 남자는 여자를 풀숲에 숨기고 도망가 버렸다. 길 가던 사람들은 "이 들에는 도둑이 있다더라"면서 불을 놓으려고 한다. 여자는 곤혹스러워하면서
>> '무사시의 들녘을 오늘만은 태우지 마세요. 젊은 남편도 숨어있고 나도 숨어있으니'
> 라고 읊는 것을 듣고, 여자를 잡아서 데리고 가 버렸다.
> むかし、男ありけり。人のむすめを盜みて武蔵野へ率てゆくほどに、ぬすびととなりければ、国の守にからめられにけり。女をば草むらの中に置きて、逃げにけり。道来る人、「この野はぬす人あなり」とて、火つけむとす。女わびて、
>> 武蔵野は今日はな焼きそ若草のつまもこもれりわれもこもれり
> とよみけるを聞きて、女をばとりて、ともに率ていにけり。

(12단, pp.124~125)

여기에는 어디에도 여자가 니조 황후임을 알리는 글이 없다. 단지 남자가 여자를 데리고 나왔다는 점, 발견되어 여자는 되돌아갔다는 점이 같다. 그럼에도 이 이야기를 6단 니조 황후의 이야기와 같은 것으로 보는 데는 이유가 있다. 헤이안 시대의 모노가타리나 설화 중에는 여자를 데리고 도망가는 비슷한 이야기가 적지 않은데, 『야마토 모노가

▎무사시노 여자
　伊勢物語絵巻(住吉如慶筆・個人所藏)

타리大和物語』155단에도 이와 비슷한 이야기가 있다. '이것은 세상에
전해지는 옛날이야기다(世の古ごとになむありける)'면서 역시 황실에
입궁하기 전의 귀한 딸을, 그 집에서 시중들던 남자가 몰래 산속 암자
에 숨기는 이야기가 있다.[18] 『오카가미大鏡』에는 니조 황후, 나리히라,
모토쓰네와 구니쓰네의 이름을 정확하게 기술하면서 6단에서 이야기
꾼이 설명한 바로 그 내용이 있고 이어서 12단의 여자의 노래가 실려
있다.

　　요세이 천황의 어머니는 황태후 다카이코라고 합니다. …(중략)… 아
　　직 젊어서 세상을 모를 때 나리히라가 훔쳐서 숨겼는데 모토쓰네와
　　구니쓰네가 아직 젊었던 옛날, 동생 다카이코를 찾아 돌아가려고 하
　　자, 이때 '남편도 숨어있고 나도 숨어있으니'라는 노래를 읊은 것이 바
　　로 이 분이시니…
　　御母、皇太后高子と申しき。…(중략)… いまだ世ごもりておはしけ
　　る時、在中將しのびて率てかくしたてまつりたりけるを、御せうと
　　の君達、基経の大臣・国経の大納言などの、若くおはしけむほどの
　　ことなりけむかし、取り返しにおはしたりける折、「つまもこもれ

りわれもこもれり」とよみたまひたるは、 この御ことなれば…

（「天の卷」, pp.27~28）

여기서 주목되는 점은 이별의 시점에서 노래를 읊는 자가 남자가 아닌 여자라는 점이다. 3단에서 시작되는 니조 황후 단에는 여자의 노래가 한 수도 없다. 남자의 적극적 사랑에 비해 여자의 마음은 어디에도 드러나 있지 않다. 한편 6단의 이야기꾼의 설명은 여자가 심하게 울었다는 점만 내세워서 남자의 일방적 행동임을 연상케 한다.

그런데 12단을 통해서 이 사랑은 결코 남자만의 사랑이 아니었음을 알 수 있다. 여자가 읊는 노래에서 여자의 남자에 대한 마음을 알 수 있다. 이런 배경으로 니조 황후와의 사랑은 결코 남자 혼자의 일방적 사랑이 아니라 여자도 남자를 사모했음을 알 수 있다. 비록 여자는 소극적이고 수동적이지만, 남자의 일방적 구애로 끝나는 그런 사랑이 아니었음을 알 수 있다.

# 02
# 이루지 못한 사랑의 파멸

## 남자의 무모한 사랑과 여자의 두려움

3~6단까지가 니조 황후 단의 전편이라면, 후편은 한참 뒤 65단에서 찾아볼 수 있다. 비교적 분량이 길고, 남자와 여자 두 주인공은 상당히 구체적인 설명을 가지고 등장한다.

여자는 천황의 총애를 받는 상당한 지위에 있는 사람으로 등장한다. 당시 법령으로 특정한 색의 옷을 입는 일이 금지되어 있었는데,[19] 여자는 그것마저 상관이 없는 지위의 인물(色ゆるされたるありけり)로 묘사되고 있다. 여자에 대한 설명은 여기서 끝이 아니다. '그 사람은 천황을 낳은 대비마마의 사촌이다(大御息所とていますがりけるいとこなりけり)'라고 꼭 집어서 지적한다. 이것은 6단에서 '니조 황후가 사촌

자매의 처소에 계셨을 때의 일'이라는 구절을 연상케 한다. 즉 대비마마의 사촌인 니조 황후임을 누구나가 알 수 있도록 설정하고 있다.

한편 남자에 대한 설명도 허술하지 않다. 『이세 모노가타리』의 대부분은 '옛날, 남자가 있었다'로 시작되는데 여기서는 특별하다. '궁중에서 일하는 아리와라 나리히라라는 남자가 아직 젊었을 때(殿上にさぶらひける在原なりける男を、まだいと若かりける)'라고 젊은 시절의 나리히라임을 정확하게 표현하고 있다. 특히 '남자는 여자들의 거처에 출입이 허락되었으므로 여자가 있는 곳에 찾아와 마주 앉았다(男、女がたゆるされたりければ、女のある所に来てむかひをりければ)'는 문장으로 보아 아직 성인식을 치르기 전의 아주 어린 나이임을 짐작할 수 있다. 어쨌든 니조 황후 단에서 처음으로 남자의 정체가 밝혀진 셈이다.

비록 어린 나이로 설정이 되어있기는 하지만 천황의 총애를 받는 여성을 사랑한다는 것은 특별한 의미를 가진다. 아직 입궁하기 전, 후지와라라는 막강한 권력을 가진 집안의 딸로 등장할 때도 앞에서 살펴본 바와 같이 그 만남은 쉽지 않았다. 그런데 이제는 그것과는 비교도 할 수 없는 위치의 여자로 등장한다. 신분 차이 이상의 의미를 가진다. 왕권에 대한 도전으로까지 볼 수 있기 때문이다. 만약 두 사람의 관계가 세상에 알려진다면 엄청난 일이 일어날 것이라는 것은 자명하다. 혈기왕성한 젊은이와 천황이 총애하는 여자와의 사랑은 엄청난 사건임에 틀림없다. 그래서 여자는 끊임없이 두려워한다.

이런 식의 만남이 계속 이어진다면 '대단히 보기 흉한 일입니다. 우리 두 사람은 망가질 것입니다. 이러지 마십시오(いとかたはなり。身も亡びなむ、かくなせそ)'라고 말하는 여자에게 남자는 아래와 같은 노래로 답한다.

'만나지 않으려고 참아보지만 당신을 생각하는 강렬한 마음은 어쩔 수
가 없습니다. 만날 수만 있다면 이 몸 하나 어찌되어도 좋습니다'
思ふにはしのぶることぞまけにけるあふにしかへばさもあらばあれ

(65단, p.167)

여자의 두려움과는 대조적으로 남자는 아무것도 두려워하지 않는
다. 이런 무분별하고 적극적인 남자의 구애는 자신의 감정에 충실하다.
자신의 행동이 불러일으킬 결과에 대해서 전혀 생각하지 않는 주인공
의 순수함과 단순함에서 비롯된 것이라고 생각한다.

여자가 거처에 들기만 하면 남자는 다른 사람이 보고 있거나 말거나
그 방으로 들어오니, 여자는 괴로운 나머지 친정으로 돌아가 버린다.
그런데 남자는 오히려 '그것 잘 되었다(何の、よきこと)'면서 여자의 친
정으로 드나든다. 이 사실이 주위에 알려지지 않을 리 없다.

두 사람의 만남이 깊어질수록 두 사람의 고뇌도 깊어진다. 이제는
남자도 자신이 망가질 것이라는 두려움에 휩싸인다.

이렇게 보기 흉하게 사는 동안 쓸모없는 몸이 되어버리고, 언젠가는
파멸해버릴 것이라고 생각한 남자는 "어떻게 해야 할지 모르겠습니다.
나의 이런 마음을 고쳐주십시오"라고 부처님과 신에게 빌었지만, 더욱
그 여자 생각이 나고 여전히 사랑하는 마음이 깊어만 갔다. 그래서
음양사와 무당을 불러 사랑하는 마음을 없애는 불제를 하기 위해서
도구를 갖추고 강가로 나갔다. 불제를 하는데 슬픈 마음이 더해져서
이전보다 더 그리워졌다.

'사랑을 하지 않기 위해서 미타라시 강에서 신께 빌었는데, 신은
들어주시지 않네'
라고 읊고 돌아갔다.

かくかたはにしつつありわたるに、身もいたづらになりぬべけれ
ば、つひに亡びぬべし、とて、この男、「いかにせむ、わがかかる
心やめたまへ」と、仏神にも申けれど、いやまさりにのみおぼえつ
つ、なほわりなく恋しうのみおぼえければ、陰陽師、神巫よびて、
恋せじといふ祓への具してなむいきける。祓へけるままに、いとど
悲しきこと数まさりて、ありしよりけに恋しくのみおぼえければ

　　恋せじとみたらし河にせしみそぎ神はうけずもなりにけるかな
といひてなむいにける。　　　　　　　　　　(65단, pp.168~169)

❚ 남자는 미타라시 강에서 사랑하는 마음을 없애는 불제를 드리다.
伊勢物語図屛風(宗達派・個人所藏)

한편 니조 황후의 고뇌도 읽을 수 있다.

천황께서 아름다운 용모를 하시고 부처님의 이름을 마음에 새기면서 아주 훌륭한 목소리로 외는 것을 듣고, 여자는 심하게 울었다. "이런 주군을 모시지 못하는 것은 전생의 인연 때문일 것이다. 슬프다. 그 남자의 정에 끌려서"라고 울었다고 한다.

この帝は、顔かたちよくおはしまして、仏の御名を御心に入れて、御声はいと尊くて申したまふを聞きて、女はいたう泣きけり。「かかる君に仕うまつらで、宿世つたなく、悲しきこと、この男にほだされて」とてなむ泣きける。

(65단, p.169)

남자는 자신의 무모한 사랑을 그만 두려고 노력한다. 그 노력은 다름 아닌 샤머니즘적 요소를 가미한다. 외부로부터 들어온 사악한 것을 제거하는 의식이 불제祓除[20]이다. 자신의 의지로는 불가능한 일이라고 생각하고 부처, 신, 무당, 음양사를 불러들여 다스리려고하지만 아무런 효험이 없다.

니조 황후 역시 편하지 않다. 천황에 대한 미안한 마음과 남자에 대한 사랑 때문에 고뇌한다. 훌륭한 주군임을 알지만 그보다 남자를 향한 정이 더 깊기 때문이다. 그녀가 고뇌를 표현하는데도 부처가 등장하고, 전생이 등장한다. 역시 두 사람의 사랑은 인간의 힘으로는 어쩔 수 없는 마력을 가졌음을 시사한다.


## 사랑의 끝에서 확인되는 남자와 여자의 사랑

두 사람의 소문은 결국 천황의 귀에까지 들어간다. 무사할 리가 없다. 나리히라는 먼 곳으로 귀양을 떠나게 되고, 여자는 궁궐에서 쫓겨나 곳간에 갇히는 신세가 된다. 이런 결말은 니조 황후 단 시작부터 이미 내정되어 있었던 것이다.

사랑을 그만 두려고 노력한 남자이지만 이 지경에 이르자 다시 사랑을 멈추지 않는다. 주인공의 순수한 영혼은 어떤 상황에도 굴복하지 않고 계속해서 니조 황후를 사랑한다. 마치 사랑에 대한 포기는 있을 수 없다는 듯 밤마다 멀리서 여자가 갇혀 있는 곳간까지 찾아와서 피리를 불고 노래를 한다. 이들은 서로 만날 수는 없었지만 서로의 존재를 확인한다.

남자의 심정은 그의 노래에 잘 나타나 있다. 니조 황후가 그리워 만나러 가지만 결국 만나지 못하고 허무하게 발걸음을 돌리는 날이 이어지지만, 그래도 보고 싶은 마음에 다시 찾아오게 된다는 하소연을 노래한다. 이런 주인공의 심정은 사랑을 시작할 때와 조금도 달라진 것이 없다.

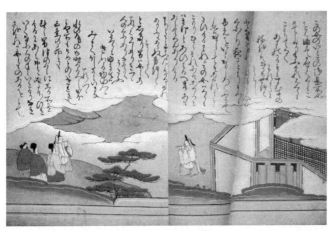

▎여자가 갇혀 있는 곳간을 찾아와서 남자는 피리를 불고 노래를 한다.
冊子本伊勢物語(Chester Beatty Library 所藏)

'언제나 덧없이 갔다가 돌아오는 길이지만 보고 싶은 마음에 끌려서
다시 찾아오게 됩니다'
いたづらにゆきては来ぬるものゆゑに見まくほしさにいざなはれつつ

한편 니조 황후는 천황의 후궁으로 입궁하기 전에는 후지와라라는
막강한 권력 앞에서 소극적이었고, 입궁하여 천황의 후궁이 된 이후에
는 이 사랑으로 인하여 자신과 나리히라가 망가질 것을 두려워한다.
그런데 65단의 두 수의 노래는 그녀의 마음을 숨기지 않고 표현한다.

'와레카라[21]처럼 모든 일은 나로 하여금 생긴 일이라 소리내어 울기는
하지만, 이렇게 된 것 세상을 원망하지는 않겠습니다'
あまの刈る藻にすむ虫のわれからと音をこそ泣かめ世をば恨みじ

（65단, p.169）


'그래도 만날 수 있으리라 생각하는 것이 더 슬픕니다. 살아있어도 살
아있는 몸이 아닌지 모르고'
さりともと思ふらむこそ悲しけれあるにもあらぬ身をしらずして

（65단, p.170）


첫 번째 노래는 남자가 귀양을 떠나고 곳간에 갇히는 신세가 되는
이 상황은 바로 니조 황후 자신 때문이라고 노래한 것이다. 이것은 남
자와의 사랑을 인정하고 있음을 의미한다. 슬프기는 하지만 원망하지
않겠다는 구절에서 여자도 남자를 많이 사랑했음을 알 수 있다.
두 번째 노래는 밤마다 멀리서 찾아와서 피리를 불어주고, 노래를

불러주는 남자에 대해서 곳간에 갇힌 자신의 신세를 슬퍼하는 것이 아니라, 만나려고 찾아오는 남자를 더 연민한다. 나보다는 상대를 더 생각하는 사랑의 마음이 보인다. 여기서 비로소 니조 황후의 남자에 대한 마음을 읽을 수 있다.

여자를 향한 남자의 마음은 어디에서나 확인 가능하다. 사랑의 시작에서부터 파멸에 이르기까지 무모하리만큼 적극적인 사랑을 한결같이 고집한다. 중간에 잠시 자신의 파멸을 두려워하기도 했지만 순간에 불과하다. 이에 비해 여자의 마음은 좀처럼 잘 드러나지 않을 뿐 아니라 입궁한 후에는 둘 다 파멸할 것이 두려워 도피하기도 한다. 그런데 귀양을 떠나고 곳간에 갇히는 결정적 순간을 맞이하자, 여자는 남자에 대해서 솔직한 마음을 보인다. 남자 때문에 괴로워하고 애태우는 모습을 여실히 드러낸다.

# 03
# 옛사랑에 대한 기억


## 옛사랑에 대한 남자의 마음


　니조 황후와의 사랑은 끝났다. 이제는 옛사랑을 추억할 뿐이다. 더 이상 남자의 정열적 사랑은 보이지 않는다. 지난 그 사랑에 대한 아련한 아쉬움만 남는다. 필자는 옛사랑의 추억도 모두 니조 황후 단에 속해야 한다고 본다. 원래 이루어지지 못한 사랑일수록 그 추억은 더 크게 남는다. 앞에서 보아온 이야기들처럼 드라마틱한 전개는 없다.

　『이세 모노가타리』에는 도저히 극복할 수 없는 신분차로 헤어져야만 했던 니조 황후와의 사랑을 기억하고 한탄하는 이야기가 산재한다.

　옛날, 신분이 그리 낮지 않은 남자, 자신보다 나은 신분의 여자를 사모

하다 세월이 흘렀다. 그 남자가 지은 노래

　'당신을 그리워하다가 죽으면, 세상 사람들은 어떤 신의 저주 때
　문에 죽었다고 애꿎은 누명을 씌우겠지요'

むかし、いやしからぬ男、われりはまさりたる人を思ひかけて、
年経ける。

　人しれずわれ恋ひ死なばあぢきなくいづれの神になき名おほせむ

(89단, p.193)

신분이 낮으면서도 비교할 수 없을 만큼 신분이 높은 사람을 연모하고
있었다. …(중략)… 누워서도 생각하고 서서도 생각하고 그리워하며
읊은 노래

　'신분에 맞는 사람과 사랑을 해야 한다. 견줄 수 없이 차이나는
　신분의 사람과의 사랑은 괴롭기만 하다'

身はいやしくて、いとになき人を思ひかけたりけり。…(中略)… ふ
して思ひ、おきて思ひ、思ひわびてよめる。

　あふなあふな思ひはすべしなぞへなくたかきいやしき苦しかり
　けり

(93단, p.195)

옛날에 한 남자가 고조 거리의 근방에 사는 여자를 얻지 못한 사실을
슬퍼하면서, 어떤 사람에게 답하는 노래

　'그 사람과의 인연이 끊어지고, 나의 소매에는 항구에 파도가 친
　것 같은 슬픈 눈물이 넘칩니다. 그것은 진귀한 당나라의 배가 갑
　자기 항구에 들어왔을 때 정도로 심한 파도입니다'

むかし、男、五条わたりなりける女を、え得ずなりにけることとわ
びたりける、人の返りごとに、

　思ほえず袖にみなとのさわぐかなもろこし船のよりしばかりに

(26단, pp.140~141)

위의 세 이야기는 모두 신분 때문에 이루지 못한 사랑에 대한 애달픔을 담은 이야기이다. 여자의 모습은 전혀 보이지 않는다. 단지 신분이 높은 사람이라는 것이 강조될 뿐 남자의 슬픈 마음만 보인다. 신분이 달라 이루지 못한 사랑에 대한 아쉬움은 옛 기억으로 끝나지 않는다. 아픔이 되어서 가슴 깊은 곳에 자리한다. 그리워서 죽을 것만 같기도 하고, 그 사랑을 후회하기도 한다.

많은 시간이 지나 노인이 되어도 남자는 니조 황후를 잊지 못한다. 기회만 되면 그 사랑을 표현한다. 표현한다기 보다는 항상 가슴속에 담고 옛 사랑을 기억한다.

> 옛날 동궁 어머니 어전에서 개최된 '하나노가'에 참석했을 때
> '꽃을 두고 떠나는 아쉬움은 늘 그렇지만, 오늘 이 저녁만큼 아쉬운 적은 없었습니다'
> むかし春宮の女御の御方の花の賀に、めしあづけられたりけるに
> 花にあかぬ嘆きはいつもせしかども今日の今宵に似る時はなし
>
> (29단, p.142)

하나노가花の賀는 40세 이후 10년 간격으로 장수를 축하하는 행사이다.[22] 나리히라와 니조 황후가 만나서 사랑했던 시간에서 많은 시간이 지났음을 가늠할 수 있다. '꽃을 두고 떠나는 아쉬움'이라고 시작하는 이 노래는 만족할 만큼 실컷 즐기지 못하고 떠나야 하는 아쉬움을 표현한 것인데, 여기서 꽃이란 바로 니조 황후를 의미한다. 많은 시간이 흘렀지만 아직도 옛 사랑을 추억하고 사모하는 남자의 마음을 읽을 수 있다.

비슷한 이야기가 하나 더 있다. 역시 니조 황후와 자리를 같이 한

곳에서 남자는 그녀에 대한 옛사랑의 마음을 숨기지 못하고 노래한다.

옛날 니조 황후가 아직 동궁의 어머니이던 시절 조상신 참배를 갔다. 사람들이 녹을 받는데, 근위부에 근무하는 노인은 황후의 어차로부터 직접 녹을 받고 노래를 지어 올렸다.
　　'오하라의 오시오산의 신도 오늘만큼은 신대의 천손수호의 일을 생각하시겠지요'
라고 노래하고는 깊은 슬픔에 잠겼는지 아닌지 알 수가 없다.
むかし、二条の后、まだ春宮の御息所と申しける時、氏神にまう でたまひけるに、近衛府にさぶらひけるおきな、人人の禄たまはる ついでに、御車よりたまはりて、よみて奉りける。
　　大原や小塩の山も今日こそは神代のことも思ひいづらめ
とて、心にもかなしとや思ひけむ、いかが思ひけむ、しらずかし
(76단, p.178)

동궁의 어머니, 이른바 나리히라와의 사랑을 옛이야기로 간직하는 니조 황후가 참배를 마치고 수행한 사람들에게 감사의 뜻으로 녹을 내리는 장면이다. 이때 지금은 노인이 된 나리히라만은 니조 황후로부터 직접 하사받는다. 그리고 노래를 지어 바친다. 이 노래는 당연 축사다. 천손이 강림할 때 후지와라 씨의 조상신이 함께 했다[23]는 사실을 내세우면서 니조 황후의 장수를 축하하고 있다. 그런데 그들의 이야기를 알고 있는 독자에게는 결코 축사로만 읽히지는 않는다. 이 노래는 '지금은 늙어서 노인이 되었지만 그 옛날 젊은 시절 당신과 사랑했던 기억만은 간직하고 있습니다. 당신도 기억하시나요'라는 내용이다. 표면상 축사이지만, 그 내면에는 옛사랑의 그림자를 드리운다.

## 옛사랑에 대한 여자의 마음

　이상과 같이 니조 황후에 대한 그리움을 그리는 남자의 노래가 대부분이다. 지난 사랑에 대한 여자의 그림자는 좀처럼 보이지 않는데, 100단에서 상당히 적극적인 니조 황후의 마음을 읽을 수 있다. 니조 황후단 전체를 통해서 볼 수 없었던 여자의 모습을 여기서 처음 볼 수 있다.

　　　옛날 한 남자가 후량전과 청량전 사이를 지날 때 어느 고귀한 분의
　　　방에서 "잊어버린다는 와스레구사를, 숨어서 그리면서 참고 견딘다는
　　　시노부구사라고도 합니까"라면서 원추리(와스레구사)를 밖으로 내놓
　　　으시기에 받아서는
　　　　　'저를 와스레구사가 자라는 들녘으로 보시나 봅니다. 저는 와스레
　　　　　구사가 아니라 숨어서 참고 견디는 시노부구사입니다. 당신의 말
　　　　　에 힘입어 후일의 만남을 그립니다'
　　　むかし、男、後涼殿のはさまを渡りければ、あるやむごとなき人の
　　　御局より、「忘れ草を忍ぶ草とやいふ」とて、いださせたまへりけれ
　　　ば、たまはりて、
　　　　　忘れ草おふる野辺とは見るらめどこはしのぶなりのちも頼まむ
　　　　　　　　　　　　　　　　　　　　　　(100단, pp.200~201)

　와스레구사는 '잊는다忘れる'를, 시노부구사는 '숨어서 참고 견디다忍ぶ'는 뜻을 내포한다. 따라서 여자는 이 꽃 이름을 이용해서 '당신은 내가 있는 곳을 잊고 있지만 나는 숨어서 당신을 그리며 참고 견디고 있습니다'라고 마음을 전달하고 있다. 나리히라와의 만남에서 항상 소극적이

고 수동적인 모습만 보인 여자는 여기서 처음으로 먼저 손을 내미는 적극적 모습을 보인다. 젊은 날의 니조 황후와는 다른 모습이다. 항상 남자가 먼저 손을 내밀고 끌고 갔는데 여기서는 니조 황후의 말에 남자가 힘을 얻는 설정이다. 항상 수동적이고 소극적이었던 니조 황후는 여기서 처음으로 주도적으로 남자에게 자신의 마음을 표현하고 손을 내밀고 있다.

❖ ❖ ❖

　이런 종류의 궁중밀화는 다른 곳에서도 찾아볼 수 있다.[24] 『우쓰호 모노가타리うつぼ物語』에서 당시 유력한 씨족인 다이라 마사아키라平正明를 설명함에 '세상의 여자라는 여자는 황녀라 할지라도, 천황의 자식을 낳은 후궁이라 할지라도 손을 대지 않은 이가 없을 정도로 유명한 '이로고노미'였다(ありとしある女をば、皇女たちをも、御息所をも、のたまひ触れぬなく、名高き色好みにものしたまひけり)'(「藤原の君」 ①, p.140)라는 구절이 기억된다.
　그런데 나리히라와 니조 황후의 이루지 못한 사랑을 단순히 하나의 궁중밀화로 치부하기에는 석연하지 않은 데가 있다. 『이세 모노가타리』의 주인공 남자는 당대의 이상적 인간상을 대변하고 있기 때문이다.
　나리히라와 니조 황후의 만남에서 이별 그리고 회상에 이르기까지 하나의 줄거리를 만들어서 읽어나가면, 남자의 정열적이고 적극적인 마음과 행동을 볼 수 있다. 남자는 어떤 어려움이 있어도 이 사랑을 지키겠다고 고집한다. 나리히라에 대해서 '방종하다는 말을 들을 정도로 정열적'이라는 기록이 있을 만도 하다. 남자는 아무것도 두려워하지 않는다. 자신의 감정에 충실하며 무분별하고 적극적인 구애를 한다. 자신의 행동이 불러일으킬 결과에 대해서는 전혀 생각하지 않는다. 이것은 『이세 모노가타리』의 남자 '무카시 오토코'의 순수함과 단순함에서 비롯된 것이라고 할 수 있다.

여자를 향한 남자의 마음은 니조 황후 단 어디에서나 확인 가능하다. 사랑의 시작에서 파멸에 이르기까지 적극적인 사랑을 고집한다. 중간에 잠시 자신의 파멸을 두려워하기도 했지만 순간에 불과하다. 이에 비해 여자의 마음은 좀처럼 잘 드러나지 않을 뿐 아니라 파멸을 두려워하고 도피를 하기도 한다.

그런데 많은 시간이 흐르고 우연인지 아니면 의도적이었는지 알 수 없지만 스쳐 지나는 자리에서 니조 황후는 자신의 마음을 솔직하게 표출한다. 남자의 변함없는 사랑이 결국 여자에게도 마음을 드러내게 한 것 같다. 나리히라와의 만남에서 항상 소극적이고 수동적인 모습만 보인 여자는, 100단에서 처음으로 먼저 손을 내미는 적극적이고 능동적인 모습을 보인다. 젊은 날의 니조 황후와는 다른 모습이다. 항상 남자가 먼저 손을 내밀고 끌고 가는 사랑이었는데 여기서는 니조 황후의 말에 남자가 힘을 얻는다는 설정이다. 그렇다고 이 사랑이 다시 이루어질 것이라고는 생각하지 않는다. 마흔이 넘고, 노인翁이 된 나리히라에게 이 사랑은 역시 신분의 차이로 도저히 이룰 수 없는 젊은 날의 옛 기억일 뿐이다.

니조 황후 단에 등장하는 남자는 어떤 특정한 사회적 지위와 개인적 특성을 지닌 존재로 등장하기보다는 이룰 수 없는 사랑에 빠진 한 '남자'로 등장한다. 이에 비해 여자 주인공은 실제로 이름을 드러내면서 니조 황후임을 밝히고 있다. 이것은 여자의 신분적 특성을 강조하기 위한 것으로, 여자는 높은 신분의 소유자로서 남자 주인공과의 사랑은 이루어질 수 없는 것임을 암시한다. 즉 여자의 신분이 강조되고 있는 것은 신분적 차이에 의해 이룰 수 없는 사랑의 괴로움을 강조하기 위함이다. 니조 황후 단에는 신분차이에 따른 불가능한 사랑이 처음부터 내재되어 있었다. 이것이 바로 니조 황후 단을 통해서 볼 수 있는 『이세 모노가타리』의 사랑이라 할 수 있다. 이 사랑은 '무카시 오토코'의 정열과 풍류, 즉 '미야비'로 설명 가능하다.

■ 주

1 『伊勢物語』의 각 단은 대부분 '昔男ありけり'로 시작된다. 따라서 『伊勢物語』는 昔男의 이야기라고 할 수 있다. 이 글에서는 昔男을 '남자' '주인공인 남자' 등으로 풀어쓰겠다.

2 二条后는 입궁하고 난 후의 칭호이다. 藤原高子가 그 이름이고, 후에는 동궁의 어머니로 불린다. 그러나 이 글에서는 편의상 입궁 전이나 후나 高子를 二条后라 통일하겠다. 또한 二条后와 관련된 이야기가 담긴 단을 '니조 황후 단'이라 하겠다.

3 渡辺泰宏, 「伊勢物語章段群論」(『国文学』43-2号, 学灯社, 1998. 2) p.109

4 鈴木日出男, 「伊勢物語を読む」(『国文学』, 学灯社, 1988) p.135

5 「…女はらからを二条の后だと解釈したらどうであろうか。春日の里に住んでいるのだから藤原の女と理解することも可能なのである。高子は伊勢物語では順子や明子と同居していたと記されており、そうした情景を女はらからと表現したのである。七六段には、昔、二条の后の、まだ東宮の御息所と申しける時、氏神を大原神社ではなく、春日神社だと解釈すれば、これもこの説を補強するだろう、つまり、業平と高子の最初の出会いを描いた章段として初段を詠むのである。とすれば、初段から六段までが二条后の章段となり、この物語は違った色彩を帯びてくるだろう。」(三谷邦明, 「奸計する伊勢物語」, 『日本文学』, 日本文学協会, 1991. 5, p.11)

6 '니조 황후 단'의 여자주인공은 平安京 황태후의 저택에 사는 신분이 높은 집안의 딸로 등장했다가, 후에는 천황의 사랑을 받는 사람으로 등장한다. '春宮の女御(29단), 'おほやけおぼして使うたまふ女'(65단) 이런 글은 모두 二条后임을 암시하는 표현이다.

7 鈴木知太郎, 「在原業平」(『王朝の歌人』, 和歌文学講座 6, 桜楓社, 1984), p.39

8 良房가 딸 明子를 文徳天皇에게 시집보낸 후의 이야기다.

9 貞観二年(860)四月二十五日条「皇太后遷自右大臣西京第御東五条宮」
同年十月二十八日条「皇太后於東五条宮大修斎会講法経。限五日訖」(藤原時平 等奉勅撰, 『日本三代実録』, 国史大系刊行会, 1929, p.50 / p.56)

10 「業平の時代の太皇太后で五条の邸宅を里としていた人といえば、仁明天皇の后で文徳天皇の母である順子しか考えられない。…(中略)… 当時の読者は「東の五条に、大后宮皇おはしましける」というこの叙述を見れば、だれしもこの順子皇太后のことを想起したに違いないと思う。」(片桐洋一, 『伊勢物語 大和物語』, 鑑賞日本古典文学 5, 角川書店, 1981, p.52)

11 「太后宮。五条の后と呼んだ。藤原冬嗣の女。順子。仁明天皇の皇后で文徳天皇の母、清和天皇の祖母である。二条后には叔母である。」(窪田空穂,『伊勢物語評釈』, 東京堂出版, 1977, p.36)

12 藤原長良의 아들이지만 삼촌인 良房의 양자가 되어, 훗날 関白의 지위에 오른다. 二条后의 친오빠이다. 藤原氏의 세력을 키워나가는 대표적 인물.

13 藤原長良의 장남으로 二条后의 오빠.

14 민병훈,「『伊勢物語』를 통해서 본 関東」(『日本文化学報』 제31집, 한국일본문화학회, 2006) p.276

15 伊藤好英,「在原業平の恋した貴婦人」(『国文学解釈と鑑賞』, 至文堂, 2006. 12) p.114

16 나중에 보충했다고 생각되는 後人補入 부분까지 결국은 허구의 모노가타리이다. 今井源衛,『在原業平』(王朝の歌人 3, 集英社, 1985) p.91

17 鬼 : おん(隠)の音変化で、隠れて見えないものの意とも。1.仏教、陰陽道に基づく想像上の怪物。人間の形をして、頭には角を生やし、横に裂けて鋭い牙をもち、裸で腰にトラの皮のふんどしを締める。性質は荒く、手に金棒を握る。地獄には赤鬼・青鬼が住むという。2.1のような人の意から勇猛な人、冷酷で無慈悲な人、借金取り、債鬼、あるひとつの事に精魂を傾ける人。3.鬼ごっこや隠れんぼうで、人を捕まえる役。4.紋所の名。鬼の形をかたどったもの。5.目に見えない、超自然の存在。死人の霊魂、精霊、人にたたりをする化け物。もののけ。6.飲食物の毒味役。鬼食い、鬼飲み (松村明,『大辞林』, 三省堂, 1989)

18 山の井の水
むかし、大納言の、むすめいとうつくしうてもちたまうたりけるを、帝に奉らむとてかしづきたまひけるを、殿に近う仕うまつりける内舎人にてありける人、いかでか見けむ、このむすめを見てけり。顔かたち、いとうつくしげなるを見て、よろづのことおぼえず、心にかかりて、夜昼いとわびしく、病になりておぼえければ、「せちに聞えさすべきことなむある」といひわたりければ、「あやし。なにごとぞ」といひていでたりけるを、さる心まうけして、ゆくりもなくかき抱きて、馬に乗せて、陸奥の国へ、夜ともいはず、昼ともいはず、逃げていにけり。安積の郡、安積山といふ所に庵をつくりて、この女をするゑて、里に出て物などはもとめて来つつ食はせて、年月を経てありへたり。…(中略)… 世の古ごとになむありける。
(『大和物語』155단, pp.389~390)

19 禁色 : ①令制で定められた、位階に相当する色より上位の色の衣服の着用を禁ずる

こと。また、その色。②天皇・皇族以外は着用を禁じられた色。青・赤・黄・丹・くちなし・深紫・深緋・深蘇芳の七色。(松村明、『大辞林』、三省堂, 1989)

20 祓う：神に祈って、罪・けがれや災いなどを除き払うこと。また、その儀式。神社で行ったり、水辺でみそぎをしたりした。(『日本国語大辞典 第二版』、小学館, 2001)

21 「ワレカラは海藻などにすむ小形の甲殻類。格別麗しいとも愛らしいとも見えぬ小動物が歌に取られたのは、「我から」(だれのせいでもなく、我が心や行いのつたなさゆえに)と音が通うからである。」(管野洋一 他編、『古今歌とこば辞典』、新潮社, 1998, p.254)

22 「四十歳になると年寿を祝賀する行事があります。四十歳から十年ごとに行い、四十賀・五十賀・六十賀というぐあいです。平安朝歴代天皇の平均ご寿命は四十四歳ですから、四十賀も不自然な儀式ではなかっと思います。」(江口孝夫、『わかる図説古典入門』、三省堂, p.149)

23 「天孫降臨の時、瓊々杵尊に従って天児屋根命が守護したことで、今日子孫の参拝によってそれを思い出されるだろう…」(『伊勢物語』76단, p.178 注9)

24 「花山院女御婉子女王は、院の出家後、小野宮実資に嫁し、さらに藤原道信に通じたし、一条院の承香殿御女元子や三条院の麗景殿女御綾子が源頼定に通じたことなども名高い。」(今井源衛、『在原業平』、王朝の歌人 3, 集英社, 1985, p.98)

# 제4장
# 사이구와의 사랑

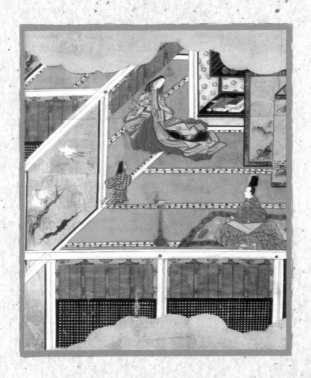

**사이구와 사냥의 칙사**
伊勢物語図屏風(個人所藏)

주인공 '무카시 오토코昔男'와 사이구 야스코 내친왕齋宮恬子內親王(이하 야스코 사이구라고 하겠다)과의 사랑이야기는 69단에서 시작된다. 야스코 사이구가 등장하는 69단은 『이세 모노가타리』라는 제목이 여기서 비롯되었다고 할 정도로 중요한 하나의 단이다.[1] 모노가타리 본래의 모양은 이 이야기(69단)가 권두에 있었기 때문이라는 설이 있고, 그 위치와는 상관없이 사이구와의 사랑이야기가 이 작품의 중심이기 때문이라는 설이 있다.[2]

'사이구'란 천황가의 정통과 번영을 위해서 아마테라스오미카미天照大御神를 모시는 이세 신궁伊勢神宮에서 신을 섬기는 여인을 말한다.[3] 그녀와의 이루어질 수 없는 사랑을 한 『이세 모노가타리』의 주인공인 남자 '무카시 오토코'의 이야기가 담긴 단을 편의상 '이세사이구 단'이라 하겠다. 이세사이구 단은 '니조 황후 단'과 더불어 『이세 모노가타리』에서 큰 비중을 차지한다. 니조 황후와의 사랑은 신분차이로 인한 불가능한 사랑이었다면, 야스코 사이구와의 사랑은 여기에 종교적 이유까지 부가된 금기된 사랑이다.

와타나베 야스히로渡辺泰宏[4]와 스즈키 히데오鈴木日出男[5]가 규정한 바

**사냥의 칙사**
冊子本伊勢物語
(Chester Beatty Library 소장)

와 같이 69~75단, 102단, 104단을 이세사이구 단으로 보고, 야스코 사
이구와의 사랑을 논하겠다. 그리고 이것을 통해서 『이세 모노가타리』에
서는 어떤 사랑을 그리고 있는지 이야기하겠다.

# 01
# '사이구'와 '사냥 칙사'의 금지된 만남

## 사이구

    이세사이구 단을 이야기할 때 '금기에 대한 도전', '금기된 사랑' 이런 말들이 따라다니는데 그 이유는 무엇일까? 필자는 이세사이구 단을 읽기 전에 사이구齋宮[6]라는 특별한 존재에 대해서 이해하는 것으로 그 답을 구하고자 한다.

    먼저 이 글에서는 편의상 일반 개념의 사이구 즉 이세 신궁에 상주하면서 신을 섬기는 황녀를 '사이구'라고 하고, 이세사이구 단의 주인공인 사이구 야스코 내친왕을 '야스코 사이구'라고 칭하는 것으로 일반 사이구와 사이구 야스코 내친왕을 구분하겠다. 한편 사이구가 거처하는 곳 역시 '사이구齋宮'라고 하는데 여기서는 '재궁'이라 구분해서 사용하겠다.

사이구의 삶에 관해서는, 헤이안 초기 사이구에 대한 체계적인 법을 기록한 『사이구시키齋宮式』[7] 등을 참고로 설명한 김영심의 「천황가의 무녀, '사이구' 일대기」에 잘 정리되어 있다.

> 먼저 사이구를 선발하는 과정은 샤머니즘적이다. 복점으로 세력이나 미모와 상관없이 운에 의해 정해졌다. 허나 점을 해석하는 과정에서 정치적 사정이 있었음은 과히 짐작할 수 있다. 사이구로 선발된 황녀는 궁중의 쇼사이인初齋院에서 1년간 자신이 섬길 신, 의식, 집행 등의 교육을 받는다. 그 다음에는 궁궐 밖 기운이 맑은 들판에 '노노미야野宮'를 짓고 1년간 은둔생활을 해야 한다. 정결한 육신을 만들기 위한 기간이다. 이것이 끝나면 사이구로 정해진 날로부터 3년째 되는 9월에 발견의發遣儀를 치른다. 발견의란 이세로 내려가기 위한 의식인데, 천황으로부터 직접 빗을 받는 것으로 이루어진다. 발견의를 마치면 천황이나 황후만이 탈 수 있는 수레를 타고 약 500여명의 수행원을 거느리고 이세로 향한다. 이 대부분의 수행원은 이세에서 사이구와 함께 생활을 하게 된다. 이세에서 사이구가 머무는 곳은 신궁이 아니라 재궁齋宮이다. 천황의 퇴위나 변고 등으로 사이구를 퇴위하고 돌아오면, 평범한 헤이안 시대의 황녀로서의 삶이 기다린다. 그런데 안타깝게도 황자와의 결혼 등으로 평온한 인생을 보낸 자보다는 독신으로 불행한 인생을 마치는 경우가 더 많았던 것 같다.[8]

선발에서 퇴위, 그리고 평범한 황녀로 되돌아가기까지 사이구의 일대기는 특별하다. 사이구는 이세 신궁에서 제를 올리고 아마테라스오미카미를 모신다는 점에서는 무녀라고 할 수 있지만 사실상 무속의 힘을 가진 자는 드물었고 그 임무 역시 완벽하지 않았다. 고라子良라는 소녀가 신을 위한 춤 '가구라神樂'를 추거나 신탁을 인간에게 전하는 등 무녀의 역할을 대신했다. 그녀들을 이해하기 위해서는 무녀로서의 삶보다는, 엄격한 규율 속에서의 삶을 살피는 것이 더 바람직할 것 같다.

사이구만이 아니라 이세 신궁에서 일하는 자들에게는 지켜야 할 두 가지 규율이 있었는데 그 기록은 804년 이세 신궁의 관계자료를 편집한 『황태신궁의식장皇太神宮儀式帳』[9]에 있다. 하나는 '금지된 말物名の忌の道'이다. 불교·육식·죽음·병·구타·눈물·피와 관련된 말을 해서는 안 된다는 것이다. 이 중 불교와 관련된 말이 있다는 것이 흥미롭다. 『겐지 모노가타리』를 비롯한 헤이안 시대의 작품 속 많은 인물들이 출가를 염원했는데, 이것은 당시 귀족들이 인생의 만년에 이르러 사실상 출가하는 경우가 많았기 때문이다.[10] 말세가 다가왔다고 생각하는 헤이안 시대의 사람들에게 불교는 깊이 침투되어 있었다. 그런데 사이구는 천황의 조상신을 모시는 몸이기 때문에 불교에 관한 말을 터부시해야 했다.

또 하나, 죄목을 일일이 열거하고 그 죄에서 벗어나는 방법을 강요하는 '불제의 법祓の法'이 있다. 신을 모시는 사람으로 맑고 깨끗해야 하며 더럽거나 속되지 않는 것이 요구되었기 때문에 상처·사체 손상·불구·화재·밀통 등이 죄목에 해당한다. 특히 밀통은 가장 큰 죄목이었다. 밀통이 알려지면 사이구는 바로 해임되고 이세를 떠나야 하는데, 더러운 몸이라는 이유로 바로 궁으로 들어가지도 못했다. 사이구 제도가 지속된 660년 동안 60명의 사이구가 있었는데 밀통 사건으로 해임된 기록을 『니혼쇼키日本書紀』 등에서 쉽게 찾아볼 수 있다.[11]

## 야스코 사이구와 사냥 칙사

　앞에서도 지적한 바와 같이 69단은 많은 사람들의 지목을 받는 단으로 『이세 모노가타리』를 대표한다. 천황의 명을 받고 이세 지방으로 사냥을 나간 '남자'를 사이구의 어머니는 딸에게 잘 대접하라고 하면서 이야기가 시작된다. 69단은 이렇게 '사냥 칙사狩の使'인 남자와 사이구인 여자가 그 주인공이다.

　여자 주인공에 대해서 이야기꾼은 '사이구는 세이와淸和(在位 858~876) 천황 시절의 사람으로, 몬토쿠文德(在位 850~858) 천황의 따님이며 고레타카 친왕惟喬親王(844~897)의 여동생이다(齊宮は水の尾の御時、文德天皇の御女、惟高の親王の妹)'는 부연 설명을 더하고 있다. 여자는 바로 사이구 야스코 내친왕임을 밝히고 있다.

　실명이 거론된 야스코 내친왕은 몬토쿠 천황의 황녀인데 그녀의 어머니는 기노 나토라紀名虎(?~847)의 딸 세이시靜子이다. 비운의 황자라는 수식이 따라다니는 고레타카 친왕과는 친남매지간이다. 나리히라의 처는 세이시의 오빠인 아리쓰네有常(815~877)의 딸이므로, 야스코 내친왕과 나리히라의 처는 사촌지간이다. 도입부에서 사이구의 어머니가 딸 야스코 사이구에게 나리히라를 잘 대접하라고 한 것은 친인척간으로서 자연스러운 설정이다.

　야스코 사이구는 859(貞觀1)년 10월 5일 세이와조淸和朝의 이세사이구로 지명을 받고 2년 후인 861년 8월말에 헤이안쿄를 출발해서 9월에 이세 대신궁으로 들어갔다. 이곳에서 19년이라는 세월을 보내고 880년

세이와 천황의 붕어와 함께 퇴위했다. 그리고 913년 6월 8일에 세상을 떠났다. 나이는 명확하지 않지만 고레타카 친왕보다 2살 어린 동생이라고 하니 야스코가 사이구가 된 것은 14세라는 어린나이였고, 이세로 내려간 것은 16세로 추정된다.

남자는 '사냥 칙사'로 등장한다. 헤이안 시대에는 여러 지방의 들새를 잡아 궁중에 바치는 행사가 있었는데, 그 행사를 위해서 천황의 명을 받고 여러 지방에 들러 사냥을 하는 직분의 사람을 '사냥 칙사'라고 했다. 이런 행사는 장소를 이동하면서 매년 행해졌을 것이므로 칙사는 한곳에 머물 수 없는 사람이었다. 남자는 바로 다른 곳으로 떠나야 하는 이별을 전제한 인물이다.

이세사이구 단의 여자 주인공은 사이구로서 세상의 뭇 남자와 사랑을 해서는 안 되는 인물이고, 남자는 한곳에 머물 수 없는 직책의 사람이므로 사랑을 지속할 수 없는 인물이다. 이 사랑은 처음부터 불가능한 사랑임을 여기서부터 감지할 수 있다.

# 밀통

흔히 이 이야기를 '이세사이구 밀통의 단'이라고 하는데[12] 이것이 사실인지 아닌지, 즉 밀통의 사실이 있었는지 아닌지 많은 사람들로부터 주목을 받아왔다. 앞에서 지적한 바와 같이 사이구의 밀통은 바로 해임으로 이어지는 죄 중에서도 가장 큰 죄이기 때문이다. 이것은 신을 모독하는 것이고 왕권에 대한 저항이기도 하기 때문이다.

69단 이야기 도입부에서는 여자를 가리켜 '사이구'라고 명확하게 지명하지 않고 '이세 신궁의 사이구이었던 사람(かの伊勢の斉宮なりける人)'이라고 표현하고 있다. 이른바 주인공 여자가 황실을 대표해서 천황의 신을 모시는 사이구 그 자체인지, 아니면 사이구가 거처하는 건물 '재궁'에서 단지 심부름을 하는 사람인지 애매하게 설정하고 있다. 이것은 신을 모시는 사이구라고 단정 지어서 말하기가 그만큼 두려웠기 때문일 것이다. 이렇게 조심스럽게 시작했음에도 이야기꾼은 끝부분에서 여자는 사이구 야스코 내친왕이라고 명확하게 밝힌다. 그런데 이것은 정문正文이 아니라 후에 삽입한 것이라는 설後注說도 있다.[13] 이 역시 '사이구인 사람'을 사이구로 인정하고 싶지 않았기 때문일 것이다. 사이구가 아닌 '사이구인 사람'은 신을 모시는 황녀가 아닐 수 있고, 금기의 대상이 아닐 수도 있다.

이에 대해서 세키네 겐지関根賢司는 다음과 같이 말한다.

하나는 사이구 바로 그 사람을 지칭하는 것이고, 다른 하나는 사이구가 거처하는 재궁에 거주하면서 일을 하는 사람을 가리킨다. 독자는 금기에 접하지 않기 위해서 '사이구라는 설'을 피하고 '재궁에서 심부름하는 사람이라는 설'을 택하고자 하는데, 어느 쪽을 택한다 할지라도 성스러운 공간을 모독하는 행위는 인정된다.[14]

사이구이건 아니건 성스러움에 대한 모독은 피할 수 없다는 주장이다.

한편 인물만이 아니라 내용을 가지고도 이들의 만남이 밀통이었는지 아니었는지 논쟁되고 있다. 여자를 야스코 사이구라 인정하더라도 사이구와 남자의 만남을 밀통으로 연결시키고 싶어 하지 않는다. 이틀째 되는 날 밤 여자가 남자의 침실을 찾아오는데 문장 속에서 '아무런 말도 나누지 못하고 여자는 돌아가 버렸다(まだ何ごとも語らはぬにかへりにけり)'고 하고, 그리고 이어지는 노래가 '꿈인지 생시인지'라면서 애매하게 얼버무리고 있다. 어떤 남자이든 당시 사이구와 관계를 갖는다는 것은 상식에서 벗어난 행동으로 신의 성역을 침범하는 것이었다.[15]

그래서 아베 도시코阿部俊子는 '아무런 말도 나누지 못하고'라는 문장을 순수하게 받아들여서 모독의 사실은 없었다고 주장하는데,[16] 가와조에 후사에河添房江는 야스코 사이구와 나리히라 사이에서 다카시나 모로히사高階師尚[17]가 태어났다는 소문을 가지고 밀통을 주장한다.[18] 가타기리 요이치片桐洋一는 여자가 떠난 후 '너무 슬퍼서 잠을 잘 수가 없었다'는 표현에서, 멋진 시간을 보냈기 때문에 아무런 말도 나누지 못하고 헤어진 것이 슬펐다고 해석하고 역시 밀통을 주장한다.[19]

한편 와카로 마음을 전달할 뿐 결국 헤어져야만 했던 결론을 가지고, 고마치야 데루히코小町谷照彦는 '두 사람의 사랑은 서로 사랑하는 방향으로 진행하다가 주변 상황에 의해 불가능해진다. 이것으로 금기를 범하는 잘못에서 벗어날 수 있었다'[20]고 설명했다.

주변 사람들 때문에 사랑이 이루어지지 못한 비화는『야마토 모노가타리』103단에서도 읽을 수 있다. '이상적인 풍류 이로고노미를 즐기는(色好むわざはしける)' 헤이추平中가 '이상이 높고 남자를 가까이 하지 않는(思ひあがりて男などもせでなむありける)' 여자를 어렵게 만난다. 그런데 다음날 아침 관청의 우두머리가 찾아와서 사냥을 하고, 이어서 천황을 모시고 나가는 바람에 이틀이나 편지도 보내지 못하자, 여자는 절망해서 출가해버린다.[21] 이런 안타까움은 69단의 이야기와 일맥상통한다.

> 들판으로 사냥을 나갔지만 마음은 공허해서 오늘밤만이라도 사람들이 잠든 사이에 서둘러 만나야지 생각하는데, 이세 지방의 수령이자 재궁의 장관을 겸한 사람이 소식을 듣고 찾아와서 밤새 주연을 베풀어 만날 수가 없었다. 날이 밝으면 오와리 지방으로 떠나야 하니 남자도 몰래 피눈물을 흘렸지만 만나지 못했다.
> 野に歩けど、心はそらにて、今宵だに人しづめて、いととくあはむと思ふに、国の守、斉の宮の頭かけたる、狩の使ありと聞きて、夜ひと夜、酒飲みしければ、もはらあひごともえせで、明けば尾張の国へたちなむとすれば、男も人しれず血の涙を流せど、えあはず。

(69단, p.174)

주변 사람들은 이들 사랑을 훼방하는 역할을 완벽하게 수행하고 있다. 고마치야가 주장한 바와 같이 금기에의 침범은 본인의 의지가 아니라 주변 상황으로 불가능했다.

사실 사이구 야스코 내친왕이 18년간 그 임무를 다하고 해임되는 일 없이 세이와 천황의 붕어와 함께 퇴위한 것을 보면, 밀통은 소문에 불과했을 뿐 역사적 사실은 아니었을 것이다. 야스코 사이구가 이세 신궁으로 들어간 861년은 나리히라의 어머니 이토 내친왕伊都內親王이 세상을 떠난 바로 그 해이다. 당시 나리히라의 나이 37세, 귀족 관료로서의 길을 걷기 시작한 것도 이 무렵부터이다. 이런 정황으로 보아도 야스코 사이구와의 밀통은 사실이 아닌 듯하다.[22]

　　이 일이 사실이던 아니던 당시 사이구와의 밀통은 엄청난 사건이다. 엄청난 사건이기 때문에 모노가타리로서의 재미가 더한 것도 사실이다. 『이세 모노가타리』 작품 속에서 사이구와의 밀통 사건이 사실이건 아니건 그건 중요하지 않다고 필자는 생각한다.

　　『이세 모노가타리』의 주인공 남자는 나리히라 그 자체가 아니라 당시의 미의식에 여과된 이상적 인간을 대변하기 때문이고, 『이세 모노가타리』 역시 허구의 세계를 그리는 하나의 모노가타리이기 때문이다. 필자의 관점은 왕실을 대표해서 조상신을 모시는 그야말로 순결해야만 하는 사이구와 잠시 그곳에 머문 칙사와의 만남에서 두 사람의 마음이 어떻게 움직이고 있는가이다. 이들의 마음을 이해하는 것이 『이세 모노가타리』의 사랑을 이해할 수 있는 일이기 때문이다.

# 02
# 신의 영역에서 적극적인 여자와 무능한 남자

특별한 인물로 설정이 된 두 사람의 이야기는 다음과 같이 진행된다.

야스코 사이구는 남자를 극진히 모셨다. 아침에는 사냥을 나갈 수 있게 돕고 저녁에 돌아오면 사이구의 숙소에 머물게 했다. 이것을 계기로 두 사람은 서로 의식하지 않을 수 없는 사람으로 존재하게 된다.

이틀째 되는 날 밤, 남자는 여자를 만나고 싶다고 한다. 사람들의 이목이 있어서 쉽지는 않았지만 여자는 사람들이 잠든 시간에 남자의 침실로 찾아간다. 야스코 사이구는 상당히 적극적인 자세로 남자를 대한다. 이 부분이 니조 황후와는 상당히 다르다. 만나고 싶다고 먼저 말하는 사람은 남자이지만 실제로 행동으로 옮기는 사람은 여자이다. 두 사람은 같이 시간을 보내는데, 아무 말도 나누지 못하고 새벽이 밝아오자 여자는 돌아가 버린다. 여기서 남자의 행동은 다음과 같다.

| 사이구는 사람들이 잠든 시간에
동자를 앞세우고 남자의 침소를 찾았다.
伊勢物語 嵯峨本(國立公文書館 所藏)

너무 슬퍼서 잠을 잘 수가 없었다. 신경이 쓰이나 이른 아침이라 사람을 보낼 수도 없어서 가슴을 조이며 기다리고 있자니…

男、いとかなしくて、寝ずなりにけり。つとめて、いぶかしけれど、わが人をやるべきにしあらねば、いと心もとなくて待ちをれば…

(69단, p.173)

남의 눈을 피해서 찾아온 야스코 사이구의 행동에 비해, 남자의 행동은 아주 소극적이다. 여자를 기다리는 것 외에 할 수 있는 일이 아무것도 없다.

역시 여자가 먼저 노래를 보내고 남자가 답가를 보낸다.

'어젯밤에는 당신이 오셨는지 내가 갔는지 도대체 알 수가 없습니다. 꿈인지 현실인지, 잠을 자고 있었는지 깨어있었는지'

남자는 매우 슬피 울면서

'슬픔 때문에 새까맣게 타버린 내 마음은 아프고 쓰라려서 어젯밤
일이 꿈이었는지 아닌지 알 수가 없습니다. 오늘밤에 오셔서 만
나면 확실하게 알 수 있을 것입니다'
이런 노래를 적어서 여자에게 보내고 사냥을 나갔다.

　　君や来しわれやゆきけむおもほえず夢かうつつか寝てかさめてか
男、　いといたう泣きてよめる、
　　かきくらす心のやみにまどひにき夢うつつとは今宵さだめよ
とよみてやりて、狩りにいでぬ。　　　　　　　　(69단, pp.173~174)


여자의 노래를 받고, 남자는 어젯밤의 일이 꿈이었는지 현실이었는
지 오늘 만나서 확인하자면서 만남을 약속한다. 그런데 지방의 어른들
이 마련한 술자리가 밤새 이어지는 바람에 결국 무산되고 만다. 다음날
이면 떠나야 하는 '사냥 칙사'는 애를 태우지만 결국 만날 수가 없다.
　날이 밝아올 무렵, 여자는 술잔의 받침에 노래를 적어 보낸다. 이어
지는 이야기 역시 여자의 행동으로 시작된다. 여자의 세 번째 행동이
다. 이런 용감한 여자에 비해 남자는 안타까워할 뿐 어떤 행동도 보이
지 못한다. 이건 이세 신궁이라는 신들의 공간이 그 배경이기 때문에
어쩔 수 없는 일이었을 것이다. 남자는 소극적일 수밖에 없다. 신궁이
라는 아주 특별한 공간에서 남자는 참으로 무능한 존재일 수밖에 없다.


'이번 만남은 걸어서 건너도 소매가 젖지 않는 강과 같은 얕은
인연이었습니다'
노래의 앞부분만 적어 보내왔기 때문에 남자는 숯으로 그 술잔의 받침
에 뒷부분을 적었다.
'저는 다시 서로 만난다는 아우사카逢坂의 관문을 넘어서 만나고

싶은 마음뿐입니다'

라고 쓰고는 날이 밝아오자 오와리 지방으로 넘어갔다.

　　かち人の渡れど濡れぬえにしあれば

　と書きて末はなし。その盃のさらに続松の炭して、歌の末を書きつぐ。

　　またあふ坂の関はこえなむ

　とて、明くれば尾張の国へこえにけり。　　　　　　　(69단, p.174)


　사이구는 남자의 편지를 기다리고만 있는 소극적인 여자가 아니다. 자신의 마음을 표현하는 솔직함과 적극성을 가지고 있다. 그럼에도 눈물이 나서 차마 뒤를 잇지 못한 것 같다.

　여기서 주목할 점은 렌가連歌[23] 형식이 동원되고 있다는 점이다. 렌가는 한 수의 와카를 두 사람이 읊는 것으로 하나의 작품을 두 사람이 완성하는 것이다. 둘이서 하나의 작품을 완성하는 렌가를 통해서 남자는 사이구를 다시 만날 수 있기를 간절히 바란다. 사이구와 사냥 칙사의 만남은 처음부터 이별을 전제하고 있었다. 아무리 적극적인 야스코 사이구라고 하지만, 신의 공간에서는 무능할 수밖에 없는 남자이었기 때문에 결국 이렇게 헤어질 수밖에 없다.


　옛날에 한 남자가 칙사로 이세 신궁을 찾았을 때, 그 곳에서 사랑이야기를 하는 여자가 자신의 이야기라면서

　　'궁중에서 오신 당신을 만나기 위해서는 넘어서는 안 되는 신성한
　　신의 담도 넘을 수 있을 것 같습니다'

　라고 표현하자, 남자는

　　'사랑한다면 오십시오. 사랑의 길은 신도 막을 수가 없습니다'

　むかし、男、伊勢の斎宮に、内の御使にてまゐれりければ、かの

宮に、すきごといひける女、わたくしごとにて、

　　ちはやぶる神のいがきもこえぬべし大宮人の見まくほしさに

男、

　　恋しくは来ても見よかしちはやぶる神のいさむる道ならなくに

(71단, p.175)

　'신의 담도 넘을 수 있다'라거나 '신조차도 막을 수가 없다'는 두 사람의 사랑이 표현되는 71단은 이세사이구 단의 하이라이트라고도 할 수 있다. 야스코 사이구의 적극성은 여기에서도 빛을 발한다. 야스코 사이구는 젊은 날의 니조 황후와는 다르다. 남자를 사랑한다는 표현을 노골적으로 하는 여인이다.

　여자를 '사랑이야기를 하는 여자(すきごといひける女)'라고 해석했는데, 이 여자, 즉 야스코 사이구의 이미지를 어떻게 그려야 할지 고민된다. 고어사전에서는 '스키고토好き事'를 호기심 또는 호색이라 기록하고 있다.[24] 예나 지금이나 '호색'이란 결코 바람직한 이미지를 가지는 단어가 아니기 때문에 필자는 다르게 해석하고 싶다. 가토 무쓰미加藤睦는 '스키모노すきもの'에 대해서 다음과 같이 설명한 바가 있다.

　　스키모노는 원래 호색자를 가리키는 일이 많았는데, 『야마토 모노가타리』에 '노래를 읊는다면서 스키모노들이 모였다'는 글이 있는 것으로 보아 와카에 뜻을 둔 자를 의미하는 예도 있다.
　　와카나 현악 없이는 사랑의 도를 일관할 수 없었던 시대라서 와카를 비롯해서 음악이나 미술 등 예술에 뜻을 두고 사랑을 하는 것이 원래의 '스키'라고 생각하면 된다.[25]

즉 '스키모노'란 단순히 색을 밝히는 호색자가 아니라 와카를 가지고 자신의 마음을 적절하게 표현할 수 있는 자를 뜻한다. 따라서 71단의 '사랑이야기를 하는 여자' 역시 와카를 가지고 자신의 마음을 표현할 수 있는 여자라고 할 수 있겠다. 여자는 당신을 너무 사랑한 나머지 당신을 만나기 위해서는 도저히 안 되는 일인줄 알아도, 그것이 신을 배신하는 일이라 할지라도 서슴지 않겠다는 뜻을 담은 와카를 읊는다.

나리히라를 위해서는 금기된 사랑도 할 수 있다는 야스코 사이구의 순수하고 정열적인 사랑의 마음을 잘 표현하고 있다. 여기서는 적극성을 뛰어넘어 도전적인 야스코 사이구의 모습까지 발견할 수 있다. '나리히라 당신을 사랑하는 마음이 너무나 깊기 때문에 금기를 깰 수 있다'는 표현은 용감무쌍하다. 어떤 제약도 극복할 수 있다는 야스코 사이구의 의지가 돋보인다.

남자는 '사랑의 길은 신도 막을 수가 없다'는 답가를 읊는다. 69단에서의 만남이 너무나 짧고 아쉬운 것이었기 때문에 남자는 위험한 이 사랑을 받아들인다. 그는 답가에서 절대적 존재인 신도 어떻게 할 수 없는 사랑이라고 강조한다. 71단은 69단의 긴 이야기에 대한 짧은 답이라고 할 수 있겠다.

야스코 사이구와의 사랑은 '금기된 사랑에 대한 도전'이었음을 인정하지 않을 수 없다. 남자의 야스코 사이구에 대한 사랑은 성스러운 것에 대한 도전이었다. 그래서 69단에서는 비록 먼저 만나고 싶다고는 했지만 어떤 행동도 취할 수 없는 무능한 사랑을 보였다. 사이구가 먼저 찾아가고, 사이구가 먼저 노래를 보내는 행동에 대해서 기다릴 뿐이었다. 여기서도 마찬가지다. '신도 막을 수 없다'고 하면서도 '사랑한다면 오십시오'라고, 역시 여자가 오기를 기다린다. 야스코 사이구에 비해 남자는 소극적이고 수동적이다. 이것은 아무래도 이세 신궁이라는 배경 때문일 것이다. 신의 영역이라 할 수 있는 이세 신궁에서 남자는 작은 존재였던 것 같다.

이세는 아주 특별한 장소이다. 헤이안쿄의 외부에 있지만, 도읍보다도 왕권의 지배와 관련되는 장소이다. 그래서 보다 큰 성성聖性을 산출하는 자기장이기도 했다.[26]

필자는 남자가 '사냥 칙사'라는 대목에서 초단의 이미지를 떠올렸다. 초단의 남자는 옛도읍지로 사냥을 갔다가 아름다운 여자를 보고 노래를 지어 보내는데, 이것을 정열적이고 우아한 풍류 '미야비'라고 했다. 69단의 남자도 초단의 남자도 '사냥'이라는 공통된 키워드를 가지고 있다. 간다 류노스케神田龍之介는 '초단의 사냥과 69단의 사냥은 같은 것으로 볼 수 없다'고 주장한 바 있다.[27] 69단은 어디까지나 사냥 칙사에 의한 사냥, 즉 명을 받고 파견된 것에 불과한 것이어서 초단의 사냥과는 크게 다르다고 보아야 한다는 것이다. 그러나 우에노 에이지上野英二는 초단의 사냥과 69단의 사랑을 동질의 것으로 파악하고,[28] 에무라 히로유키榎村寬之 역시 초단의 사냥과 69단의 사냥을 같은 위상에서 파악하고 있다.[29] 필자 역시 초단의 사냥과 69단의 사냥을 같은 차원에서 인정하고 싶다.

다카다 히로히코高田祐彦는 '사냥은 귀족들을 도읍이 아닌 교외 공간으로 끌어내어 새로운 만남과 인간간계를 형성하게 한다. 이것은 귀족들을 일상의 중압에서 해방시켜 자유롭고 인간적인 자세로 되돌리는 역할을 한다'[30]라고 설명한 바 있다. 사냥은 본래의 목적에서 일탈해서 여자를 만나기 위한 구실로 이용되고 있다. 사냥은 남자의 우아한 풍류를 그리기에 좋은 주제인 것 같다. 69단의 남자 역시 '사냥과 관련된 인물로 등장하는 것은 여기서도 정열적인 풍류의 주인공이고자 했기 때문이다.

그런데 사냥이라는 공통된 키워드를 가졌음에도 불구하고, 69단의 남자는 이세 신궁이라는 공간에서 소극적이고 수동적인 모습만 보일 뿐이다. 정열적인 풍류의 주인공으로 등장하기에 이세 신궁이라는 공간은 너무나 엄숙하고 그리고 제한된 공간이었다. 신의 영역은 성스러움만이 아니라 금기, 왕권 등의 의미를 부여하고 있기 때문이다. 야스코 사이구가 아무리 적극적이고 능동적으로 남자의 사랑을 받아들이려고 하지만, 그 공간이 신의 영역인 이세 신궁이어서 더 이상의 사랑은 불가능했다.

## 03
# 미련을 남기는 남자와 냉정한 여자

---

이별

---

신도 막을 수 없는 사랑이라고 했지만 현실에서는 더 이상의 만남이 이루어지지 않는다. 앞에서도 지적한 바와 같이 남자는 처음부터 한곳에 머물 수 없는 인물이었고, 여자는 신성한 존재로 뭇 남자를 만나서는 안 되는 인물이었다. 이제 이별 이야기가 시작된다. 만날 수 없는 아픔이 하나의 주제를 이룬다. 남자는 임무를 마치고 떠난다.

옛날에 한 남자가 사냥 칙사 임무를 마치고 돌아가는 길에 오요도(이세 신궁의 북쪽에 있는 해안) 나루에 머물며 재궁에서 심부름하는 어린 아이에게 말을 걸었다.

'남들의 눈을 피해 만날 수 있는 곳, 청각채 따는 그곳이 어디인지

알려다오, 어부의 낚시 배여'
むかし、男、狩の使よりかへり来けるに、大淀のわたりに宿りて、斎宮のわらはべにいひかけける。
みるめ刈るかたやいづこぞ棹さしてわれに教へよあまのつり船

비록 몸은 떠나야 하지만 아직도 미련을 버리지 못하는 남자의 노래는 71단에서 보여주는 모습 그대로이다. 그런데 이제는 그 적극적이었던 여자의 모습이 보이지 않는다. 남자는 이 노래조차 직접 전하지 못하고 재궁에서 심부름하는 아이에게 남긴다. 여자의 마음은 72단에서 읽을 수 있다.

옛날에 한 남자가 이세 지방에 있는 여자를 다시 만나지 못하고 이웃 지방으로 가게 되면서 여자를 심히 원망하길래, 여자가
'오요도의 소나무는 기다림을 괴로워하지 않는데, 파도는 원망만 하고 가는군요'
むかし、男、伊勢の国なりける女、またえあはで、となりの国へいくとて、いみじう恨みければ、女、
大淀の松はつらくもあらなくにうらみてのみもかへる浪かな

(72단, P.176)

'나는 오랜 세월 해변에 서 있는 소나무처럼 기다림의 고통도 모르고 서있는데, 당신은 해변을 향해 밀려오다가 다시 돌아가는 파도처럼 내게는 오시지 않고 그냥 원망스럽다고만 하고 가시네요' 이런 내용의 노래이다. 유행가 가사는 아니지만 '떠나가는 남자가 무슨 말을 해'라

는 식의 노래로 여자는 자신의 심정을 표현한다. 떠나는 남자는 어떻게 해서라도 한 번 더 만나고 싶어 하고, 아쉬운 나머지 여자를 원망하기까지 한다.

이에 대한 야스코 사이구의 반응은 대범하다. 분명 힘든 시간이지만 바닷가에 서있는 소나무처럼 태연한 자태로 받아들이고 있음을 표현했다. 『남전대장경南傳大藏経』[31]의 시경詩経의 한 구절이 떠오른다. '소리에 놀라지 않는 사자와 같이, 그물에 걸리지 않는 바람과 같이, 흙탕물에 더럽히지 않는 연꽃과 같이, 무소의 뿔처럼 혼자서 가라' 이런 마음으로 이별을 받아들이고 있는 것 같다.

이제까지 보여준 여자의 모습과는 다르다. 떠나는 순간에도 미련을 버리지 못하는 남자에 비해 여자는 마음을 정리하기 시작한 모양이다. 75단에서 남자가 "이세 지방으로 당신을 데리고 가서 살고자 하오"라는 말에 여자는 다음과 같은 와카로 답한다.

> '당신을 보는 것만으로도 충분합니다. 설사 부부의 언약은 하지 않아도'
> 大淀の浜に生ふてふみるからに心はなぎぬかたらはねども
>
> (75단, P.177)

여자의 노래는 냉담하다. 그래도 만나야겠다는 의지를 가진 남자는

> '흐르는 눈물에 소매 적시며 보는 것만으로 만남을 대신하고 끝내고자 합니까'
> 袖ぬれてあまの刈りほすわたつうみのみるをあふにてやまむと
> やする
> (75단, P.177)

이에 대해서도 여자는 굳이 만날 필요가 없다는 뜻의 노래로 답한다.

'바위 사이에 자라는 청각채(미루みる)처럼, 변함없이 당신의 모습
을 볼 수 있다면 그것으로 충분합니다'
岩間より生ふるみるめしつれなくはしほ干しほ満ちかひもあり
なむ

(75단, P.177)

그래도 미련을 버리지 못하는 남자는 마지막으로 '눈물에 젖은 소매
짜내고 있습니다. 당신의 차가운 마음은 소매의 물방울이 되었습니다
(なみだにぞぬれつつしぼる世の人のつらき心は袖のしづくか)'라는
노래를 읊고, '정말로 만나기 어려운 여자였다(世にあふことかたき女
になむ)'는 한 구절을 남긴다. 이렇게 해서 두 사람은 헤어지는 것이다.
더 이상의 만남은 없다.

사랑을 시작함에 그리고 그 사랑을 이어나가고자 함에 여자는 적극
적인 모습을 보였다. 그런데 이별하는 이 순간, 여자의 돌아서는 마음
은 냉정하다. 적극적이고 솔직한 모습을 보인 야스코 사이구의 성격을
단적으로 볼 수 있다. 야스코 사이구는 시작도 끝도 이렇게 주도적이
고 분명하다. 니조 황후와는 사뭇 다른 성격의 소유자임을 알 수 있다.

이별 후에도 남자의 야스코 사이구에 대한 미련은 여전하다. 그러나
여자의 모습은 보이지 않는다,

옛날에 거기에 있다고는 들었지만 소식조차 전할 수 없는 여자를 생각
하고, 남자가 노래를 읊었다.
'눈에는 보여도 손으로는 잡을 수 없는 달 속의 계수나무와 같은
당신이군요'

むかし、そこにはありと聞けど、消息をだにいふべくもあらぬ女の
あたりを思ひける。
　目には見て手にはとられぬ月のうちの桂のごとき君にぞありける

(73단, p.176)

　'당신에게로 가는 길은, 바위를 넘어서 가야하는 산과 같이 험한
길이 아닙니다. 그런데도 당신을 만나지 못한 날이 많고 나는 계
속 그리워하고 있습니다'
　岩根ふみ重なる山にあらねどもあはぬ日おほく恋ひわたるかな

(74단, p.177)

　남자는 여자를 손으로 잡을 수 없는 달 속의 계수나무에 비유하면서
여전히 그리워한다. 그러나 여자의 모습은 그림자조차 비치지 않는다.
남자를 잊지 못하고 괴로워하고 있는지, 아니면 정말 잊어버린 것인지
알 수 없을 정도로 꼭꼭 숨어버린 것이다.


## 비구니가 된 사이구

　사이구 단으로 간주하는 102단과 104단에 출가를 했다는 표현이나
비구니가 되었다는 표현이 있는 것을 봐서, 야스코 사이구는 감당할
수 없는 사랑을 정리하고 출가한 모양이다.

　고귀한 신분의 여자가 비구니가 되어서 인간 세상이 싫다고 도읍지를

떠나 깊은 산 속에 살고 있었다. 친족이었기에 노래를 지어 보냈다.

　'세상을 멀리하고자 구름을 타고 떠나지는 못하겠지만, 세상의 일
　들을 멀리 하시려나 봅니다'

라고 읊었다. 그분은 사이구였다.

あてなる女の、尼になりて、世の中を思ひうんじて、京にもあら
ず、はるかなる山里にすみけり。もとしぞくなりければ、よみてや
りける。

　そむくとて雲には乗らぬものなれど世のうきことぞよそになるてふ
となむいひやりける。斎宮の宮なり。　　　　　　(102단, pp.202~203)


옛날에 특별한 이유도 없이 비구니가 된 사람이 있었다. 머리를 자른
스님 모습이지만, 구경을 하고 싶었는지 가모 축제에 나온 것을 보고
남자가 노래를 지어 보냈다.

　'세상이 싫어서 스님이 된 사람으로 보이지만 나에게도 눈길 한번
　주시기 바랍니다'

사이구가 타고 온 수레를 향해 이렇게 말하니, 구경하다말고 그냥 돌
아가 버렸다고 한다.

むかし、ことなることなくて尼になれる人ありけり。かたちをやつ
したれど、ものやゆかしかりけむ、賀茂の祭見にいでたりけるを、
男、歌よみてやる。

　世をうみのあまとし人を見るからにめくはせよとも頼まるるかな
これは、斎宮のもの見たまひける車に、かく聞えたりければ、見さ
してかへりたまひにけりとなむ。　　　　　　　　(104단, p.204)


　오래 만에 세상에 나온 야스코 사이구는 가모제賀茂祭를 즐기려고 했
는데 뜻밖에 거기서 나리히라를 만나게 되었고, 그의 변함없는 마음이

담긴 편지에 당황하고 되돌아간다는 이야기이다. 각자의 길을 걷고 있는 남자와 야스코 사이구의 만남이 비로소 이루어진 장면이다. 반가운 마음에 남자가 노래를 보내는데 여자는 서둘러 돌아가 버린다. 이세 신궁을 배경으로 남자에 대해서 적극적이었던 지난날의 모습과는 전혀 다르다. 사랑이 식어버린 것일까. 아니면 너무나 힘든 사랑이었기에 아직도 잊지 못하고 마음과는 다른 행동을 보이는 것일까.

야스코 사이구는 이별을 하는 그 순간 마음을 냉정하게 정리한다. 비구니가 된 다음에는 그 모습을 숨기고 그 마음마저 꼭꼭 숨기고 드러내지 않았다. 사랑을 시작함에도 사이구가 주도적이었다면 이별도 옛사랑에 대해서도 주도적이다. 야스코 사이구의 씩씩하고 깔끔한 성격은 옛사랑도 이렇게 마무리한다. 필자는, 남자와 사이구의 사랑의 시작과 이별 그리고 옛사랑을 기억함에 있어서 사이구의 꿋꿋한 성격을 간과할 수 없다.

그런데 사이구는 왜 하필이면 비구니가 되었을까. 뭇 남성에게 마음을 빼앗겨버린 고뇌의 심정을 비구니가 됨으로서 속죄하고 싶었다고 풀이하기에는 석연찮은 부분이 있다. 앞에서도 지적한 바와 같이, 천황가의 시조신을 모시는 사이구에게 금기된 것이 몇 가지 있었는데, 그중에는 재위시 불교와 관계된 말, 이른바 '부처님'이니 '절'이라는 단어를 입 밖에 내어서는 안 된다는 내용이 있었다. 부처님을 '나카고中子', 절을 '가와라부키瓦葺き'라고 달리 말할 정도였다. 이 정도로 불교에 접촉하는 것을 극도로 피했는데, 퇴위 후 불교에 귀의하는 것은 아이러니하다. 그런데 이런 경우를 당시의 모노가타리 문학 속에서 다수 찾아볼 수 있다.

『겐지 모노가타리』「스즈무시鈴蟲 권」에서, 로쿠조미야스도코로六条

御息所가 죽어서 사령死靈으로 나타나 많은 사람들에게 위해를 가하고 있다는 사실을 알게 된 딸 아키코노무추구秋好中宮는 어머니를 지옥에서 구해내기 위해서 출가하려고 한다.(「鈴蟲卷」④, pp.386~390) 결국 그 염원은 받아들여지지 않는데, 재미난 사실은 아키코노무추구는 일찍이 사이구였다는 사실이다. 비단 진정한 의미의 무당은 아니었지만 이세 신궁에서 신을 모신 사람이었다면, 어머니의 사령을 샤머니즘적 차원에서 해결하고자 할 수도 있었을 텐데 불교에 귀의해서 공덕을 쌓는 것으로 그 해결책을 찾고자 한다.

또한 로쿠조미야스도코로는 심한 병을 얻자 출가를 결심하는데, 그이유는 '죄 깊은 곳에서 여러 해 지낸 것이 두려웠기 때문이다.(罪深き所に年経つるもいみじう思して、尼になりたまひぬ)'(「澪標卷」②, p.310) '죄 깊은 곳'이란 딸인 사이구(아키코노무추구)와 함께 내려갔던 이세 신궁을 말한다. 부처를 섬기는 것이 철저하게 금지된 신궁에서의 생활을, 불교 차원에서 죄 깊은 곳이라고 해석했다. 이런 생각을 가졌기 때문에 훗날 부처에 귀의하는 경향이 많았던 것 같다. 가모 신사賀茂神寺의 사이구였던 아사가오朝顔 역시 훗날 출가한다.(斎院、はた、いみじう勤めて、紛れなく行ひにしみたまひにたなり)(「若菜下卷」④, p.263)

헤이안 시대 전반에 걸쳐서 불심이 깊숙이 침투되어 있었기 때문에, 귀족사회만이 아니라 사이구였던 인물에게도 마지막 선택의 길은 불교였던 것 같다.

당시 귀족의 출가는 대부분 속세에 있으면서 불교에 귀의하는 재가출가在家出家였다.[32] 독경·소향 등을 하면서 사저에서 불도를 닦았다. 이세사이구 단의 주인공과 같은 여성 출가자들은 자신의 구제를 염원하는 근행 생활을 위주로 출가하기 때문에, 깨달음에 근거한 해탈을 염원하기보다는 현세 도피적 성격을 보인다. 특히 일본에 전해진 대승 불교는 이른바 여성 오장설女性五障說 등을 내세워 깨달음과 종교적 구제에서 여성을 차별하고 제외시켰다. 여인 오장설이란, 여성은 불교에 귀의해서 제 아무리 열심히 수행 정진해도 부처가 될 수 없는 다섯 가지 장애를 지녔다는 교의이다.[33]

『겐지 모노가타리』에서 아카시뉴도明石入道가 자신을 낮추어서 야마부시山伏라고 표현했는데, 야마부시란 산중에 기거하면서 수행하는 이른바 출가승을 말한다. 이런 단어가 있다는 것은 산중에서 수행하는 자도 있었다는 것이다. 야스코 사이구는 '인간 세상이 싫다고 도읍지를 떠나 깊은 산 속에 살고 있었다'는 설명으로 출가승이었을 가능성도 보이지만 74단에 '당신에게로 가는 길은 바위를 넘어서 가야하는 산과 같이 험한 길이 아닙니다'는 표현으로 역시 재가승이었을 것으로 간주된다. 비록 재가승이라고 해도 야스코 사이구의 선택에는 아픔이 있었을 것이다.

당시 작품 속에서 출가하는 이들은 하나같이 '이 세상이 고통스럽다, 허무하다(憂し, あぢきなし)'고 인식하고 출가한다. 이를테면 히카루 겐지光源氏의 아들 가오루薰의 출가 동기는 내면의 불안에서 찾을 수 있는데, '세상은 참으로 허무한 곳이라고 생각하는 마음이 있어서…(世の中を深くあぢきなきものに思ひすましたる心なれば…)'(「匂宮」 ⑤, p.23)라는 표현이 있다. 사이구 역시 '세상이 싫어서'라는 표현을 하고 있다. 특히 여성에게 출가는 바로 여성이라는 존재 자체를 포기하는 것이었다. 당시의 미의식에서 볼 때, 삭발하고 출가한다는 것은 남성의 애욕에서 벗어날 수 있는 하나의 방법이었다. 즉 이것은 하나

의 타개책이기도 했고, 또 하나 여자로서의 삶을 접는 슬픔이기도 했다. 사이구의 선택 역시 『이세 모노가타리』의 주인공인 남자와의 용납되지 않는 사랑에서 벗어날 수 있는 하나의 타개책이었음과 동시에 해서는 안 되는 사랑을 한 결과인 셈이다.

❖ ❖ ❖

이세사이구 단의 여자 주인공은 황실의 종묘인 이세 신궁에 상주하면서 신을 섬기는 황녀이기 때문에 남자와의 사랑이 허락되지 않은 인물이고, 남자는 천황의 명을 받고 여러 지방에 들러 사냥을 하는 직분의 사람이기 때문에 한곳에 머물 수 없는, 즉 사랑을 지속할 수 없는 인물로 설정된 다음 이야기가 진행된다. 따라서 이 사랑은 처음부터 쉽지 않은 사랑임을 알 수 있다. 쉽지 않은 정도가 아니라 사이구라는 특별한 신분인 여자와의 사랑이라서, 이 사랑은 성스러운 것에 대한 모독이며 종교적 차원을 포함해서 왕권에 대한 도전이라고까지 할 수 있다.

그럼에도 불구하고 야스코 사이구는 니조 황후처럼 수동적이고 소극적이지 않다. 적극적이다. 이세 신궁이라는 특별한 공간 안에서 야스코 사이구는 먼저 남자를 찾아가고 먼저 노래를 보내는 등 적극적이고 능동적으로 남자에게 다가간다. 사이구에게 밀통은 바로 해임되는 죄 중에서도 가장 큰 죄인데 여자는 조금의 주저함이 없다. 이에 비해 남자는 항상 여자를 기다리는 수동적이고 소극적인 모습을 보인다. 이런 이유는 신의 영역이라고 할 수 있는 공간적 제약으로 설명가능하다.

신의 영역은 성스러움만이 아니라 금기, 왕권 등의 의미를 부여하고 있기 때문이다. 야스코 사이구가 아무리 적극적이고 능동적으로 남자의 사랑을 받아들이려고 하지만, 그 공간은 신의 영역인 이세 신궁이기 때문에 더 이상의 사랑은 불가능했던 것이다.

결국 이 사랑은 남자가 떠나는 것으로 끝을 맺는데 그래도 남자는 미련을 버리지 못한다. 이에 반해 여자는 냉정하다. 적극적이고 솔직한 그리고 꿋꿋한 야스코 사이구의 성격을 단적으로 보여주는 대목이다. 야스코 사이구는 시작도 끝도 이렇게 주도적이고 분명하다. 이별 후, 야스코 사이구의 모습은 더 이상 보이지 않고 그 마음도 보이지 않는다. 많은 시간이 지나고 비구니가 되었음을 알 수 있다. 이때에도 남자는 미련이 남아 노래를 보내지만 여자는 몸과 마음을 꼭꼭 숨기면서 자리를 피할 뿐이다.

이 글에서는 신궁이라는 제한된 공간에서 만나는 사냥 칙사와 야스코 사이구를 통해서 『이세 모노가타리』의 사랑을 논하고자 했다. 그 아무리 정열적인 남녀의 만남이라 해도, 이세 신궁의 사이구에 대한 사랑은 성스러운 것에 대한 모독이며 헤이안 시대의 질서에 대한 도전이었기 때문에 이 사랑은 결국 안타까운 이별만 남긴다.

신의 영역이라고 할 수 있는 이세 신궁에서 사이구에 대한 사랑은 남자가 아무리 정열적이고 우아한 풍류인이라 할지라도 가능한 범주가 아니었다. 가슴 아파하고 안타까워하며 미련을 가질 뿐 어떤 행동도 취하지 못한다. 적극적으로 이 사랑을 받아들이려고 한 사이구 역시 비구니가 되는 것으로 결말을 맺는다.

니조 황후 단도 이룰 수 없는 사랑을 다룬 이야기이지만 사랑의 시작에서부터 이세사이구 단과는 차이를 보인다. 신에게 봉사하는 사이구와의 관계는 니조 황후의 경우처럼 아직 입궁하기 전의 처녀를 유혹

하는 것과는 비교도 안 되는 대죄로 무거운 죄에 해당한다. 그런데도 야스코 사이구는 적극적이고 능동적인 사랑을 한다. 이에 비해 남자는 이세 신궁이라는 밀폐되고 제한된 신의 영역에서 자유롭지 못할 뿐 아니라 기다리기만 하는 무능함을 보인다.

사실 『이세 모노가타리』에는 많은 사랑이야기가 있는데, 니조 황후나 야스코 사이구와의 이루지 못한 아픈 두 사랑이야기는 『이세 모노가타리』의 근간根幹을 이루고 있다고 생각한다. 이루지 못한 사랑이야기 속에서 모노가타리의 주인공 나리히라는 대비되는 두 모습을 보인다. 니조 황후와의 사랑에서는 신분의 차이에 따른 불가능한 사랑임을 전제하고도 무모하리만큼 적극적이다. 이에 반해 이세 신궁에서 만난 야스코 사이구와의 사랑에서는 소극적이고 기다리기만 하는 사랑을 했다. 물론 신의 영역이라고 할 수 있는 이세 신궁에서의 만남이었기 때문이다.

『이세 모노가타리』의 근간을 이룬다고 할 수 있는 두 사랑이야기는 전혀 다른 두 인물의 사랑이 아니다. 『이세 모노가타리』 주인공 나리히라의 사랑이다. 나리히라는 『이세 모노가타리』 안에서 이런 다양한 사랑을 하고 있다.

그 사랑은 처음부터 불가능한 사랑이었고 결국 좌절과 괴로움을 남기지만, 그 마음은 진실되고 순수했다. 이것이 『이세 모노가타리』에서 볼 수 있는 사랑이고 나리히라의 '미야비'이다.

■ 주 ────────────────────────────────────

1 神田龍之介,「『伊勢物語』第六十九段試論」(『国語と国文学』, 東京大学国語国文学会, 2006) p.14

2 「又基名目有二義。有密事之故、為称僻事之由、号伊勢物語卜。諺伊勢ハ僻卜云故也。一ハ、斎宮事ヲ為詮故号伊勢。是正義歟。泉式部ハ、以斎宮事最先二書。」(藤岡忠美 校注,『袋草紙』, 岩波日本古典文学大系 29, 1995, p.362)

3 久松潜一 編,『増補新版 日本文学史』, 至文堂, 1979, p.9

4 渡辺泰宏,「伊勢物語章段群論」(『国文学』, 学灯社, 1998.2) p.109

5 鈴木日出男,「伊勢物語を読む」(『国文学』, 学灯社, 1988) p.144

6 「伊勢神宮に奉仕した皇女。天皇名代として、天皇の即位ごとに未婚の内親王または女王から選ばれた。記紀伝承では崇神天皇の時代に始まるとされ、後醍醐天皇の時代に廃絶。」(『広辞苑』, 岩波書店, 1998)

7 平安初期 연중행사나 제도 등을 기술한『延喜式』중 사이구에 대한 체계적인 법을 기록한 것.

8 김영심,「천황가의 무녀, '사이구' 일대기」(『일본인의 삶과 종교』, 제이앤씨, 2007) pp.11~29 참조

9 「『皇太神宮儀式帳』は延暦230(804)年、伊勢神宮宮司である大中臣真継が桓武朝廷の神祇官で伊勢神宮の関係資料を編輯して報告したものである。伊勢神宮に関する基本的文献資料として神宮史研究の重要な古文書である。」(西野儀一郎,『古代日本と伊勢神宮』, 新人物往来社, 1976, p.21)

10 김종덕,「光源氏の愛執と出家願望」(『日本研究』제13호, 한국외대 일본연구소, 1999) p.240

11 欽明天皇二年三月 「…盤隈皇女と曰す。初め伊勢大神に侍へ祀る。後に皇子茨城に奸されたるに坐りて解かる。」(巻第19, p.365)
敏達天皇七年三月 「菟道皇女を以ちて、伊勢の祀に侍らしむ。即ち池辺皇子に奸されぬ。事顕れて解く。」(巻第20, p.477)
(小島憲之 校注・訳,『日本書紀②』, 新編日本古典文学全集 3, 小学館)

12 片桐洋一 編, 『伊勢物語 大和物語』(鑑賞日本古典文学 5, 角川書店, 1981) p.10

13 「伊勢物語が、ある時期に一人の作者によって一度に作りあげられたものではなく、数次にわたって、徐々に成長して行ったものである…」(片桐洋一,『伊勢物語研究 [研究篇]』, 明治書店, 1991, p.157)
따라서 이런 부연 설명은 훗날 독자가 삽입한 주석이라는 後注説이 있다.

14 関根賢司, 『伊勢物語』(日本古典文学 2, 有精堂, 1983) p.367

15 小町谷照彦, 「業平」(『国文学』, 学灯社, 1993. 10) p.37

16 阿部俊子　全訳注, 『伊勢物語(上)』, 講談社学術文庫, 1977, p.264

17 「大江匡房の『江家次第』には、業平が斎宮恬子内親王と密通して、高階師尚を産ませたため、今日をなお高階家の人びとは、伊勢参宮をしないと述べ、『古今和歌集目録』も同じことをいい、くわえて、師尚出生の秘密のもれることを恐れて、高階茂範の子としたので、人が気づかなかったという。『古事談』もこの説を踏襲し、『尊卑分脈』『伊税物語愚見抄』も似たようなことを記している。」
(今井源衛, 『在原業平』, 王朝の歌人 3, 集英社, 1985, p.110)

18 河添房江, 「斎宮を恋う」(『日本の文芸』, 講談社学術文庫, 1978) p.147

19 片桐洋一, 『伊勢物語 大和物語』(鑑賞日本古典文学 5, 角川書店, 1981) p.164

20 小町谷照彦, 「業平」(『国文学』, 学灯社, 1993. 10) p.39

21 「…平中、そのあひけるつとめて、人おこせむと思ひけるに、つかさのかみ、にはかにものへいますとて寄りいまして、奇りふしたりけるを、おひ起して、「いままで寝たりける」とて、逍遥しに遠き所へ率ていまして、酒飲み、ののしりて、さらに返したまはず。からうじてかへるままに、亭子の帝の御ともに大井に率ておはしましぬ。そこにまたふたに夜さぶらふに、いみじう酔ひにけり。夜ふけてかへりたまふに、この女のがりいかむとするに、方ふたがりければ、おほかたみなたがふ方へ、院の人々類していにけり。」(『大和物語』103단, pp.324~328)

22 今井源衛, 『在原業平』(王朝の歌人 3, 集英社, 1985) p.109

23 「連歌は、短歌の上の句五七五と下の句七七とを別々の人が詠んで合わせて一首とする、という。
遊戯から出発した。このように、一首の歌を二人で詠み合わせる短連歌は『万葉集』

にもすでにみえる。そして、平安時代にはいると、『金葉和歌集』では「連歌」の部が
あげられ、平安末期には、五七五、七七、五七五、七七、五七五、七七、…と鎖の
ように際限なく続ける鎖連歌(長連歌)が現れるようになった。和歌にかわって中世
を支配したのは連歌である。」(真下三郎　他　監修、『新編日本文学史』、第一学習社、
1981, pp.76~77)

24 久松潜一 他,『古語辞典』, 角川書店, 1981, p.641

25 加藤睦, 「数奇」(『国文学』, 学灯社, 1985.9) p.88

26 松井健児, 「伊勢物語の越境と歌」(『日本文学』, 日本文学協会, 1991.5) p.16

27 神田龍之介, 「『伊勢物語』第六十九段試論」(『国語と国文学』, 東京大学国語国文学会,
2006) p.18

28 上野英二, 「狩と恋」(『成城国文学』16号, 成城国文学会, 2003.3)

29 榎村寛之, 「『斎王の恋』と平安前期の王権」(『古代文化』64巻1号, 古代学協会, 2004.1)

30 高田祐彦, 「狩」(『竹取物語伊勢物語必携』, 学灯社, 1988) p.210

31 三蔵(부처님의 가르침인 経, 律 그리고 그 주석서인 論)을 모은 총서를 大蔵経이라
한다. 三蔵은 남방으로 전해지면서 번역되어 많은 대장경을 성립하는데, 그중 하나가
남전대장경이다.

32 김영, 「재가 비구니;이에아마의 위상」(『일본인의 삶과 종교』, 제이앤씨, 2007) p.50

33 이용미, 「조작된 여인 지옥과 구제」(『일본인의 삶과 종교』, 제이앤씨, 2007) p.37

# 제5장
# 주인공의 도읍 인식

**▋ 동쪽지방으로 떠나는 남자**
伊勢物語図屛風(深江芦舟筆・文化廳保管)

『이세 모노가타리』에는 같은 소재를 가지고 만드는 줄거리가 여럿 있는데 구성면에서 가장 일관성을 가진 것으로는 '아즈마쿠다리東下り' 라고 불리는 '동쪽 지방으로의 유리流離'가 있다. 일정한 집과 직업 없이 이리저리 떠돌아다니는 것을 '유리표박流離漂迫'이라고 한다.[1] '아즈마쿠다리'의 주인공 역시 뚜렷한 목적의식 없이 동쪽 지방으로 내려갔기 때문에 이를 '동쪽 지방으로의 유리'라고 하겠다. 아리와라 나리히라의 일대기적 이야기의 흐름 속에서 '동쪽 지방으로의 유리'는 매우 중요한 역할을 하고 드라마틱한 전개를 보인다.

　　　옛날에 한 남자가 있었다. 도읍이 싫어져서 동쪽 지방으로 떠났다…
　　　むかし、男ありけり。京にありわびてあづまにいきけるに…

　　　　　　　　　　　　　　　　　　　　　　　　　　　(7단, p.119)


옛날에 한 남자가 있었다. 도읍에서 살기 어려웠는지, 동쪽 지방에서 살 곳을 찾고자 친구 한두 사람과 함께 떠났다.
むかし、男ありけり。京やすみ憂かりけむ、あづまの方にゆきて、

▌ 동쪽지방으로 떠나는 남자
伊勢物語絵巻(住吉如慶筆・個人所蔵)

すみ所もとむとて、友とする人、ひとりふたりしてゆきけり。

(8단, p.119)

옛날에 한 남자가 있었다. 그 남자는 자신이 쓸모없는 사람이라 생각하고, 도읍을 떠나 동쪽 지방에 살 곳을 찾아 나섰다.

むかし、男ありけり。その男、身をえうなきものに思ひなして、京にはあらじ、あづまの方にすむべき国もとめにとてゆきけり。もとより友とする人ひとりふたりしていきけり。道しれる人もなくて、まどひいきけり。

(9단, p.120)

‘동쪽 지방으로의 유리’는 당시의 도읍인 헤이안쿄平安京가 싫어져서, 혹은 살기 어려워서 동쪽 지방으로 살 곳을 찾아 떠난다는 것으로 시작된다. 이 세 개의 단이 동쪽 지방으로 떠나는 즉 ‘동쪽 지방으로의 유리’ 단의 시작이다. 이 글에서는 ‘동쪽 지방으로의 유리’ 단을 통해서 동쪽 지방으로 떠나는 남자, 즉『이세 모노가타리』의 주인공 나리히라의 ‘도읍’에 대한 인식을 규명하고자 한다. 이것이 바로『이세 모노가타리』의 도읍에 대한 공간 인식이라 할 수 있다.

　필자가 이 글에서 규명하고자 하는 ‘도읍’은 바로 헤이안 시대의 도읍인 교토 즉 헤이안쿄를 뜻하는데, 이것은 ‘미야코都’[2]를 말한다. ‘미야코’는 헤이안 시대의 궁정풍의 우아하고 섬세한 풍류를 뜻하는 ‘미야비’의 어원이기도 하다. 그러므로 당시 도읍이란 천황이 거주하는 정치의 중심지 역할만 하는 것이 아니라 경제·문화·예술 등 모든 분야에서 중심이 되는 곳이었다. 귀족중심의 화려한 헤이안 시대를 맞이해서 도읍은 그 어느 때보다 사람들의 가치관을 좌우하는 곳이었다.

# 01
# 동쪽 지방으로 떠나는 이유

　『이세 모노가타리』의 남자가 도읍을 등지고 동쪽 지방으로 떠나는 동기에 대해서 많은 이야기들이 전해진다. 어머니의 죽음, 니조 황후와의 이루지 못한 사랑, 귀족 관료로서의 좌절 등이 그렇다.

　그러나 나리히라의 '동쪽 지방으로의 유리'를 뒷받침할 역사적 자료는 사실상 아무것도 없다. 좌천이나 유배에 대한 자료 또한 없다.[3] 동쪽 지방으로 떠나는 시기와 동기에 대해서 기술한 역사적 자료가 없으니 남자의 '동쪽 지방으로의 유리'에 대한 정확한 동기 역시 알 길이 없다. 물론 『이세 모노가타리』는 허구의 세계를 그린 '모노가타리'이므로 자료가 없는 것이 당연지사이다. 그러나 이것이 사실이건 아니건 『이세 모노가타리』에서, 이른바 모노가타리(작품)에서 남자의 '동쪽 지방으로의 유리'는 중요한 위치를 차지한다.

## 어머니의 죽음

'동쪽 지방으로의 유리'의 원인을 쓰노다 분에이角田文衞는 어머니의 죽음에 따른 상심에서 찾았다. 나리히라는 근친의 상으로 관례에 따라 잠시 관직을 쉰 적이 있는데服解 이때의 일이라고 단언했다. 이른바 어머니 이토 내친왕伊都內親王이 돌아가신 다음해,[4] 후지산에 아직 눈이 남아있고 제비붓꽃かきつばた이 활짝 피는 862(貞觀4)년 여름의 일이라는 것이다.[5]

나리히라의 '동쪽 지방으로의 유리'는 어머니의 죽음 때문이라는 설정인데, 나리히라가 어머니의 죽음을 애도하는 이야기나 와카는 찾아볼 수 없다. 『이세 모노가타리』 84단에 모자의 증답가를 중심으로 하는 이야기가 하나 있을 뿐이다.

> …신분은 낮았지만 어머니는 황녀였다. 어머니는 나가오카에 계셨다. 아들은 궁에서 일하고 있어서 어머니를 찾아뵙고 싶었지만 자주 찾아뵙지 못했다. 외동이라서 너무나 사랑하셨다. 그러던 음력 12월 전갈이 왔다. 놀라서 보니 노래가 있었다.
>> '나이가 들면 피할 수 없는 이별이 있다고 하니 네가 더욱 보고 싶어지는구나'
>
> 그 아들이 너무 슬퍼서 울면서 읊었다.
>> '이 세상에 피할 수 없는 이별 없었으면, 천년 살기를 바라는 자식을 위해서라도'
>
> …身はいやしながら、母はなむ宮なりける。その母、長岡といふ所にすみたまひけり。子は京に宮仕へしければ、まうづとしけれど、

しばしばえまうです。ひとつ子にさへありければ、いとかなしうし
たまひけり。さるに、十二月ばかりに、とみのこととて御文あり。
おどろきて見れば、歌あり。

　老いぬればさらぬ別れのありといへばいよいよ見まくほしき君か
かの子、いたううち泣きてよめる。

　世の中にさらぬ別れのなくもがな千代もといのる人の子のため

　아들을 보고 싶어 하는 어머니의 마음과 그런 어머니를 생각하며
세월을 멈추게 하고 싶다는 자식의 마음이 드러난 이야기다. '어머니를
찾아뵙고 싶었지만', '외동이라서 너무나 사랑하셨다', '울면서 읊었다'
는 구절에서 아들의 어머니에 대한 사랑이 느껴진다. 나리히라는 이렇
게 순수한 사랑의 구현자로 그 모습을 드러내고 있다.

　김종덕은 '헤이안 시대의 많은 작품들이 남녀사랑을 전체 주제로 삼
는 경우가 많아서 효의식이 직접적으로 드러나는 경우가 많지 않지만
그러나 인간본연의 심층에 근거한 효의식은 분명 존재했다'고 주장한
바 있다.[6] 『이세 모노가타리』의 나리히라와 이토 내친왕의 증답가는
그것을 뒷받침할 수 있는 것이라 사료된다. 이런 이미지를 가지고 있
었기 때문에 쓰노다는 '동쪽 지방으로의 유리'의 원인을 어머니의 죽음
에 따른 너무나 큰 상심에서 찾으려고 한 것 같다.

## 니조 황후와의 사랑

앞에서도 이미 지적한 바와 같이 '동쪽 지방으로의 유리'를 니조 황후와의 이루지 못한 사랑에서 그 원인을 찾는 예도 많다. 히나타 가즈마사日向一雅는 '동쪽 지방으로의 유리가 어떤 이유에서 시작되고 어떤 성격의 여행이었는지, 지금의 주석서는 니조 황후 단을 잇는 것으로 받아들여서 상심에 의한 표박漂迫이고 귀종유리담貴種流離譚의 하나의 형태로 이해하는 것이 일반적이다'라고 설명했다.[7]

니조 황후와의 사랑이야기(2~6단)가 있고 이것을 이어서 '동쪽 지방으로의 유리'가 등장하기 때문에 '동쪽 지방으로의 유리'의 동기는 니조 황후와의 사랑이 깨어졌기 때문이라고 오래전부터 생각했던 것 같다. 가마쿠라 시대의 주석서(『冷泉家流伊勢物語抄』)에 '동쪽 지방으로의 유리는 사실이 아니라 니조 황후를 보쌈한 사건이 탄로 나서 히가시야마東山에 있는 요시후사良房에게 맡겨진 것을 말한다'[8]는 기술이 있다. 여기서 주목되는 점은 히가시 야마 운운 하는 전설이 아니라 동쪽 지방으로의 유리를 니노 황후를 보쌈한 사건과 연관 짓고 있다는 점이다. 이렇게 동쪽 지방으로의 유리의 동기를 니조 황후에서 찾는 것은 이야기의 흐름 상 자연스러운 것이라 할 수 있다.

니조 황후와의 이루지 못한 사랑의 배경에는 당시 막강한 세력을 지닌 후지와라 씨가 있었다. 9세기 중엽, 후지와라 씨는 황족과의 정략결혼을 통해서 자신의 세력을 강하게 구축하였고, 정치를 독점해서 막강한 세력가로 한 시대를 움직였다. 니조 황후는 이런 후지와라 씨 권력의 한가운데에 존재했던 여인이다. 숙부인 요시후사良房는 다카이코高子,

이른바 니조 황후를 양녀로 삼고 황태자 고레히토 친왕(훗날 淸和天皇)에게 시집보낼 생각을 하고 있었다.

니조 황후와의 이야기는 2단에서 진실한 남자가 외모보다는 마음이 아름다운 여자를 찾아갔다는 내용으로 시작되는데, 3·4·5단을 거치면서 남자의 사랑은 깊어가고 그만큼 구애 행위도 적극적으로 변한다. 6단에서 남자는 드디어 여자를 훔쳐서 도망가지만 니조 황후의 오빠들이 찾아서 데려가버린다. 이것을 본문에서는 귀신이 여자를 잡아먹었다고 설명하는데, 이는 인간의 힘으로는 대항할 수 없는 엄청난 힘을 지닌 존재임을 뜻한다. 니조 황후가 속해 있는 집단의 힘으로, 바로 막강한 권력을 행사한 후지와라 씨를 의미한다.

니조 황후를 빼앗긴 남자에게 헤이안쿄란 이루지 못한 사랑이 있는 곳이고 또한 자신의 사랑을 이룰 수 없게 하는 귀신과도 같은 후지와라 씨가 존재하는 곳이다. 이제 주인공에게 남은 삶이란 의미가 없다. 여기서 주인공은 헤이안쿄를 떠날 생각을 했을 것이다.

또 하나, 『겐지 모노가타리』와의 관계를 통해서도 '동쪽 지방으로의 유리'의 동기가 니조 황후와의 실연 때문이라는 사실을 찾을 수 있다. 『이세 모노가타리』는 『겐지 모노가타리』의 선행 작품으로 많은 관심을 받는데, 아키야마 겐秋山虔은 『겐지 모노가타리』의 성립을 고찰한 후 '작자는 자신의 허구세계를 만들기 위해서 선행 작품으로 『이세 모노가타리』를 통과하지 않을 수 없었다'는 주장을 했다.[9]

지체 높은 혈통을 지녔지만 후지와라 씨 정치체제와 대립하는 입장이라는 설정도 그렇고, 주인공의 유리도 그렇다. 나리히라의 '동쪽 지방으로의 유리'는 히카루 겐지光源氏의 스마·아카시須磨·明石의 이야기로 전개된다. 즉 나리히라의 '동쪽 지방으로의 유리'와 관련된 내용을

『겐지 모노가타리』에서도 찾을 수 있는데, 이런 대목을 설정함에 있어서 『겐지 모노가타리』의 작자는 나리히라의 '동쪽 지방으로의 유리'를 의식했을 것이다.

역으로 스마·아카시 이야기의 발단이 되는 히카루 겐지와 오보로 쓰키요朧月夜와의 관계는 나리히라와 니조 황후와의 관계를 연상케 한다. 따라서 '동쪽 지방으로의 유리'의 원인을 니조 황후와의 밀회에서 그 원인을 찾을 수 있다.


## 귀족 관료로서의 좌절감


'동쪽 지방으로의 유리'의 동기를 귀족 관료로서의 좌절감에서 찾을 수도 있다. 가타기리 요이치는 '동쪽 지방으로의 유리 단이 니조 황후 단을 이어서 등장하기 때문에 그 동기를 사랑의 실패에서 찾으려고 하는데, 실은 이와는 관계없는 독립된 단'이라고 주장한다. 그리고 '쓸모없는 사람이라 생각하고'라는 부분은 사랑이 받아들여지지 않아서 그렇게 말하는 것이 아니라 세상에 쓰임이 없어서, 즉 귀족 관료로서의 좌절감을 말하는 것이라고 주장했다.[10] 이른바 동쪽 지방으로 떠나는 이유는 바로 귀족 관료로서의 좌절이라는 주장이다.

그 이유는 '친구 한두 사람과 함께 떠났다'(9단)라는 구절에서 찾는다. 실연한 사람들이 여럿 모여서 여행을 떠난다는 것은 비상식적이다. 세상에 받아들여지지 않은 사람들, 세상과 조화를 이루지 못한 사람들의 동행이라고 보아야 한다. 또 하나는 7~9단 소위 '동쪽 지방으로의 유리' 단에 실린 노래를 보면, 여자 때문에 동쪽 지방으로 떠났다기보다는 동쪽 지방으로 떠났기 때문에 여자를 만나지 못하게 되었다는 뜻을 함유하고 있다.

가타기리가 주장하는 대로 '동쪽 지방으로의 유리'의 원인을 귀족 관료로서의 좌절에서 찾는다면, 먼저 나리히라의 실상을 재확인할 필요가 있다. 『이세 모노가타리』의 이야기가 사실이건 아니건 아리와라 나리히라라는 실존인물과의 연관성을 배재할 수 없다. 황족의 한사람이지만 권세를 누리지 못하고 영화롭게 살지 못한 비운의 인물, 나리히라의 실제적 고찰이 필요하다.

나리히라는 헤이제이平城(在位 806~809) 천황의 제1 황자인 아보 친왕阿保親王(792~842)의 아들이다. 구스코의 변薬子の変(810년)[11]으로 비극적 최후를 보낸 헤이제이 천황, 그 사건으로 오랫동안 유배 생활을 해야만 했던 아보 친왕의 존재를 간과할 수 없다.[12] 본문에서 아리와라 나리히라는 마료의 장관(馬の頭, 83단), 중장인 남자(中將なりける男, 99단), 근위부에 근무하는 노인(近衛府にさぶらひけるおきな, 76단) 등으로 등장하는데 이것만으로도 결코 영화로운 삶이 아니었음을 알 수 있다. 게다가 이런 자리를 얻게 되는 것은 '노인翁'이라고 불리는 나이가 된 후의 일이다.

실제 황족이지만 '아리와라'라는 성을 받음으로써 더 이상 황족이 아닌 신하의 신분이 된 불운의 인물이다. 나리히라의 이런 면을 염두에 두고 본다면 귀족 관료로서의 좌절감도 충분히 이해할 수 있다.

## 몰락한 황족의 비애

'동쪽 지방으로의 유리'의 원인을 여러 입장에서 검토했다. 어머니의 죽음, 니조 황후와의 이루지 못한 사랑, 귀족 관료로서의 좌절감 등이 그것이다.

필자는 「이세 모노가타리의 나리히라상(像)」이라는 논문을 통해서 '동쪽 지방으로의 유리'의 원인에 대해서 논한 적이 있다.[13] 여기서 필자는 니조 황후와 나리히라의 배경에 주목하고, 몰락한 황족의 비애가 존재함을 주장했다. 표면상 드러난 유리의 원인은 니조 황후와의 실연이지만 더 깊은 곳에는 몰락한 황족의 비애가 담겨있다고 보았다. 필자는 동쪽 지방으로 떠나고자 하는 남자의 선택에서 몰락한 황족의 비애를 볼 수 있었기 때문이다.

니조 황후와 나리히라의 사랑은 도저히 이루어질 수 없는 배경에서 시작되었다. 이미 앞에서 알아본 바와 같이, 니조 황후는 단순히 고귀한 신분의 여성이 아니라 막강한 후지와라 씨의 세력 속에서 그 세력의 확장을 위해서 중요한 위치에 있는 존재였다. 따라서 몰락한 황족, 즉 후지와라 섭정 체제의 확립과 더불어 권력에서 멀어져야만 했던 황족인 나리히라의 니조 황후에 대한 사랑은 단순히 신분을 초월한 사랑이 아니라 후지와라 씨에 대한 극복이고 시대에 대한 도전이었다고 볼 수 있다. 나리히라는 후지와라 체제 속에서 조화롭게 살아가기를 거부하는 몰락한 황족의 모습을 그리고 있다. 따라서 좌절한 남자는 '동쪽 지방으로의 유리'를 선택해야만 했을 것이다.

필자는 남자가 도읍을 버리고 동쪽 지방으로 떠나는 원인을 어머니의 죽음, 귀족 관료로서의 좌절, 니조 황후와의 이루지 못한 사랑 등에서 찾았다. 이런 원인은 각각 별개의 주장으로 보이지만 하나로 집약해본다면 '몰락한 황족의 비애'로 귀결된다. 특히 니조 황후와의 실연이나 귀족 관료로서의 좌절은 결국 몰락한 황족의 비애의 소산임을 간과할 수 없다. 조부 헤이제이 천황의 실각에 따른 몰락은 나리히라로 하여금 후지와라 가문 여자와의 사랑을 이루지 못하게 했고, 또한 귀족 관료로서의 영화도 어렵게 했다. 몰락한 황족의 비애는 결국 이 모든 원인의 출발점이었다.

따라서 도읍은 몰락한 황족이 살아가기에는 너무나 힘든 곳이었다. 헤이안 시대의 중심지로서 화려한 귀족 문화를 꽃피우고 있었지만 몰락한 비운의 황족을 품어줄 수 있는 그런 공간은 아니었다. 비운의 황족에게 도읍은 결코 따뜻한 보금자리가 아니었다.

# 02

# 도읍을 잊지 못하는 남자


## 도읍을 벗어나 동쪽 지방을 선택하는 남자


　'동쪽 지방으로의 유리'의 원인이 니조 황후와의 실연이건 귀족 관료로서의 좌절이건, 그 배경에는 몰락한 황족의 비애가 있었다. 이렇게 남자의 유리는 결코 즐거움이 아닌 좌절에서 시작되었다. 사랑에 대한 좌절이건 사회에 대한 좌절이건 남자는 자신이 살고 있던 도읍에 좌절하고 동쪽 지방으로 떠난다.

　7단에서 15단에 걸쳐서 이야기가 이어지는데 순서를 따라보면 경로는 이세伊勢[14]→오와리尾張[15]→시나노信濃[16]→미카와三河[17]→스루가駿河[18]→무사시武蔵[19]→시모후사下総[20]→미치노쿠陸奥로 이어진다.[21] 예로부터 지리적으로 부자연스러운 경로라는 지적을 받고 있는데, 이것을 당시 귀족들의 지리적 지식의 부족함 때문이라는 것으로 설명하기에는 아쉬운 점이 있다. 마쓰모토 아키오松本章男는 8단에 등장하는 시나노 지방은 동쪽으로 갈 때의 길이 아니라 동쪽 지방에서 교토로 돌아올 때의 경로라고 지적하는 것으로, 동쪽으로의 경로는 '도카이도東海道'이고 돌아오는 경로는 '도산도東山道'였다고 확신한다.[22] 그렇게 본다면 경로는 매우 자연스럽다.

조금 더 자세하게 설명한다면, 7세기말 일본은 중국의 행정구역을 흉내 내어 전국을 '오기칠도五畿七道'로 나누었다.[23] 도카이도는 현재의 긴키近畿 · 중부中部 · 관동関東 지방의 태평양 연안에 해당한다. 여기를 지나는 간선도로 역시 '도카이도'라고 한다. 도산도는 도카이도 북쪽에 위치한다. 여하튼 이런 지명들이 시사하는 곳이 '아즈마' 즉 동쪽 지방이다.

일본 신화의 영웅인 야마토타케루倭建가 서쪽 지방의 구마소熊襲(南九州에 거주하는 大和王權에 복종하지 않는 세력)를 정벌하고 바로 동쪽으로 향하는데, 그 대상은 서쪽의 구마소와 쌍을 이루는 동쪽의 변방이다. 『니혼쇼키日本書紀』에서는 야마토타케루가 평정한 동쪽지역을 '아즈마(東 혹은 東国)'라고 총칭한다. 이세를 시작으로 스루가→사가미相模→가즈사→미치노쿠로 이어지고, 히타치常陸→가이甲斐→시나노를 거쳐서 오와리로 돌아온다. 따라서 이 지역이 모두 '아즈마'에 속한다. 훗날 왕권의 지배하에 들어오자 왕권에 대해 상납과 봉사를 하는데 이들을 아즈마비토東人라 했다.[24]

한편 『고지키古事記』에는 '동방12국東方十二道'이라는 표현이 있다. 이 용례는 세군데 있는데 2개가 야마토타케루와 관련이 있다.

"동방12국의 난폭한 신이나 따르지 않는 사람을 평정하여라"… (중략)
… 또 다시 병사도 주지 않고 동방12국의 악인을 평정하고 오라신다.
言向和平東方十二道之荒夫琉神及摩都樓波奴人等而、…(中略)…
不贈軍衆、今更平、遣東方十二道之惡人等。　　　　(p.222)

야마토타케루가 동방정벌을 위해서 출발하는 대목이다. 여기서는
'동방12국'이 어디를 지목하는지 명확하지 않다. 그런데 근세의 국학자
모토오리 노리나가本居宣長의 『고지키 전古事記傳』[25]에 아래와 같은 언
급이 있고, 이후 대부분의 주석서가 이것을 답습하고 있다.[26]

12도는 12국을 말한다. …(중략)… 12는 어느 지역을 합한 수인지 알
수 없다. 그러나 시험 삼아 말해본다면 이세·오와리·미카와·도토우
미遠江·이즈·사가미·무사시·후사総·히타치·미치노쿠가 아닐까.
十二道は、十二国を云なり。…(中略)… 十二は、何れの国々を会わ
せたる数にか、今さだかに知がたし。されどこころみてめて云ば、
伊勢尾張參河遠江駿河伊豆相模武蔵総常陸陸奥なるべきか。[27]

기기記紀의 '아즈마'와 '동방12국'이 가리키는 곳은 별반 차이가 없다.
'아즈마쿠다리'의 동쪽 지방 역시 이 노선에서 이해하면 될 것 같다.[28]
여기서 중요한 사실은, '아즈마' 또는 '동방12국'으로 표현되는 동쪽 지
방은 정벌의 대상으로 기기에 등장한다는 점이다. 즉 완전히 버려진
이국이 아니라 '천황지배의 확대'라는 개념 속에서 왕권의 지배하에 두
고자 하는 대상의 땅이었다는 점이다.

야마토타케루의 동방12국 정벌은 『고지키』 '게이코기景行記'에 등장
하는데, 이에 앞서 '스진기崇神記'에 '동방12국으로 보내 복속하지 않은

자들을 평정시켰다(遣東方十二道而、令和平其東柔都漏樓波奴人等)'(p.188)
는 기록이 있다. 따라서 야마토타케루의 동방정벌은 이미 평정된 곳을
재차 확인하는 차원의 정벌이었다고 생각할 수 있다. 이것을 무시한다
고 해도 기기의 성립은 8세기 초의 일이다. 그러므로 헤이안 시대의
동쪽 지방 '아즈마'는 멀고먼 미지의 땅이 아니라 어느 정도 개척되고
사람이 살만한 곳으로 자리 잡았을 것으로 사료된다.

　사람을 동쪽으로 보내 행정구역을 정하고, 이후 중앙에서 각 지역마
다 국사國司를 파견해서 지방행정을 보도록 한 것이 670년 전후의 일[29]
이라는 사실을 감안해도 이해되는 일이다. '아즈마'는 세상을 완전히
포기하고 은둔하는 그런 곳이 아니었다. 민병훈은 '특히 일행이 짐을
내렸다고 생각되는 무사시는 미지의 세계이면서 동시에 살만한 곳으
로 인식되었다'고 설명한 바 있다.[30] 히가시 야마東山로 들어가 살고자
마음먹은 남자가 '싫어졌도다 이제 죽을 각오로 산골 마을에 몸을 감출
만한 곳을 구하려하네(すみわびぬいまはかぎりと山里に身をかくす
べき宿もとめてむ)'라는 노래를 읊는 59단이나, '비구니가 되어서 세상
이 싫다고 도읍을 떠나 머나먼 산속에 살았다(尼になりて、世の中を
思ひうんじて、京にもあらず、はるかなる山里にすみけり)'는 구절
이 있는 102단의 경우와는 다르다.

　남자가 동쪽 지방으로 떠난 것은 현실에서 벗어나 미지의 세계에서
새로운 삶을 찾고자 하는 자신의 선택이었다. '아즈마쿠다리'의 시작은
'자신을 쓸모없는 사람이라고 생각하고(身をえうなきものに思ひなし
て)'라는 절망적인 면을 가지고 있기도 하지만, '동쪽 지방에 살만한
곳을 찾아서 길을 나섰다(あづまの方にすむべき国もとめにとてゆき
けり)'는 구절에서 그와는 대치되는 적극적인 면을 찾아볼 수 있다.[31]

쓰노다 분에이角田文衛는 나리히라가 동쪽 지방을 선택한 것은 지인이 동쪽의 여러 지방에 재임하고 있었기 때문이라는 주장을 한다. 교토에서 그리 멀지 않은 이세의 수령 미나모토 스즈시源冷는 닌묘천황仁明天皇(在位 872~850)의 황자이므로 나리히라와는 종형제지간이다. 미카와의 수령인 후지와라 야스무네藤原安棟와 무사시의 아베 고레타카安部比高는 한때 나리히라의 동료였다. 스루가의 오에 나오오미大枝直臣는 나리히라의 의형제인 오에 온도大枝音人와 관계가 있는 사람이었다.[32] 그 외의 지역에도 나리히라와 관련된 지인들이 살고 있었다. 나리히라에게 동쪽 지방은 아무런 연고가 없는 그런 막막한 곳만은 아니었던 것이 분명하다. 그래서 『이세 모노가타리』의 주인공은 동쪽 지방을 선택했을 것이다.

## 도읍을 벗어나지 못하는 남자

그런데 막상 동쪽 지방으로 떠난 남자는, 파도가 높게 치는 것을 보고,

> '동쪽 지방으로 여행을 하면 할수록 도읍이 더욱 그리워진다. 부럽게도 파도는 도읍을 향해 돌아가는데'
> いとどしく過ぎゆく方の恋しきにうらやましくもかへる浪かな
> (7단, p.119)

돌아가고 싶다는 마음을 표현하고 있다. 도읍에 대한 미련은 7단에

서만이 아니다. '동쪽 지방으로의 유리' 단 전반에 걸쳐서 그리움이 묻어난다. 8단에서는 혼자가 아니라 동행이 있음을 전제前提하고도,

'시나노 지방 아사마노 산에 피어오르는 연기를 이상히 여기 듯 사람들은 우리 일행을 이상하게 여기겠네'
信濃なるあさまのたけに立つけぶりをちこち人の見やはとがめぬ

(8단, p.120)


사람들이 이상하게 볼 것이라는 노래에서는 혼자가 아님에도 불구하고 나약하고 자신감이 없는 모습을 엿볼 수 있다. 9단에서도 이와 같은 면모를 읽을 수 있다.

…길을 아는 사람이 없어서 헤매면서 갔다. …(중략)… 나무 그늘에 앉아 마른 밥을 먹었다. 그 늪가에 제비붓꽃(가키쓰바타)[33]이 풍취 있게 피어 있었다. 그것을 보고 일행 중 한사람이 "가·키·쓰·바·타 라는 다섯 자를 첫머리로 여행의 마음을 읊어보자"고 해서 읊었다.
　'오랫동안 입어 편안한 옷과 같은 당신이 도읍에 있어서, 멀리 떠난 여행이 슬프기만 합니다'
라고 읊으니, 모든 사람이 눈물을 떨어뜨려 마른밥이 눅눅해졌다.
道しれる人もなくて、まどひいきけり。…(中略)… 木のかげにおりゐて、かれいひ食ひけり。その沢にかきつばたいとおもしろく咲きたり。それを見て、ある人のいはく、「かきつばた、といふ五文字を句のかみにすゑて、旅の心をよめ」といひければ、よめる。
　から衣きつつなれにしつましあればはるばるきぬるたびをしぞ思ふ
とよめりければ、みな人、かれいひの上に涙おとしてほとびにけり。

(9단, pp.120~121)

친구들이 있기는 하지만 하나같이 어설프기 그지없는 사람들이다. 길을 몰라 헤매고, 어둡고 좁은 길 앞에서 걱정이 앞지른다. 마른 밥이 눈물에 젖어 눅눅해졌다는 구절에서는 고달픈 여정을 가히 짐작할 수 있다. 결코 고귀한 혈통의 우아함이나 여유는 보이지 않는다. 아니 고귀한 혈통이기 때문에 더 비참하고 나약한 모습이 보일 뿐이다. 한없이 약한 마음과 아픔만 느껴진다.

> …여행을 계속하다보니 무사시 지방과 시모쓰후사 지방 사이에 상당히 큰 강이 있었다. 그것을 스마다가와라고 했다. …(중략)… 그때에 주둥이와 다리가 붉은 도요새 정도 크기의 흰 새가 물위에서 물고기를 잡아먹고 있었다. 도읍에서는 보지 못했던 새라서 아무도 아는 이가 없었다. 사공에게 물어보니 "이것은 미야코도리"라 한다. 이 말을 듣고
> '미야코(도읍)라는 이름을 가졌으니 너에게 물어보겠다. 나의 님은 잘 있는지'
>
> 라고 읊으니 배안의 사람들은 모두 울었다.
>
> …なほゆきゆきて、武蔵の国と下つ総の国とのなかにいと大きなる河あり。それをすみだ河といふ。…(중략)… さるをりしも、白き鳥の、はしとあしと赤き、鴫の大きさなる、水の上に遊びつついをを食ふ。京には見えぬ鳥なれば、みな人見しらず。渡守に問ひければ、「これなむ都鳥」といふを聞きて、
>
> 名にしおはばいざ言問はむみやこどりわが思ふ人はありやなしやと
> とよめりければ、船こぞりて泣きにけり。　　　　(9단, pp.122~123)

이들에게서 씩씩한 모습은 찾아볼 수 없다. 틈만 나면 도읍을 그리워하고 노래를 읊고 눈물을 짓는다. 사공이 말하는 새의 이름이 참으

**미야코도리를 보고 눈물을
흘리는 남자**
冊子本伊勢物語
(Chester Beatty Library 所蔵)

로 묘하게도 도읍을 뜻하는 '미야코'가 들어간 '미야코도리'다. 그 이름
을 듣는 것만으로도 남자들의 눈물샘을 자극하고 도읍을 그리게 한다.
사랑에 대한 좌절이건 사회에 대한 좌절이건, 설사 도읍 그 자체에 대
한 좌절이건 도읍에 미련을 남기고 떠나야만 하는 절망감이 보인다.
도읍이 싫어져서 동쪽 지방으로 살 곳을 찾아 떠났지만 도읍에 대한
어쩔 수 없는 미련과 집착을 엿볼 수 있다.

　이러한 상황을 미키 아비토三木紀人는 '주인공은 도읍에서 멀어지면
멀어질수록 도읍에 대한 향수로 서정적으로 변한다. 미지의 세계에 관
심을 가지려는 의지는 희박하다. 이방인으로 그곳에서 만나는 새로운
풍경은 단지 도읍을 떠올리는 실마리로서 비로소 의미를 지닌다'[34]고
설명했다.

즉 지방은 그 자체로서 가치를 가지는 것이 아니라 '중심'이 유지되기 위한 수단으로, 이른바 도읍에 대한 집착을 더욱 강조하기 위한 조건으로 존재하는 것이다. 도읍에서 멀어지면 멀어질수록 마음은 더욱더 도읍을 향한다. 이렇게 몸과 마음은 대치를 이룬다. '유리'는 현실을 피해서 방황하는 주인공의 비극적 효과를 높일 뿐, 주인공의 삶의 터전은 역시 도읍의 현실 세계밖에 없음을 역으로 증명한다.[35]

9단에는 위 인용문에서 선보인 노래 외에도 우연히 만난 행각승에게 부탁해서 도읍에 남기고 온 여자에게 보내는 노래가 있다.

> '스루가에 와보니 적막하기 그지없습니다. 현실에서는 물론 꿈에
> 서도 당신을 만날 수가 없습니다'
> 駿河なるうつの山辺のうつつにも夢にも人にあはぬなりけり
>
> (9단, p.121)

위의 노래에서도 동쪽 지방에서 살 곳을 찾는 남자의 모습은 보이지 않는다. 하나같이 도읍에 있는 여자를 향한 마음이 가득하다. 도읍 여자를 향한 마음은 바로 도읍을 향한 마음이다. 도읍에서 좌절하고 도읍을 떠났지만 결국 도읍을 그리워하고, 도읍에서 벗어난 어디에서도 자신의 모습을 발견할 수 없는 존재임을 재발견한다.

먼저 '꿈에서도 만날 수 없다'는 표현에서 남자의 심리를 살펴보겠다. '꿈에서도 만날 수 없다'는 표현은, 당시의 꿈에 대한 생각을 이해하지 않으면 바르게 해석할 수 없다. 중고 문학작품에는 꿈을 키워드로 하는 이야기가 상당히 많은데, 꿈에 대한 생각은 상대 문학을 그대로 계승하고 있다. 『만요슈万葉集』에는 꿈을 키워드로 하는 노래가

98수나 있다. 이 중 '내가 상대를 생각했더니 나의 꿈에 상대가 나타났다'는 것과 '상대가 나를 생각하니 나의 꿈에 상대가 나타났다'는 두 종류의 꿈이 있다. 재미난 사실은 후자를 인용한 사례가 더 많다는 것이다.[36] 이 사실을 가지고 볼 때 '꿈에서도 만날 수 없다'는 것은 내가 상대를 생각하지 않음이 아니라 상대가 나를 잊었기 때문이라고 파악할 수 있다. 이 노래를 이해하기 위해서는 그렇게 해석하는 것이 옳다고 본다.

'동쪽 지방으로의 유리' 단에서 남자는 한 번도 도읍을 생각지 않고 넘어가는 이야기가 없다. 그런데 꿈에서도 만날 수 없다는 것은 내가 도읍을 생각하지 않아서가 아니라 도읍의 여자가 나를 잊었기 때문이다. 남자는 도읍에서 잊혀질 수는 있어도 결코 도읍을 잊을 수는 없는 인물이기 때문에 이런 노래를 지었다. 남자에게 도읍은 벗어나고 싶어도 벗어날 수 없는 곳으로 자신의 의식 세계는 도읍을 벗어나서는 아무것도 할 수 없다. 비록 정치의 중심에서 비껴간 황족이기는 하지만, 도읍에서 태어나 도읍에서 자란 사람에게 도읍은 그 자신을 담을 수 있는 유일한 공간임을 인식하게 한다.

# 03
# 귀종유리담과 도읍에 대한 인식

## 귀종유리담

'동쪽 지방으로의 유리' 단을 '귀종유리담'의 하나의 형태로 간주하는 경우가 많다.[37] 귀종유리담이라고 불리는 모티브가 일본 서사문예의 중요한 발상의 틀이라는 것을 지적한 사람은 오리구치 시노부折口信夫다.[38] 여기서 '귀종貴種'[39]이란 고귀한 혈통을 뜻한다. 귀종유리담은 신이나 신의 혈통을 이어받은 고귀한 주인공이 표박하면서 역경을 체험하고 결과적으로 큰 행복을 맞이한다거나 비극적 죽음을 맞이한 후 신으로 추대 받는다는 공통의 틀을 가진다.[40] 이런 틀을 가진 유형의 이야기가 일본 서사문예에 고대로부터 일관되게 전승되고 있다.

귀종유리담은 아래와 같은 공통의 패턴을 가진다.

① 귀한 혈통을 이어받은 황자나 영웅 혹은 초인간적 존재가

② 어떤 규칙을 어기는 것으로 피할 수 없는 죄를 범하고

③ 그가 태어난 땅에서 추방되어

④ 낯선 고장, 주로 해변을 유랑한 다음

⑤ 영화로운 결말

   ⅰ) 역경을 경험하고 도읍으로 되돌아가서 출세와 영화를 누리거나

   ⅱ) 나라를 건설하고 왕권을 확립하거나,

   ⅲ) 불우한 죽음을 맞이하지만 신으로 추대 받는다.


　일본 귀종유리담의 시작은 스사노오노미코토須佐之男命에서 찾을 수 있다. ① 바다의 남신男神 스사노오노미코토가 ② 하늘나라에서 난동을 부려 직녀를 죽게 하자, 아마테라스오미카미天照大御神가 하늘의 석실문을 열고 숨어버리는 사건이 있었다. ③ 그러자 모든 신들이 스사노오노미코토를 추방해버렸다. ④ 추방당한 스사노오노미코토는 이즈모出雲 지방의 히노카와肥河라는 강변에 도착해서 괴물을 퇴치하는데 ⑤ 괴물의 꼬리를 잘랐을 때 안에서 훌륭한 칼, 구사나기노쓰루기草薙劍가 나와서 이를 아마테라스에게 바쳤다. 이것만이 아니라, 지역 신의 딸과 결혼을 하고 땅을 얻어서 나라를 건립한다.(『古事記』「上つ卷」, pp.55~75 참조) 이렇게 보물을 구하는 과정, 나라를 건설하는 이야기는 귀종유리담의 원형이라고 할 수 있다.

　그의 직계 후손인 오쿠니누시大国主神는, 형제들이 마치 하인을 부리듯 부려서 많은 고난을 겪는다. 그런데 우연히 해변에서 만난 알몸이 된 토끼를 구해주자, 그 대가로 야가미 히메八上姬가 청혼을 받아들인다. 이를 질투한 형제들은 오쿠니누시를 죽여 버린다. 죽었지만 신들의 도움으로 소생해서 지하의 저승세계에서 스사노오의 딸과 결혼하

고 국토를 개척하는 일을 맡는다.(『古事記』「上つ卷」, pp.75~99 참조) 조금 변형되기는 했지만 역시 귀종유리담으로서의 형태를 유지하고 있다. 또한 야마토타케루는 구사나기노쓰루기를 두고 신을 정벌하러 간 것이 원인이 되어 죽는데, 죽은 후 백조가 된다.(『古事記』「中つ卷」, pp.217~239 참조)

이런 형태는 헤이안 시대 모노가타리 문학에도 전승되어,『겐지 모노가타리』히카루 겐지의 스마·아카시의 이야기가 귀종유리담의 절정이라고 오리구치는 지적한다. 또한 스마·아카시의 이야기는 '귀종유리담이 가져야 할 모노가타리적 요소를 모두 가지고 있다'고 설명했다.[41]

히카루 겐지 귀종유리담의 발단은 앞에서도 지적한 바와 같이 오보로쓰키요와의 밀회이다. 히카루 겐지는 궁중에서 봉사하는 오보로쓰키요와 밀회를 계속하는데, 병으로 친정으로 내려간 오보로쓰키요를 계속 찾아가 결국에는 우대신右大臣에게 들키고 만다. 우대신은 이 일을 고키덴뇨고弘徽殿女御에게 보고하면서 딸을 동궁에 들여보내 자신의 영화를 강화하려던 계획이 깨지게 됨을 통탄한다. 이 사건으로 고키덴뇨고가 히카루 겐지의 관직을 박탈하고 유배시키려고 하자, 히카루 겐지는 스마로 내려가 있자는 결심을 한다. 그런데 히카루 겐지가 스마유리를 선택한 이유는 이것만이 아니다. 또 하나의 이유는 정치적으로 불리한 자신의 입장이 후지쓰보藤壺와의 밀통으로 태어난 아들 레이제이冷泉의 즉위에 나쁜 영향을 끼칠까 염려했기 때문이다.

히카루 겐지는 스마의 해변가로 유리하고 아카시로 장소를 옮기는데 거기서 아카시노기미明石の君와 결혼해서 딸, 아카시노추구明石の中宮를 얻는다. 아카시노추구는 훗날 입궁해서 황후가 된다. 따라서 김종

덕은 아카시노추구의 탄생을 히카루 겐지의 왕권을 달성해줄 보물과 같은 것이라고 하며, 히카루 겐지의 스마 유리는 레이제이의 즉위를 위한 퇴거에서 다시 새로운 왕권 획득의 초석으로 딸을 얻게 되는 것이라고 했다. 따라서 '히카루 겐지의 스마 유리는 귀종유리담의 패턴을 유지하면서 등장인물의 인간관계를 중심으로 새로운 작의가 작용하고 변형되고 확대 재생산되었다'고 설명했다.[42]

『타케토리 모노가타리竹取物語』에서는 달세계의 선녀 가구야 아가씨かぐやひめ가 지상에서 유리하다 속죄기간이 지나 모시러 온 선녀들과 함께 승천한다. 『우쓰호 모노가타리』에서는 기요하라 도시카게清原俊陰가 견당사로 가던 도중 남해의 파사국波斯国에 표류해서 선인으로부터 칠현금의 비곡을 전수받고 귀국한다.

『오치쿠보 모노가타리落窪物語』는 계모로부터 학대를 받던 오치쿠보 노기미落窪の君가 유리하지만 귀공자 미치요리道頼와 행복한 결혼을 한다. 이런 계모자담継母子譚[43]도 귀종유리담에서 파생된 것으로 보고, 김종덕은 '계모자담은 귀종유리담과 결합하거나 변형하면서 등장인물의 관계를 보다 극적으로 이끌어가는 모노가타리의 주제가 되고 있다'[44]고 설명했다. 즉 계모자담은 귀종유리담의 하나의 형태로 그 역할을 하고 있다고 할 수 있다.


## 과정과 결과를 상실한 귀종유리담

『이세 모노가타리』의 '동쪽 지방으로의 유리' 역시 귀종유리담으로,

나리히라도 이런 문학의 전통을 떠맡은 한 사람이라고 할 수 있다. 고귀한 신분의 사람이 어떤 잘못으로 인하여 태어난 고향을 떠나 시골에서 방황하다가 다시 도읍으로 돌아온다는 패턴으로, 『이세 모노가타리』의 '동쪽 지방으로의 유리'는 분명 귀종유리담이다.

근친상간으로 이요伊予로 귀양을 간 가루노이라쓰메軽郎女와 가루노황자軽皇子 남매, 이소노카미노오토마로石上乙麻呂와 구메노무라지노와카메久米連若売, 나카토미노야카모리中臣宅守와 사누노치가미노오토메狹野茅上郎女와 같은 인물을, 그리고 헤이안 시대의 오노노 다카무라小野篁와 아리와라 유키히라在原行平와 같은 인물을 귀종유리담의 주인공으로 본다면, 나리히라로 비유되는 『이세 모노가타리』의 남자 역시 귀종유리담의 주인공으로 충분하다. 물론 나리히라의 귀종유리, 즉 '동쪽 지방으로의 유리'에 대한 역사적 기록은 없다. 어디까지나 모노가타리의 주인공으로서 나리히라의 귀종유리를 인정해야 한다.

그런데 '동쪽 지방으로의 유리'의 나리히라를 귀종유리담의 주인공으로 보고, '동쪽 지방으로의 유리'는 『이세 모노가타리』의 귀종유리담이라고 하기에는 아쉬운 점이 있다. 귀종유리담은 유리 이후 왕권획득이나 죽음의 재생과 같은 엄청난 것은 아니더라도 나름 영화로운 결말이 있어야 그 역할을 다한다. 그런데 『이세 모노가타리』에서는 이 부분이 약하다. 동쪽 지방에서 만난 여인과의 관계를 통해서 어떤 힘 내지 능력을 얻고 다시 돌아온다는 재생의 구도가 없다.[45]

필자는 '동쪽 지방으로의 유리'는 귀종유리담이 아니라고 말하려는 것은 아니다. 귀종유리담의 변형으로 인정하지만, '동쪽 지방으로의 유리'에서는 다른 귀종유리담에서 볼 수 있는 지방에서의 역할, 즉 힘 내지 능력을 얻기 위한 과정과 결과를 찾아볼 수 없다는 점을 지적하고 싶다.

## 동쪽 지방 여자와의 만남

　동쪽 지방으로 떠난 남자는 여기서도 사랑이야기의 주인공으로 군림한다. 10단에서 『이세 모노가타리』의 이야기꾼이 '다른 지방에 와서도 역시 이런 풍류를 그치지 않았다(人の国にても、なほかかることなむやまざりける)'라고 하는데, 이 구절은 남자가 동쪽 지방으로 내려와서도 여자에 대한 사랑 행각을 끊이지 않았다는 것을 뜻한다. 10단에서 15단까지가 동쪽 지방에서의 이야기이므로, '동쪽 지방으로의 유리'의 연장선상에서 볼 수 있을 것 같다. 10단에서 남자는 어머니가 후지와라 씨인 여자에게 구혼을 하고, 12단에서는 니조 황후 때와 마찬가지로 여자를 훔쳐서 달아난다. 그런데 재미난 사실은 이 사이사이 즉 11단과 13단에 도읍의 여자에게 노래를 지어 보내는 이야기가 있다는 것이다.

　11단에서, 도읍에 있는 친구에게 지어 보낸 노래는 '잊지 말아요. 구름 있는 곳만큼 멀리 떨어져 있어도 달이 돌아오듯 다시 만날 때까지(忘るなよほどは雲居になりぬとも空ゆく月のめぐりあふまで)'이다. 13단에서는 도읍의 여자에게 '소식을 전하려니 쑥스럽고 전하지 않으려니 마음이 괴롭군요(聞ゆれば恥づかし、聞えねば苦し)'라는 편지를 보낸 다음 증답가를 주고받는다.

　이렇게 10단에서 15단까지 동쪽 지방에서의 짧은 이야기 속에서 도

┃ 헤이안의 사랑과 풍류

읍 여자를 그리워하고 도읍과 관련된 내용이 적지 않게 나오는 것은, 남자의 마음이 여전히 도읍을 향하고 있다는 것을 의미한다. 다른 귀종유리담의 주인공들처럼 도읍을 떠난 곳에서 어떤 힘 내지 능력을 얻기 위한 과정과 결과, 이른바 지방 여자와 결혼을 해서 권력을 장악한다는 등의 모습은 보이지 않는다.

물론 시골 여자와 밤을 보내는 대목도 있다. 와카조차 촌스럽다는 평을 듣는 여자와의 만남이 14단에 그려져 있다. 그런데 시골 여자와 만나 그 애정을 받아들이기는 하지만 결국 여자의 촌스러움에 어처구니 없어하면서 도읍으로 돌아간다. 남자는 도읍 사람으로 그의 삶의 터전은 역시 도읍의 현실 세계밖에 없음을 역으로 증명하고 있다. 결국 시골 여자와의 만남은 깊은 사랑으로 이어질 수 없다는 사실을 확인할 뿐이다. 도읍을 떠나 새로운 삶을 찾으려고 하지만 이것은 도읍 남자의 기대에 불과했던 것이다. 15단에서도 마찬가지이다. 주인공은 도읍 사람이라서 시골에 동화되기보다는 이질적 존재로 동경의 대상이 될 뿐이다. 결국 남자는 도읍을 떠나서는 살만한 곳을 찾을 수 없다. 이에 이치하라 스나오市原愿는 '동쪽 지방에서의 생활은 현실을 피해 방황하는 주인공의 비극적 효과를 상승시킬 뿐'이라고 설명했다.[46] 남자에게 현실적 삶의 장소는 도읍 밖에 없음을 재확인할 수 있다.

'동쪽 지방으로의 유리' 단에서 동쪽 지방은 주인공이 어떤 힘 내지 능력을 얻어 다시 돌아오기 위한 공간 역할을 하지 못한다. 즉 그런 과정과 결과를 여기서는 찾아볼 수 없다. '동쪽 지방으로의 유리'의 동쪽 지방은 도읍이라는 공간을 부각하기 위한 배경에 불과하다.

도읍에서 살기 어려워 도읍을 떠나 동쪽 지방으로 떠났지만 도읍을 벗어나면 벗어날수록 도읍에 대한 그리움은 더해진다. 동쪽 지방으로 살 곳을 찾아 떠난 남자에게 도읍은 결코 떠날 수 있는 곳이 아님을 재확인시켜준다.

❖ ❖ ❖

『이세 모노가타리』의 주인공은 도읍을 떠나겠다는 의지를 밝히고 '동쪽 지방으로의 유리'를 시작한다. 남자는 이루지 못한 사랑으로 인한 슬픔에서 벗어나기 위해서 혹은 귀족 관료로서의 좌절 때문에 몰락한 황족의 비애를 가슴에 담고 동쪽 지방에서의 새 삶을 꿈꾼다. 도읍은 헤이안 시대의 중심지로서 화려한 귀족 문화를 꽃피우고 있었지만, 몰락한 비운의 황족을 품어줄 수 있는 그런 공간은 아니었다. 비운의 황족에게 도읍은 결코 따뜻한 보금자리가 아니었다.

그런데 몸이 도읍에서 멀어지면 멀어질수록 그 마음은 도읍에 두고 온 사랑하는 사람을 더욱 더 그리워한다. 몸과 마음이 그리는 복선은 주인공 남자의 실상만큼이나 복잡하다. 남자에게 도읍은 벗어나고 싶어도 벗어날 수 없는 곳으로, 자신의 의식 세계는 도읍을 벗어나서는 아무것도 할 수 없다. 비록 정치의 중심에서 비껴간 황족이기는 하지만 도읍에서 태어나 도읍에서 자란 사람에게 도읍은 그 자신을 담을 수 있는 유일한 공간임을 인식하지 않을 수 없다. 궁정풍의 우아하고 세련된 풍류 '미야비'의 주인공인 나리히라는 도읍에서 좌절하고 도읍을 떠났지만 결국 도읍을 그리워하고 도읍에서 벗어난 어디에서도 자신의 모습을 발견할 수 없는 존재임을 재확인한다.

『이세 모노가타리』의 주인공인 남자 나리히라는 동쪽 지방에서 그 지방의 여자를 만나기도 하지만, 그것은 지방의 여인과의 관계를 통해서 어떤 힘 내지 능력을 얻어서 다시 돌아온다는 재생의 구도를 가지지 못한다. 이른바 고귀한 신분의 사람이 태어난 고향을 떠나 시골에서 방황하다가 다시 도읍으로 돌아온다는 '귀종유리담'으로 보기에는 아쉬운 점이 있다. 『이세 모노가타리』의 주인공 나리히라는 도읍을 떠나 동쪽 지방에서 여자를 만나지만 왕권 획득과 같은 영광으로 이어지지는 않는다. 시골에서는 이질적인 도읍 사람으로 동경의 대상이 된다는 사실을 부각시킬 뿐이다. 결국 남자는 도읍을 떠나서는 살만한 곳을 찾을 수 없다는 사실로 귀결한다.

비록 몸은 동쪽 지방에 있어도 도읍에서 자란 남자의 의식 속에는 도읍적 가치관이 가득하다. 모든 생각과 모든 행동이 도읍적 가치관에서 벗어날 수가 없다. 동쪽 지방으로 떠나는 남자에게 도읍은 그를 따뜻하게 품어주는 그런 공간은 아니었지만, 그렇다고 벗어날 수 있는 공간도 아니었다. 도읍에서 태어나 도읍적 가치관을 배우고 자란 남자에게 도읍이라는 공간은 헤이안 귀족이 헤이안 귀족으로 있게 하는 동일성, 혹은 존재 증명인 것이었다. 이른바 그들의 아이덴티티였던 것이다.

『이세 모노가타리』의 주인공 나리히라는 '미야비'를 대변하는 이상적 인간상을 그리고 있는데, '미야비'의 어원이 도읍을 뜻하는 '미야코'라는 사실을 생각하면 충분히 이해된다. 궁정풍의 우아하고 세련된 풍류 '미야비'는 도읍을 전제한 미의식이므로 도읍에 대한 공간 인식 없이는 생각할 수 없다.

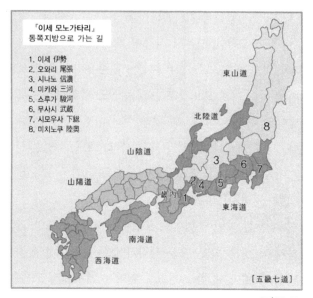

「이세 모노가타리」
동쪽지방으로 가는 길

1. 이세 伊勢
2. 오와리 尾張
3. 시나노 信濃
4. 미카와 三河
5. 스루가 駿河
6. 무사시 武蔵
7. 시모우사 下総
8. 미치노쿠 陸奥

東山道
北陸道
山陰道
山陽道
畿内
東海道
南海道
西海道

[五畿七道]

〈자료 1〉

〈자료 2〉

■ 주────────────────────────────────────

1 이희승, 『국어대사전』, 민중서림, 1982

2 「「みやこ」は「宮こ」で、「こ」は処の意。「み」は神・天皇・皇族などに関するものを畏
  敬してさす接頭語で、霊的なものを表すこ語に接尾語的に用いる「み」と同根かとい
  う。「や」は「屋・舎」の建物。要するに「みやこ」は天皇の住居の所在地の意味である。」
  (三木紀人,「都・鄙」,『国文学』, 学灯社, 1985.9, p.31)

3 日向一雅,「伊勢物語東下りをめぐって」(『日本文学』, 日本文学協会, 1991) p.86

4 伊都内親王은 향년 60세 861(貞観3)년 9월 19일에 사망. 業平 37세 때의 일이다.

5 角田文衛,「業平の東下り」(『王朝の映像』, 東京堂出版, 1970) p.216

6 김종덕,「平安時代의 孝意識」(『日語日文学研究』제44집, 한국일어일문학회, 2003)
  p.75

7 日向一雅,「伊勢物語東下りをめぐって」(『日本文学』, 日本文学協会, 1991) p.84

8 「東の方へ行けるとは、実に有わびてあづまに行には非ず。二条の后をぬすみ奉る事
  あらはれて、東山関白忠仁公の許に預けるをかるゝを云也。」(『冷泉家流伊勢物語抄』,
  7단)(片桐洋一,『伊勢物語の研究 [資料篇]』, 明治書院, 1991, p.305)

9 秋山虔,「伊勢物語から源氏物語へ」(『源氏物語の世界』, 東京大学出版会, 1964) p.59

10 片桐洋一,『伊勢物語 大和物語』(鑑賞日本古典文学 5, 角川書店, 1981) p.71

11 平城天皇은 재위 3년 만에 동생(嵯峨天皇)에게 황위를 물려주었는데, 후궁 藤原薬子의
   부추김으로 다시 천황이 되고자 平城京 천도를 도모했지만 모두 실패로 끝났다.

12 小町谷照彦,「業平」(『国文学』, 学灯社, 1993.10) p.36

13 고선윤,「伊勢物語의 業平像」(『日本研究』제18호, 한국외대 일본연구소, 2002) p.26

14 지금의 미에 현(三重県) 서부와 남부 및 시마한토(志摩半島)를 제외한 전지역

15 지금의 아이치 현(愛知県)의 서부

16 지금의 나가노 현(長野県)

17 지금의 아이치 현(愛知県) 중부와 동부

18 지금의 시즈오카 현(静岡県) 중부 및 동부

19 지금의 도쿄와 사이타마 현(埼玉県), 가나카와 현(神奈川県) 동부의 일부

20 지금의 도쿄 스미타(隅田) 강 동쪽 및 지바 현(千葉県) 북부, 이바라기 현(茨城県)의
   일부

21 메이지 중엽까지 옛지명을 사용했다.
   「明治時代なかばに、府県制が定着するまでの日本人は、自分の居住地をあらわす
   のに、旧国名を用いていた。中大兄皇子が蘇我氏を倒して大化改新を始めた時点
   に、いちおう旧国名の起源を求めてよい。皇帝が大化元年(645)に国司という使者を
   東国に派遣して国々の境を定めさせたのが古代の国という行政区域の起こりである
   からだ。それ以来、都から国ごとに国司を派遣して地方行政を行わせるようになっ
   ていったが、国々の境界が確定するのは、670年代前後、天智天皇もしくは天武天
   皇の治世のころだとされる。」 (武光誠, 『地名から歴史を読む方法』, 河出書房新社,
   2001, p.22)

22 松本章男, 『業平ものがたり』 平凡社, 2010, p.110

23 헤이안쿄 주변을 '기나이 오국(畿内五国)'으로 정하고 그 이외의 지역을 지형적 요건에
   따라 도카이도, 도산도, 호쿠리쿠도(北陸道), 산인도(山陰道), 산요도(山陽道), 난카이
   도(南海道), 사이카이도(西海道) 등 7개의 도(道)로 구분했다. 〈자료 1〉 참조.

25 『고지키(古事記)』전편에 이르는 44권의 주석서. 노리나가(宣長)가 36년에 걸쳐서 완성
   한 대작으로 고대사 연구에 커다란 영향을 미쳤다.

26 『古事記大成 本文編』(1957)/『古事記 祝詞』(日本古典文学大系, 1958)/『古事記』(日本古
   典全書, 1962)/『古事記 上代歌謡』(日本古典文学全集, 1973)/『古事記』(新潮日本古典集
   成, 1979)/西郷信鋼(1988) 『古事記 注釈』 등의 주석서가 답습.

27 本居宣長, 『古事記伝』(本居宣長全集12) 築摩書房, 1969, p.40

28 〈자료 2〉 참조.

29 武光誠, 『地名から歴史を読む方法』, 河出書房新社, 2001, p.22

30 민병훈, 「『伊勢物語』를 통해서 본 関東」(『日本文化学報』 제31집, 한국일본문화학회,
   2006) p.268

31 三田村雅子,「みやび・をかし」『国文学』学灯社, 1995, p.52

32 角田文衛,「業平の東下り」『王朝の映像』, 東京堂出版, 1970, pp.216-222

33 「初夏に咲く紫の花は、がはやくから人の心をとらえて歌を詠まれていた。伊勢物語によって、旅のイメージが与えられた。」(管野洋一 他編,『古今歌とこば辞典』, 新潮社, 1998, p.279)

34 三木紀人,「都・鄙」(『国文学』, 学灯社, 1985. 9) p.31

35 이상경,「『伊勢物語』에 나타난 대치적 구성에 관한 연구」(『日本学報』, 한국일본학회, 1996.5) p.262

36 村松正明,「平安朝文学に於ける夢の研究」, 한국외국어대학교 박사논문, 2001, p.4

37 日向一雅,「伊勢物語東下りをめぐって」(『日本文学』, 日本文学協会, 1991) p.84

38 折口信夫,『小説戯曲文学における物語要素』(折口信夫全集 第七巻, 中央公論社, 1966) p.265

39 「貴い家柄の生まれ、また、その血統の人。」(『角川古語大辞典』, 角川書店, 1984)

40 土方洋一,「貴種流離」(『国文学』, 学灯社, 1985.9) p.44

41 折口信夫,『小説戯曲文学における物語要素』(折口信夫全集 第七巻, 中央公論社, 1966) p.262

42 김종덕,「貴種流離譚의 伝承과 源氏物語」(『日本研究』 제16호, 한국외대 일본연구소, 2001) p.122

43 실제의 親子 혹은 형제관계가 아님. 친부자관계가 아닌 사이나 배다른 경우를 말한다. (上代語辞典編修委員会,『時代別国語大辞典 上代編』, 三省堂, 1983, p.690)

44 김종덕,「겐지이야기에 나타난 継母子 관계」(『日本研究』 제15호, 한국외대 일본연구소, 2000) p.75

45 이상경,「『伊勢物語』에 나타난 대치적 구성에 관한 연구」(『日本学報』, 한국일본학회, 1996.5) pp.260~261

46 市原愿,「東下章段」(『一冊の講座伊勢物語』, 有精堂, 1983) p.348

# 헤이안의 사랑과 풍류

이세모노가타리 伊勢物語

# 제6장
# 도읍 사람의 시골 인식

『이세 모노가타리』의 주인공인 남자는 125개 단의 각각 다른 무대 위에서 이야기를 만들어나가는데, 그 무대는 헤이안 시대 귀족들의 주된 무대인 도읍 즉 '헤이안쿄平安京'[1]만이 아니다.

　도읍을 뜻하는 '미야코都'는 '미야비'의 어원으로[2] 천황이 주거하고 있는 곳을 의미하는데, 헤이안 시대를 중심으로 한 중고中古[3] 이래 대개 교토를 가리킨다. 이곳은 문화·정치·경제의 중심지이며 귀족들의 모든 생활이 이루어진 곳이다. 따라서 당시 귀족사회를 배경으로 귀족의 삶을 그리고자 한다면 도읍을 배경으로 하는 것이 가장 효과적일 것이다. 그런데 『이세 모노가타리』의 무대는 도읍에서 벗어나 이세伊勢 지방이 그 무대가 되기도 하고,[4] 동쪽 지방이 그 무대가 되기도 한다.[5]

　이 글에서는 그 무대가 유독 도읍이 아닌 시골, 즉 '히나鄙'[6]에서 펼쳐지는 이야기를 살펴보는 것으로 도읍 사람들의 시골에 대한 공간 인식을 규명하고자 한다. '히나'는 미야코와 대비되는 용어이다.

# 01
# 시골 사람의 와카

## 노래조차 촌스럽다는 평

『이세 모노가타리』는 기본적으로 이야기꾼語り手이 객관적 또는 제3자의 입장에서 이야기를 전개하는데, 이야기꾼은 지문草子地[7]을 통해서 이야기의 표면에 나와 직접 발언하기도 하고 비평이나 감상을 드러내기도 한다. 독자를 의식하는 이야기꾼의 모습이 인정되는 부분도 있다.

'동쪽 지방으로의 유리東下り'의 연장선상에서 읽을 수 있는 14단의 지문에 '노래조차 촌스럽다(歌さへぞひなびたりける)'는 지문이 있다. 여기에 궁정풍의 우아하고 세련된 미의식 '미야비'의 대비어 '히나비ひなび'라는 단어가 나온다. 미치노쿠陸奧(지금의 宮城県 이북) 지방으로 정처 없이 떠난 남자에게 이 지방의 여자가 연모하는 마음을 가지고 와카를 보내는데 다음과 같다.

> '어설프게 사랑에 불타 죽는 것보다는 짧은 생명일지라도 살아
> 있는 동안은 부부 사이가 좋다는 누에가 되고 싶습니다'
> 노래조차 촌스럽다. 그래도 남자는 노래에 감동했는지 하룻밤을 같이
> 보냈다.
> なかなかに恋に死なずは桑子にぞなるべかりける玉の緒ばかり
> 歌さへぞひなびたりける。さすがにあはれとや思ひけむ、いきて寝
> にけり。
> (14단, p.126)

14단에서 여자의 노래를 이야기꾼은 너무나 당당하게 '노래조차 촌
스럽다'고 평가한다. 노래조차라는 말은 노래는 물론이고 그 여자의
생김새나 사람됨 등이 모두 촌스럽다는 것을 의미한다. 그래도 남자는
여자가 지은 노래에 감동해서 여자를 만난다. 여자의 노래가 촌스럽다
고 한 것은 어디까지나 이야기꾼의 생각일 뿐, 남자는 아무런 비판 없
이 순수한 마음으로 받아들인 것이다. 스즈키 히데오鈴木日出男의 말을
빌리면 '남자와 여자는 뭔가 공감을 했고, 와카가 그 매개체였음은 의
심할 바가 없다'.[8] 주인공이 감동한 것은 노래의 형식이나 기교가 아니
라 노래 속에 담겨 있는 여자의 마음 그 자체였다.

주인공 남자가 여자의 노래에 감동해서 하루 밤을 같이 보냈다고
하지만 이야기꾼은 여자의 노래에 대해서 단호하게 평가한다. 사실 누
에고치 속에 암수가 같이 있는 것이 있어서 부부 금실이 좋은 것을
비유한 것이다. 이런 의미를 내포하고 있음에도 불구하고 누에는 시골
에서나 볼 수 있는 것이라는 이유로 도읍 사람에게는 촌스러움 그 자체
였다. 누에의 생태를 모르는 도읍 사람에게는 이해되지 않는 부분이다.

한편 밤이 깊어 남자가 여자의 집을 나서자, 여자는 '날이 밝으면
저 바보 같은 닭을 물통에 집어넣어야겠다. 아직 날이 밝지도 않았는
데 울어서 그 분을 보내버리다니(夜も明けばきつにはめなでくたかけ
のまだきに鳴きてせなをやりつる)'라는 또 한 수의 노래를 읊는다. 이
노래로 말미암아 남자는 완전히 떠나게 된다. 굳이 어떤 설명을 하지
않아도 이 노래의 발상과 표현의 난폭함을 알 수 있다. 헤이안 시대
도읍 사람의 입장에서는 더욱 받아들이기 힘들었을 것이다.

시골 여자가 적극적으로 자신의 심정을 표현한 소박한 애정의 정열
이 한 순간이기는 하지만 남자에게 받아들여졌다. 그러나 어디까지나
한 순간이었고 결국 남자는 떠나버린다. 도읍 남자와 시골 여자의 만
남에는 한계가 있었고 더 나아가 도읍 사람의 시골에 대한 차별의식을
간과할 수 없다.

15단 역시 미치노쿠에서 남자가 한 여자를 만난다. 남자는 이 여자

가 이런 시골에 살 그런 여자로 보이지 않았기 때문에 노래를 읊는다.

> '은밀히 가는 길이 있다면 좋겠습니다. 당신의 마음속도 볼 수 있
> 게'
> 여자는 남자를 한없이 좋다고 생각했지만, 남자가 이런 조잡하고 촌스
> 러운 이 마음을 보면 어찌하나.
> しのぶ山しのびてかよふ道もがな人の心のおくも見るべく
> **女、** かぎりなくめでたしと思へど、さるさがなきえびす心を見て
> は、いかがはせんは。 (15단, p.127)

이 여자는 14단의 여자와는 다르다. 여자는 비록 시골에 살고 있지
만 이런 곳에 살 것 같지 않은, 즉 촌스럽지 않음을 전제로 이야기가
전개된다. 그리고 도읍 남자에 대한 태도가 다르다. 여자는 남자를 너
무나 괜찮게 생각했음에도 불구하고 한발 물러서서 자신을 절제한다.
구보타 우쓰보窪田空穂는 15단의 여자에 대해서 '교양 있는 자만이 가지
는 총명함으로 이루어질 수 없는 만남임을 알고 남자의 요망을 거부한
다. 이런 자발적 지성이 정숙하고 도덕이다[9]라고 극찬했다. 14단과 15
단은 비록 그 배경이 같은 시골이기는 하지만 15단의 여자에게는 앞에
서 제시한 바와 같은 전제조건이 있었고, 이로 말미암아 14단의 여자와
는 다르게 그려졌다.

한편 이런 전제조건이 제시되었음에도 불구하고 15단의 여자는 자
신이 존재하는 곳이 시골임을 인식하고 스스로 '촌스러운 이 마음(えび
す[10]心)'이라는 표현을 쓰고 있다. 여자는 자신의 처지를 아는 총명함
이 있었기 때문에 처음부터 촌스럽지 않는 괜찮은 여자로 묘사되었을
것이다. 아이러니하게도 여자가 총명한 것은 자신이 존재하는 무대가

시골임을 알고 자신을 절제할 수 있기 때문이다. 여자는 총명하기 때문에, 그래서 촌스럽지 않다. 그러나 총명하면 할수록 그녀가 존재하는 무대가 시골이라는 사실은 부각되고 자신을 절제할 수밖에 없는 입장이 강요된다. 결국 시골에 존재하는 여자는 거기서 벗어나지 못하는 연결고리 속에 갇힌다.


## 촌사람의 노래치고는 괜찮다는 평

 33단에서는, 남자가 우바라 마을菟原(지금의 兵庫県)에서 여자에게 노래를 보낸다.

> '갈대밭으로 밀려오는 바닷물 높아지듯이 당신을 연모하는 이 마음 더해갑니다'
> 답가
> '당신을 향한 나의 마음은 포구의 은밀한 곳 같은데, 배 젓는 삿대로 찔러보는 것만으로는 나의 마음을 가늠할 수 없습니다'
> 촌사람의 노래치고는 괜찮은 것인지 아닌지.
> あしべより満ちくるしほのいやましに君に心を思ひますかな
> 返し、
> こもり江に思ふ心をいかでかは舟さす棹のさしてしるべき
> ゐなか人の言にては、よしやあしや。　　　　　(33단, p.144)

 남자의 노래에 대한 여자의 답가를 이야기꾼은 '촌사람의 노래치고는 괜찮은 것인지 아닌지'라는 토를 달고 있다. 상당히 괜찮다는 뜻일 것이다. 단, 이 말에는 촌사람은 노래를 잘 짓지도 이해하지도 못한다는 선입견이 있다. 헤이안 시대 도읍 사람이라면 당연히 갖추어야 할 필수 조건의 하나가 '노래' 즉 와카인데, 시골 사람은 그렇지 못하다는 선입견을 가지고 위와 같은 표현을 한 것 같다. 이 자체가 바로 도읍 사람의 시골에 대한 우월적 사고, 즉 시골에 대한 공간 인식을 여실히 드러내고 있다.

87단의 무대 역시 33단과 같은 세쓰 지방의 우바라이다. 이곳에 있는 남자의 영지를 친구들이 찾아와 함께 유람을 하고 돌아온다. 그날 밤 바람이 많이 불어 파도가 높았던 모양이다. 다음날 아침 이 집 아이들이 파도에 밀려온 해조를 주워온다.

> …여자가 받침이 있는 나무그릇에 해조를 담고 떡갈나무 잎으로 그것을 덮어 보내왔다. 그 떡갈나무 잎에는 이렇게 적혀있었다.
> '바다의 신이 머리에 꽂는다는 소중한 해조를 당신을 위해서 아낌없이 드리겠습니다'
> 촌사람의 노래치고는 충분한 것인지, 부족한 것인지.
> …女方より、その海松を高坏にもりて、かしはをおほひていだしたる、かしはにかけり。
> わたつみのかざしにさすといはふ藻も君がためにはをしまざりけり
> ゐなか人の歌にては、あまれりや、たらずや。　　　　(87단, p.192)

실로 교양과 센스가 있는 방법으로 노래와 해조를 바친다. 해조海藻(みる)와 해송海松(みる)의 발음이 같다는 이유를 절묘하게 이용하고 있다.

소나무는 영원한 것을 상징한다. 한편 그것을 떡갈나무 잎으로 덮었는데, 떡갈나무 역시 불로장생의 상징물이다. 손님들의 장수를 바란다는 뜻을 담은 노래와 잘 어울린다. 이렇게 훌륭한 노래를 이야기꾼은 또다시 '촌사람의 노래치고는 충분한 것인지, 부족한 것인지'라는 말을 덧붙인다. 역시 좋다는 뜻일 것이다. 그러나 도읍 사람의 입장에서 시골 사람의 노래를 인정하고 싶지 않았던 모양이다.

　필자는 여기서 재미난 사실을 지적하고자 한다. '노래마저 촌스럽다'고 평한 14단의 노래는 현존하는 가장 오래 된 가집인 『만요슈万葉集』권12(3086)에 실린 노래(なかなかに人とあらずは桑子にもならましものを玉の緒ばかり)를 전승한 것이다.[11] 또한 '촌사람의 노래치고는'이라고 평한 33단과 87단의 노래는 각각 고사가 천황後嵯峨天皇(在位 1242~1246)의 명으로 후지와라 사다이에藤原定家(1162~1241)가 찬집한 『쇼쿠고센와카슈續後撰和歌集』694에, 헤이안 중기에 편찬한 『고킨와카로쿠조古今和歌六帖』[12] 2323에 수록된 노래들[13]이다. 『이세 모노가타리』의 이야기꾼은 가인의 길잡이가 되는 이런 훌륭한 시가집에 수록된 노래임에도 불구하고 그것을 읊는 사람이 시골 사람이라는 이유만으로 노래조차 촌스럽다거나, 촌사람의 노래치고는 봐줄만한 그 정도의 것이라고 평하고 있다. 이것은 당시 도읍 사람의 시골에 대한 선입견을 드러낸다. 도읍 사람은 시골이라는 공간에 대해서 분명 '우월주의적' 인식을 가지고 있었다.

# 02
# 시골 여자와 도읍 여자


이별을 전제하는 시골 여자


『이세 모노가타리』의 많은 부분을 차지하고 있는 주인공 남자의 사랑이야기는 시골에서도 여전하다. 그런데 대개 이 사랑은 이별을 담고 있다. 이미 앞에서 본 14단의 여자, 33단의 여자와도 이별한다. 물론 그 후 사정이 어떻게 되었는지 알 수 없는 경우도 있다.

처음부터 이별을 전제로 만들어진 이야기도 있다. 20단에서 남자는 야마토大和(奈良 부근)에 사는 여자를 만난다. 그런데 궁중에서 일을 하는 사람이라 도읍으로 돌아가야 하는 것이 전제되고 있다.

···남자는 궁중에서 일을 하는 사람이라서 도읍로 돌아가는 도중, 3

월인데 단풍나무의 단풍이 너무 아름다워서 가지를 꺾어 여자에게
보냈다.

　　'당신을 위해서 꺾은 나뭇잎가지는 봄인데도 가을 단풍처럼 물들
　　어버렸네요'
라고 노래를 함께 보내니, 대답은 남자가 도읍에 도착한 다음에 왔다.

　　'어느새 이렇게 색이 변해버렸나요. 당신이 계신 곳에는 봄이 없
　　는 것 같습니다'
…宮仕へする人なりければ、かへり来る道に、三月ばかりに、かへで
のもみぢのいとおもしろきを折りて、女のもとに、道よりいひやる。

　　君がため手折れる枝は春ながらかくこそ秋のもみぢしにけれ
とてやりたりければ、返りごとは京に来着きてなむもて来たりける。

　　いつのまにうつろふ色のつきぬらむ君が里には春なかるらし

(20단, pp.131~132)

　남자는 도읍으로 돌아가는 길가에서 본 정취있는 단풍을 여자에게
도 보여주고 싶어서 노래와 함께 보냈는데 여자는 남자의 마음을 모른
척하면서 원망의 노래를 보낸다. 이렇게 이 이야기는 처음부터 이별을
전제하고 있다.

　115단 역시 이별을 전제한 이야기다.

　옛날 미치노쿠에 남녀가 살고 있었다. 남자는 "도읍에 돌아가고 싶다"
고 한다. 여자는 너무 슬퍼서 송별연이라도 하려고 '오키노이테 미야
코 시마'(소재불명)라는 곳에서 술을 들게 하고 노래를 읊었다.

　　'숯불이 몸에 붙어 타는 일보다 더 슬픈 것은 도읍으로 떠나는
　　당신과 이별하는 미야코 시마에서의 이별입니다'
むかし、陸奥の国にて、男女すみけり。男、「みやこへいなむ」と

いふ。この女、いとかなしうて、うまのはなむけをだにせむとて、
おきのゐて、みやこしまといふ所にて、酒飲ませてよめる。

　　おきのゐて身を焼くよりも悲しきはみやこしまべの別れなりけり

(115단, pp.210~211)

　남자는 원래 도읍 사람이라 도읍으로 돌아가고 싶다면서 이야기가
시작된다. 시골을 배경으로 시골 여자와의 만남은 결국 이렇게 헤어지
는 것으로 끝을 맺는다. 시골 여자와의 만남은 이별을 전제한 만남이
었고, 비록 그 만남이 이어진다고 해도 남자가 시골을 떠나면서 결국
이별하는 것으로 끝을 맺는다.


## 잊지 못하는 도읍 여자


이에 반해 남자는, 몸은 시골에 있어도 끊임없이 도읍 여자를 찾는다.

　　옛날 한 남자가 그냥 미치노쿠까지 헤매며 갔다. 도읍에 있는 사랑하
　　는 사람에게 노래를 보낸다.
　　　'파도 사이로 보이는 작은 섬의 하마히사시(오래되다)처럼 당신
　　　을 못 만난지도 오래 되었습니다'
　　모든 일이 다 잘 되었다는 뜻으로 보낸 것이다.
　　むかし、男、すずろに陸奥の国までまどひいにけり。京に思ふ人に
　　いひやる、
　　　浪間より見ゆる小島のはまびさし久しくなりぬ君にあひ見で

「何ごとも、みなよくなりにけり」となむいひやりける。(116단, p.211)

　7단에서 15단까지의 '동쪽 지방으로의 유리' 단을 하나로 축약한 듯한 이야기다. '동쪽 지방으로의 유리' 단에서 남자는 나약한 모습으로 헤매면서 항시 도읍을 생각했다. 9단의 '도읍을 뜻하는 미야코라는 이름을 가졌으니 너에게 물어보겠다. 나의 님은 잘 있는지(名にしおはばいざ言問はむみやこどりわが思ふ人はありやなしやと)'가 그 대표적 노래이다. 동쪽 지방에서 여자를 만나면서도 도읍 여자를 그리워하고 찾는 구절이 '동쪽 지방으로의 유리' 단 사이사이에 보인다. 이렇게 남자는 그 무대가 시골임에도 마음은 항상 도읍에 있는 여자를 향하고 있다.

## 도읍을 버리고 시골로 내려간 여자

　남자를 기다리지 못하고 지방으로 내려간 여자의 이야기도 있다. 이야기는 '궁중일이 바빠서 마음마저 성실하게 사랑해주지 못하자 그 아내는 성실하게 사랑해주는 사람을 따라서 지방으로 가버렸다(宮仕へいそがしく、心もまめならざりけるほどの家刀自、まめに思はむといふ人につきて、人の国へいにけり)'(60단)는 것으로 시작된다. 여기서 '마메まめ'[14]라는 단어가 나오는데 필자는 '성실하다'로 표현하겠다. 이것은 '미다스亂す(흐트러지다)'의 반대 개념이다. 흐트러지거나 문란해지는 일 없이 한결 같은 사랑을 추구하는 남자를 '마메오토코'라고

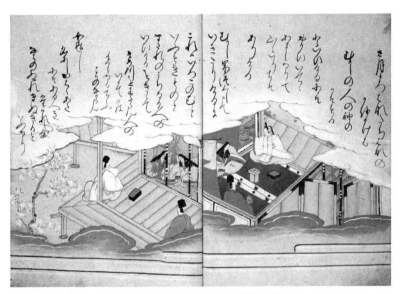

하는 것을 보면 대강 짐작할 수 있다. 여자는 성실하지 못한 남편을
버리고 성실한 남자를 따라 지방으로 내려간다. 따라서 그 원인은 남
자에게 있다. 궁중일이 바빴기 때문이라는 이유도 있지만 '마음마저'라
는 부분을 보면 핑계에 지나지 않는다. 그런데 이야기의 흐름은 원인
을 제공한 남자를 탓하기보다는 지방으로 내려간 여자의 어리석음을
드러내는 쪽으로 흐른다.

　　…남자가 우사의 칙사가 되어 떠나는 길에, 그 여자가 어느 지방의
　　칙사 접대직의 부인이 되어있다는 소문을 듣고 "부인에게 술을 따르게
　　하시오. 그렇지 않으면 술은 마시지 않겠소"라고 해서, 여자가 술잔을

따라 내놓으니, 남자는 안주로 나온 귤을 잡고

'5월을 기다렸다 피는 귤꽃의 향을 맡으니, 옛사람의 소매에서 나는 향이 그리워지구나'

…この男、宇佐の使にていきけるに、ある国の祇承の官人の妻にてなむあると聞きて、「女あるじにかはらけとらせよ。さらずは飲まじ」といひければ、かはらけとりていだしたりけるに、さかななりける橘をとりて、

さつき待つ花たちばなの香をかげばむかしの人の袖の香ぞする

(60단, p.162)

천황의 명을 받고 우사 신궁宇佐神宮으로 내려가는 칙사는, 가는 길 도중에 지방에서 접대를 받는다. 천황의 칙사라서 접대를 해야 하는 임무를 맡은 사람은 그가 원하는 대로 접대를 해야 했을 것이다. 술을 따르는 부인은 상대가 옛 남편임을 알아차리고 자신을 부끄럽게 생각해서 비구니가 되어 산에 들어 가버린다는 극단적 선택을 하고 끝을 맺는다.

필자는, 이 이야기의 포인트는 여자가 '시골'로 내려가 버렸다는 점에 있다고 본다. 성실하지 못한 남자를 버리고 성실한 지방 남자를 따라 나선 여자는 잘 살 수도 있었을 텐데 옛 남편의 노래 한 수에 자신의 선택을 부끄럽게 생각하고 출가해버리는 것이다. 이야기의 시작에서 이별의 원인은 분명 남자에게 있었음에도 여자의 불행으로 끝을 맺는다. 도읍과 시골이라는 대비에 초점을 두고 본다면, 도읍 남자와 시골로 내려간 여자의 대비로 파악할 수 있다.

60단과 비슷한 이야기가 62단에도 있다. 시골로 내려가서 비참해지는 여자의 모습을 노골적으로 담고 있다. 62단도 남자가 몇 년이나 찾

아오지 않는 것에서 시작된다. '여자는 현명하지 못했는지 그다지 믿음이 가지 않는 사람의 말을 듣고 지방에 사는 사람을 모셨는데(心かしこくやあらざりけむ、はかなき人の言につきて、人の国なりける人につかはれて)'라는 표현으로 보아, 여자가 지방으로 내려간 것은 여자가 현명하지 못했다는 점을 전제로 한다. 도읍을 버리고 떠나는 이유는 찾아오지 않는 남자 때문이기도 하지만, 무엇보다 여자가 현명하지 못했다는 점을 전제한다. 역시 옛 남편이 등장한다.

> …이전의 남편 앞에서 식사 시중을 들게 되었다. 밤이 되자 "좀 전의 사람을 불러주시오"라고 남자가 집주인에게 말하자, 여자를 보낸다.
> …もと見し人の前にいで来て、もの食はせなどしけり。夜さり、「このありつる人たまへ」とあるじにいひければ、おこせたりけり。
>
> (62단, p.164)

어떤 사연인지는 몰라도 여자는 식사 시중을 들고, 집주인은 여자를 보내라고 하면 보내야 하는 입장인 모양이다.

> 남자는 "나를 모르시오"라고 하고,
>> '과거의 그 향기는 어디로 갔는가. 벚꽃과 같은 당신의 모습은 이제 꽃이 다 떨어진 가지만 같군요'
> 라고 읊자, 여자는 너무 부끄러워서 대답도 못하고 앉아 있었다. "왜 대답이 없는가"라고 하자, "눈물 때문에 보이지도 않고 말도 하지 못하겠습니다"라고 했다.
> 男、「われをばしらずや」とて、
>> いにしへのにほひはいづら桜花こけるからともなりにけるかな
> といふを、いとはづかしと思ひて、いらへもせでゐたるを、「など

いらへもせぬ」といへば、「涙のこぼるるに目も見えず、ものもいはれず」といふ。

(62단, p.164)

시골에 사는 여자의 몰골을 '꽃이 다 떨어진 가지'라고 표현하고 있다. 남자는 다시 노래를 읊는다. '나와의 만남을 피해서 세월이 지났는데, 이전보다 나아진 것이 없구려(これやこのわれにあふみをのがれつつ年月経れどまさりがほなき)'라면서 궁지에 몰린 여자에게 입고 있던 옷을 던져주는데, 여자는 그것도 버리고 도망가 버렸다는 것으로 끝을 맺는다. 어디로 갔는지조차 알 수 없다는 설명이 덧붙는다.

60단과 62단은 둘 다 남편을 버리고 지방, 즉 시골로 내려간 여인의 비참한 모습을 그리고 있다. 도읍을 떠나 시골로 내려간 여인에게서는 더 좋아진 모습을 찾아볼 수 없다. 전남편 앞에서 비굴한 모습을 보이고 있다. 이것은 도읍 사람의 시골에 대한 당시의 인식을 잘 나타낸 이야기라 할 수 있다. 시골로 내려간 여자와 도읍 남자의 대비는 시골과 도읍의 대비라고도 볼 수 있다. 시골로 내려가서 시골 사람이 된 여자의 비참한 모습과 당당한 도읍 남자가 대비되는 모습 속에서 당시의 시골과 도읍에 대한 인식을 읽을 수 있다.

# 03

# 시골을 바라보는 도읍 사람의 인식

## 시골은 황폐한 곳

58단은 '풍류를 아는 '이로고노미' 남자가 나가오카라는 곳에 집을 짓고 살고 있었다(心つきて色好みなる男、長岡といふ所に家つくりてをりけり)'로 시작한다. 나가오카라고 하면 나가오카쿄長岡京를 말한다. 나가오카쿄는 784년 간무桓武(在位 781~806) 천황이 헤이조쿄平城京에서 천도한 곳이다. 그런데 다음해 천도의 책임자였던 후지와라 다네쓰구藤原種継(737~785)가 암살되자, 천황의 동생이자 황태자인 사와라 친왕早良親王(750?~785)이 그 용의자로 지목받고 유배를 가게 된다. 그는 무죄를 주장하다 아사하는데 그 한스러운 죽음은 많은 소문을 낳았다. 이후 천연두가 유행하고 황후와 황태자가 병에 걸리자 이것은

모두 사와라 친왕의 원령 때문이라는 점괘가 나왔다. 그래서 서둘러 천도를 준비하고 794년, 동쪽으로 수 킬로미터를 옮겨갔다. 이것이 헤이안쿄 천도이다.[15]

나가오카쿄는 약 10년간 중심이었던 곳인데, 이곳은 아리와라 나리히라의 어머니(伊都內親王, 桓武天皇의 황녀)와도 관련이 있는 곳이다. 84단에 '어머니는 나가오카에 계셨다(その母、長岡といふ所にすみたまひけり)'는 구절이 있다. 어쨌든 나가오카는 구도읍지이다. 그런데 천도 후에도 이곳에는 간무 천황의 황녀가 그대로 살고 있었다는 기록이 무로마치 시대의 주석서『이세 모노가타리 구켄쇼伊勢物語愚見抄』에 있고,[16] 간무 천황이 많은 공신에게 나가오카의 땅을 나누어주었다는 기록을『니혼코기日本後記』에서 찾아볼 수 있다. 발굴에 의해 미완성된 상태로 버려진 도시의 모습이 아니라 거의 완성된 상태의 모습을 확인할 수 있었다. 이런 곳에 내친왕 즉 황녀 등이 살고 있었다고 해도 이상할 것이 없다.

남자의 집 옆에는 황족의 집이 있고 거기에는 멋진 여자들이 살고 있다. 이들은 남자를 보고 '대단한 풍류남이 있구나(いみじのすき者のしわざや)'라고 야유하면서 집안까지 들어오고, 남자는 안으로 숨어버린다. 시골 아가씨들의 소박하고 자유로운 설정은 도읍이 아니기 때문에 오히려 가능한 것이다.

> '황폐하다. 대체 몇 년이나 된 집일까. 집주인도 찾아오지 않는구나'
> 라면서 이 집에 모여 있으니, 남자가
> '넝쿨 무성히 황폐한 이 집이 으스스한 것은 한때이기는 하지만 도깨비들이 있었기 때문입니다'
> 라는 노래를 지었다.

荒れにけりあはれいく世の宿なれやすみけむ人の訪れもせぬ

といひて、この宮に集り来ゐてありければ、この男、

　　むぐら生ひて荒れたる宿のうれたきはかりにも鬼のすだくなりけり

とてなむいだしたりける。　　　　　　　　　　(58단, pp.160~161)

　여자들은 집안까지 들어와서 '정말 오래되고 황폐한 집이라 살고 있는 사람조차 없다'면서 놀린다. 정말 이 집은 황폐했을까? 그렇지 않았을 것이다. 이것은 도읍 사람의 입장에서 나가오카를 폐도로 보고 이렇게 표현한 것이다. 실제로 나가오카에 사는 사람이라면 이런 표현은 하지 않았을 것이다. 그런데 여자의 노래에 대해서 남자도 '황폐한 이 집이 으스스한 것'이라고 받는다.

　앞에서도 지적한 바와 같이 당시 나가오카는 그렇게 황폐한 곳이 아니었다. 비록 짧은 기간이기는 하지만 한때는 도읍지였던 곳이고, 거의 완성된 도읍의 모습을 갖추고 있었다. 이런 곳을 '황폐한'이라는 수식어로 장식하는 것은 시골에 대한 고정관념이 있었기 때문이라고 생각한다.

## 시골에서의 신세타령

　66단의 남자는 세쓰 지방에 영지가 있다. 남자는 형, 동생, 친구들과 영지에 갔다가 아침에 나니와難波(지금의 오사카) 해변을 산보한다. 그리고 물가에 배가 들어 있는 것을 보고 다음과 같은 노래를 읊는다.

'나니와 해변 오늘 와서 보니, 포구마다 배들이 많이 들어있구나.
세상을 힘겹게 건너는 배들이여'
難波津を今朝こそみつの浦ごとにこれやこの世をうみ渡る船

(66단, p.170)

헤이안쿄, 이른바 교토에서는 바다를 볼 수 없다. 도읍을 떠난 귀
족들은 처음으로 바다를 보았을 텐데 신기해하거나 즐거워했다는 내
용이 없다. 남자가 본 것은 포구마다 서있는 작은 배들이다. 남자는
그 배에 자신의 신세를 비추어본다. 이 작은 배들은 험한 바다를 어
렵게 건너는 자신의 모습과 같다고 느낀다. 인생은 고해苦海라는 말
이 저절로 나온다.

아리와라 나리히라는 할아버지인 헤이제이平城(在位 806~809) 천황
이 일으킨 구스코의 변薬子の変의 실패로 몰락한 황족의 비애를 감수하
고 살아야 하는 인물이다. 당시 막강한 권세를 자랑하는 후지와라 씨
섭정 체제의 확립과 더불어 권력에서 멀어져야만 했던 황족이었다. 이
런 자신들의 신세를 후미진 시골에서 한탄한다.

67단 역시 같은 분위기를 자아낸다. 남자는 친구들과 길을 떠난다.
음력 2월, 아직 추울 때이다.

…이코마산(오사카와 나라 경계에 있는 산)을 보니 흐리기도 하고 개
이기도 하고, 높이 올라갔다가 내려오는 구름이 끝이 없다. 아침부터
흐렸는데 낮에 개었다. 눈은 하얗게 나뭇가지 위에 내렸다. 그것을 보
고 같이 가던 사람 중 하나가 노래를 읊었다.
'어제 오늘 구름이 피어올라 가리는 것은, 가지마다 꽃이 핀 숲을
사람들에게 보이기 싫어서인가보다'

…生駒の山を見れば、曇りみ晴れみ、立ちゐる雲やまず。朝より
曇りて、昼晴れたり。雪いと白う木の末にふりたり。それを見て、
かのゆく人のなかに、ただひとりよみける。
　きのふけふ雲の立ち舞ひかくろふは花の林を憂しとなりけり

(67단, p.171)

　이코마 산의 설경을 노래하면서 인간사를 담고 있다. '어제 오늘 구
름이 피어올라 가리는 것'이라는 구절은 도읍에서 막강한 권력을 행사
하면서 다른 사람들을 짓누르고 있는 이른바 후지와라 씨를 은유한다.
그리고 '꽃이 핀 숲'은 바로 자신들을 비유하고 있다. 산위의 구름은
꽃을 가리기 위한 것으로 본다.[17] 당시 후지와라 씨의 타씨배척他氏排斥
을 말하는 것이다. 비운의 황족으로 살아가는 아리와라 씨의 불운을
여기에 담고 있다. 이렇게 시골을 배경으로 한 이야기 속에는 자신들
의 신세를 한탄하는 내용이 담겨있다.

　또 하나 87단 역시 비슷한 설정이다. 앞에서 언급한 바와 같이 남자
는 세쓰 지방에 영지를 가지고 있고 여기에 친구들이 찾아온다. 남자
는 제대로 된 관직을 가진 사람이 아닌 모양(なま宮づかへしければ)
이다. 그것이 인연이 되어서 사람들이 찾아왔다는 구절로 보아, 찾아
온 사람들 역시 비슷한 신세의 사람들 같다. 이들과 함께 해변을 유람
하다가 산 위의 폭포를 구경하러 올라가서는 폭포에 관해 노래를 짓기
로 한다. 그런데 이 노래는 모두 자신들의 불운한 신세를 한탄하는 것
들뿐이다. 마치 '동쪽 지방으로의 유리'에서 길을 같이 떠난 그런 친구
들과 비슷한 분위기를 자아낸다.

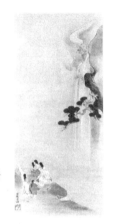

▌ 세쓰 지방 폭포수 앞에서 신세를
한탄하는 와카를 읊는다.
(傳尾形光琳筆・靜嘉堂文庫 所藏)

'나의 세상이 언제 올까 기다린 보람 없음에 눈물로 이룬 폭포와
이 폭포 중 어느 쪽이 높을까'

주인이 다음으로 읊었다.

'폭포 위에서 끈을 풀어헤친 사람이 있는 모양이로다. 하얀 구슬
이 끝없이 떨어지네. 이것을 받아야 하는 나의 소매는 좁은데'

わが世をば今日か明日かと待つかひの涙の滝といづれ高けむ

あるじ、次によむ。

ぬき乱る人こそあるらし白玉のまなくも散るか袖のせばきに

(87단, p.191)

폭포수가 떨어지는 모습이 마치 구슬을 꿴 실이 풀려서 구슬이 떨어
지는 것처럼 보인다고 비유한 노래이다. 여기서 진주가 떨어진다는 것
은 눈물이 흘러내림을 비유한다. '소매가 좁다'는 것은 관직이 낮다는
것을 의미한다.[18] 초입부에 남자는 이렇다 자랑할 만한 관직이 아닌
하위직이라는 설명이 있었다. 도읍을 떠나서 만나게 되는 자연 속에서
읊는 노래는 긍정적이고 즐거운 것이라기보다는 자신의 처지를 생각

하고 한탄하는 경우가 많다. 앞에서 지적한 바와 같이 함께 있는 친구들 역시 관직이 없는 비슷한 입장이라 그럴 수도 있고 우연일 수도 있다. 그럼에도 그 배경이 유독 도읍이 아닌 시골이라는 점에 주목하지 않을 수 없다.

위의 세 이야기는 모두 도읍에서 벗어나 시골에서 풍류를 즐기는 그런 이야기로 읽을 수 있다. 또한 풍경의 아름다움을 그리고 있는 것으로 볼 수도 있다. 그런데 『이세 모노가타리』에서 시골은 그런 긍정적 의미를 가지는 단어가 아니다. 특히 도읍의 권력에서 소외된 삶을 사는 나리히라에게는 자신의 불우함을 표현하는 배경이 된다. 자신의 신세와 연상해서 뭔가 우울하고 슬픈 사연을 담고 있다. 그래서 위의 이야기들은 앞에서 지적한 바와 같이 주인공인 남자와 그 주변 사람들의 신세타령으로 읽을 수 있다.

❖ ❖ ❖

『이세 모노가타리』의 주인공인 남자의 무대는 도읍만이 아니다. 도읍에서 벗어난 시골이 그 무대가 되기도 한다. 이 글에서는 그 무대가 도읍이 아닌, 즉 시골에서 펼쳐지는 이야기를 중심으로 『이세 모노가타리』에서 그리고 있는 시골이라는 공간을 규명하고자 했다.

시골을 배경으로 한 이야기 중에는 살기 좋은 곳이라는 뜻을 가진 스미요시住吉(이즈미 지방)에서 '기러기 울고 국화꽃 피어나는 가을도 좋지만 봄에도 살기 좋은 스미요시 해변이여(雁鳴きて菊の花さく秋はあれど春のうみべにすみよしのはま)'(68단)라는 긍정적인 내용의 찬미가도 있다. 그러나 대개는 도읍 사람들의 시골에 대한 우월감 내지

는 선입견을 전제로 한 이야기들이 많다.

먼저 도읍을 떠난 남자는 시골의 여자로부터 와카를 받는데, 이야기꾼은 시골 여자가 지은 와카에 대해서 '노래조차 촌스럽다' 혹은 '촌사람의 노래치고 충분한 것인지 부족한 것인지'라는 평가를 한다. 이 말에는 촌사람은 노래를 잘 짓지도 못하고 이해하지도 못한다는 선입견이 있다. 헤이안 시대 도읍 사람이라면 당연히 갖추어야 할 필수 조건의 하나가 와카인데, 시골 사람은 그렇지 못하다는 선입견을 가지고 위와 같은 표현을 한 것이다.

두 번째로 『이세 모노가타리』에는 남녀의 사랑이야기가 상당히 많은데, 남자는 시골을 배경으로도 많은 여자를 만나고 사랑한다. 그런데 시골 여자와의 만남은 항상 이별을 전제하고 있다. 한편 마음은 항상 도읍에 있는 여자를 그리워한다. 즉 몸은 비록 도읍을 떠나 시골에 있을지라도 그 마음은 항상 도읍을 바라보고 도읍의 여자를 그리워한다는 설정이다. 여기서 시골은 결국 '시골' 그 자체로서의 의미를 가지는 것이 아니라 도읍을 향한 마음을 강조하기 위한 상대적 의미로 존재함을 알 수 있다.

세 번째로 한때 도읍지였던 나가오카쿄에서의 이야기가 있다. 당시 나가오카는 결코 황폐한 곳이 아니었다. 비록 짧은 기간이기는 하지만 한때는 도읍지였던 곳이고 거의 완성된 도읍의 모습을 갖추고 있었다고 전해진다. 아직도 황녀들과 그 자제들이 살고 있는 이런 곳을 '황폐한'이라고 수식하는 것은 헤이안쿄가 아니면 무조건 경시하는 차별적 시각이 있었기 때문이다. 또한 친구들과 시골로 내려간 남자는 풍경을 즐기고 여유를 즐기기보다는, 비운의 황족으로 권력과 멀어진 세상에서 살아가는 자신의 처지를 되돌아보고 곱씹는다. 시골은 자신의 불우함을 표현하는 배경이 된다.

　이상 『이세 모노가타리』에서 시골이라는 공간이 어떻게 그려지고 있는지 살펴보았다. 즉 헤이안 시대 도읍 사람의 눈에 시골은 어떤 공간이었는가를 규명하고자 했다. 여기서 시골은 그 자체가 하나의 가치를 가지고 존재하기 보다는 도읍을 전제로 한 그와 대비되는 차별적 개념임을 확인할 수 있었다. 도읍 사람에게 시골은 차별된 공간으로 인식되고 있음을 알았다.

　이 책의 1장 풍류로서의 '미야비'에서 언급한 바와 같이 도읍이 헤이안으로 정해지면서 궁중을 중심으로 귀족 문화가 전성기를 맞이했다. 때문에 헤이안 시대 귀족들의 주무대는 도읍이었고, 그들이 추구하는 이상적 삶은 궁정풍의 우아한 풍류 '미야비'였다. 이런 사실을 감안하면 충분히 이해된다.

　『이세 모노가타리』의 배경은 다양하다. 그런데 필자는『이세 모노가타리』의 배경을 헤이안쿄와 헤이안쿄가 아닌 공간, 즉 도읍과 시골, '미야코'와 '히나鄙'로 이분화했다. 『이세 모노가타리』의 주인공 나리히라는 '미야비'를 실현하는 헤이안 시대의 이상형으로 군림한다. 궁정풍의 우아하고 세련된 풍류 '미야비'는 헤이안쿄, 즉 정치·예술·문화의 중심인 '미야코'에서 시작된다. 따라서 '미야코'가 아닌 '히나', 이른바 도읍 이외의 땅에서는 도읍인의 도읍 중심적인 공간 인식을 보다 확실하게 볼 수 있다. 도읍이 아닌 미지의 세계는 새로운 가치관을 창출할 수 있는 그런 공간이 아니라 도읍을 기억하는 실마리로서 의미를 가진다. '미야코'를 부각하기 위한 공간에 불과하다. '미야비'의 삶을 살고자 하는『이세 모노가타리』의 주인공에게 시골은 '미야비'의 대비어인 '히나비'의 어원 '히나'에 불과하다. 즉 '반反미야비'라고 할 수 있다.

1 「もっとも長期にわたって都でありつづけたのは、いうまでもなく平安京で、その期間は延暦十三年十月(794)の遷都から明治二年(1869)三月の天皇の東京着至までの千余年間にわたる。…(中略)… 中古以後の古典文学で「都」といえばおおむね平安京(京都)をさす。」(三木紀人、「都・鄙」、『国文学』、学燈社、1985. 9, p.30)

2 「宮廷・都会の「ミヤ」に、それらしい様子を示す接尾辞「ビ」が付いた語。「里び」「鄙び」と対照され都市生活者の洗練と教養の優位を示す差別語である。」(三田村雅子、「みやび・をかし」、『国文学』、学燈社、1985.9, p.52)

3 「日本史、特に文学史の時代区分で、平安時代を中心にした時期をいう。」(『広辞苑』、岩波書店、1998)

4 昔男와 伊勢斎宮와의 사랑이야기를 다룬 단.

5 東下り 단, 7~9단이 여기에 속한다.

6 도읍이 아닌 곳을 일컫는 용어로는 'ゐなか', '山里' 등이 있다. 'みやび'의 대비어가 'ひなび'이므로, '都의 대비어는 '鄙이다.

7 草子地 : 物語草紙などの中で説明のために作者の意見などが、なまのままで述べられている部分。(『日本国語大辞典 第二版』、小学館、2001)

8 鈴木日出男、「色好みの成立」(『国文学』、学燈社、1991.10) p.42

9 窪田空穂、『伊勢物語評釈』、東京堂出版、1977、p.67

10 えびす(夷) : 都から遠く離れた未開の土地の人。(『大辞林』、三省堂、1989)

11 窪田空穂、『伊勢物語評釈』、東京堂出版、1977、p.64

12 『万葉集』から『古今集』『後撰集』のころまでの歌約4500首を収める。天象、地儀、人事、動植物の4項目を、さらに516題に細分し、それぞれの題にその例歌を分類配列している。その構成法などから、古来、作歌のための手引書といわれてきた。

13 구정호、『아무도 모를 내 다니는 사랑길』、제이앤씨、2005, p.101와 p.239 참조

14 ①まじめによく働くこと。②体が丈夫であること。また、そのさま。③誠実である

こと。また、そのさま。(『大辞林』, 三省堂, 1989)

15 武光誠(고선윤역), 『3일만에 읽는 일본사』, 서울문화사, 2000, p.53

16 「桓武天皇の皇女あまた長岡の京にすみ給ふをいふ。」(『伊勢物語愚見抄』, 84단)
    (片桐洋一, 『伊勢物語の研究 [資料篇]』, 明治書院, 1991, p.545上)

17 窪田空穂, 『伊勢物語評釈』, 東京堂出版, 1977, p.181

18 「袖のせばきにとは卑下の詞也。」(『冷泉家流伊勢物語抄』, 87단)
    (片桐洋一, 『伊勢物語の研究 [資料篇]』, 明治書院, 1991, p.379)

# 제7장
# 고레타카 친왕의 풍류

**고레타카 친왕과 그 주변 인물들**
冊子本伊勢物語(個人所藏)

『이세 모노가타리』는 아리와라 나리히라가 각양각색의 여자들을 만나서 사랑을 나누는 이야기가 대부분인데, 그 가운데 나리히라가 충성을 다하는 고레타카 친왕惟喬親王(844~897)과 같은 인물의 이야기도 있다.

『이세 모노가타리』가 성립된 시기는 후지와라 씨의 섭정체제가 정비된 시점이기도 하다. 고레히토 친왕惟仁親王(850~880, 훗날 淸和天皇)은 후지와라 씨 세력에 힘입어 황태자의 자리에 오르는데, 한편으로는 궁중의 권력싸움에서 패한 고레타카 친왕을 비롯해서 기노 나토라紀名虎(?~847) 일가와 같은 존재도 있었다. 『이세 모노가타리』의 주인공 나리히라의 처는 기노 나토라의 아들인 아리쓰네有常의 딸이고, 아리쓰네는 시즈코静子(惟喬親王의 모친)의 오빠이므로 나리히라 역시 이들과 무관하지 않다. 비극의 주인공 고레타카 친왕은 나리히라와 같은 시대를, 후지와라 씨가 지배하는 질서 속에서 힘겹게 살았다.

이 글에서는 이런 사전 지식을 염두에 두고 『이세 모노가타리』의 등장인물 고레타카 친왕의 풍류를 조명하고자 한다.

# 01
# 고레타카 친왕의 '미야비'

## 고레타카 친왕과 그 주변 인물

82단은 '옛날 고레타카 친왕이라는 황자가 계셨다(むかし、惟喬の 親王と申すみこおはしましけり)'라고 이름을 구체적으로 밝히면서 시 작한다. 사실 『이세 모노가타리』에는 많은 인물들이 등장하는데, 이렇 게 처음부터 이름을 구체적으로 밝히는 경우는 많지 않다.

고레타카 친왕은 844년 몬토쿠文德(在位 850~858) 천황과 기노 나토 라의 딸 시즈코와의 사이에서 태어난 제1 황자이다. 그런데 850년 3월 에 몬토쿠 천황과 후지와라 아키라케이코藤原明子(829~900, 良房의 딸) 사이에서 제4 황자인 고레히토 친왕이 태어나자, 그 해 11월 생후 8개 월인 제4 황자가 동궁이 되는 사태가 발생했다. 이에 고레타카 친왕과

▌헤이안의 사랑과 풍류

고레히토 친왕 외척 간의 알력 같은 것을 상상할 수 있다. '고레타카 친왕의 외가인 기씨紀氏는 그 일가인 신제이 승정真済僧正을 내세우고, 후지와라 씨는 신가 승정真雅僧正을 내세워서 기도를 했는데 결국 고레히토 친왕이 승리했다'는 내용의 기록이 있다.[1] 그러나 사실상 기도 같은 것을 말하지 않아도 당시 후지와라 요시후사藤原良房(804~872) 일문은 기씨 일족에게는 감히 경쟁의 대상이 아니었다. 고레히토 친왕의 외조부 요시후사는 신하로서는 처음으로 섭정이 된 사람이다.

후지와라 씨가 역사에 등장하는 것은 '다이카 개신大化改新(645년)' 이후의 일이다. 고대의 유력 호족들은 토지를 사적으로 소유했기 때문에 조정의 수장인 천황은 절대적 권력을 누릴 수 없었다. 이에 쇼토쿠 태자聖德太子(574~622)가 정계 쿠데타乙巳의 変를 일으키고 정치개혁을 이루었다. 이것은 천황에게 권력을 모아 중앙집권적 국가를 만들기 위한 정치개혁으로, 다이카 개신이라 한다.[2] 이때 공을 세운 나카토미노 가마타리中臣鎌足(614~669)가 덴지天智(在位 668~671) 천황으로부터 '후지와라'라는 성姓을 받았다.

이후 쇼무聖武(在位 724~749) 천황 때 천황을 보좌하는 나가야노 오키미長屋王(684?~729, 天武天皇의 손자)를 음모로 죽이고, 후지와라 씨 일족은 천황과 밀접한 관계를 맺는다. 특히 후지와라 요시후사의 아버지 후유쓰구冬嗣가 사가嵯峨(在位 809~823) 천황의 신임을 얻은 후부터 점차 세력을 키워나갔다. 그들은 천황이나 황태자에게 딸을 시집보내고 이들이 아들을 낳으면 이번에는 그 손자를 천황으로 즉위시키기 위해서 전력을 다했다. 천황의 외조부는 천황이 어렸을 때는 섭정摂政으로, 성인이 된 다음에는 관백関白으로 보좌했다. 이렇게 후지와라 씨는 천황의 외척으로 권력을 독차지하고 막강한 세력가로 한 시대를 움직였다.

몬토쿠 천황은 시즈코를 사랑했고 그 소생인 총명한 고레타카 친왕에게 마음을 두고 있었다. 즉위 직후 '고레히토 친왕은 아직 나이가 어리니 잠시나마 고레타카 친왕을 황태자로 두는 게 어떨까'라는 생각을 한 모양이다. 그러나 주위의 분위기, 특히 요시후사가 어려워서 그것을 말하지 못했다는 기록이 『오카가미 우라가키大鏡裏書』에 있다.[3] 이 책은 『오카가미大鏡』인물의 출자 경력 및 사건의 기록 등을 쉽게 풀이한 것이다. 이것만 봐도 당시 요시후사의 권위를 가히 짐작할 수 있다. 따라서 공식적으로 황태자로 정하는 고레히토 친왕 입태자立太子는 아무도 반기를 들 수 없는 가운데 조용히 추진되었음을 알 수 있다. 그러나 이 일로 인하여 고레타카 친왕만이 아니라 그 주변 사람들, 특히 그의 어머니 시즈코와 외삼촌인 아리쓰네의 가슴에는 깊은 슬픔이 남았을 것이다.

생후 8개월인 고레히토 친왕이 황태자가 되는 절차는 조용한 가운데 이루어졌지만 고레타카 친왕과 그 주변의 삶은 결코 평온한 것이 아니었다. 『이세 모노가타리』 16단에 기노 아리쓰네의 이야기가 있는데, 그 상황을 짐작할 수 있다.

> 옛날에 기노 아리쓰네라고 하는 사람이 있었다. 삼대의 천황을 모시고 영화를 누렸지만 만년에는 세상이 바뀌어 그도 세상의 보통 사람 이하가 되었다. …(중략)… 오랫동안 같이 지내온 부인과도 점점 사이가 벌어졌다. 부인이 결국에는 출가를 결심하고 언니가 비구니로 있는 곳으로 떠나게 되는데, 그 때 기노 아리쓰네는 애정이 깊은 부부는 아니었지만 지금 떠난다는 말을 남기고 가는 부인을 무척 애처롭게 생각한다. 그러나 가난해서 아무 것도 해줄 수 없었다.

むかし、紀の有常といふ人ありけり。三代のみかどに仕うまつり
て、時にあひけれど、のちは世かはり時うつりにければ、世の常の
人のごともあらず。…(中略)… 年ごろあひ馴れたる妻、やうやう床
はなれて、ついに尼になりて、姉のさきだちてなりたる所へゆく
を、男、まことにむつましきことこそなかりけれ、いまはとゆく
を、いとあはれと思ひけれど、貧しければするわざもなかりけり。

(16단, pp.127~128)

　여기서 '세상이 바뀌어'라는 것은 바로 제1 황자인 고레타카 친왕이
즉위하지 못하고, 제4 황자인 고레히토 친왕이 즉위함으로써 후지와라
씨의 권세는 더욱 높아만 가고, 타씨他氏는 몰락하는 것을 의미한다.
기씨紀氏 등을 비롯한 후지와라 씨 이외의 귀족들은 모든 사회 경제적
인 지지기반을 상실하게 된다. 출가하는 부인에게조차 아무 것도 해주
지 못하는 것으로 보아 그 상황이 얼마나 딱한지 알 수 있다.
　이렇게 정치와 권력에서 멀어진 황족이나 귀족은 기노 아리쓰네처
럼 모든 사회·경제적 지지기반을 상실하게 되고 세상 사람들로부터
소외되는 것이 상례이다.


## 출가 전의 고레타카 친왕


　『이세 모노가타리』에서 고레타카 친왕에 대해서 이야기하고 있는
내용을 보면,

…이후 오랜 세월이 흘러서 그 사람의 이름은 잊혀졌다. 사냥도 열심히 하지 않고 술만 마시고 와카를 읊는 데에 빠져 있었다.

…時世経て久しくなりにければ、その人の名忘れにけり。狩はねむごろにもせで、酒をのみ飲みつつ、やまと歌にかかれりけり。

(82단, p.184)

고레히토 친왕을 황태자로 정하는 입태자 사건 이후, 고레타카 친왕은 세상을 멀리하고 술과 노래만 짓고 즐기는 이른바 풍류인으로서의 면모만 보인다. 속세의 권력을 잃고 사회적으로 안정된 기반이 없는 가운데 그가 보여줄 수 있는 모습은 현실에서 벗어나 풍류를 즐기는 것뿐이었다.

…종종 매사냥을 하는 가타노 강변에 있는 고레타카 친왕의 저택에 핀 벚꽃은 한층 정취가 있었다. 그 나무 아래 내려서서 가지를 꺾어 머리에 꽂고 상중하 계급의 여하를 막론하고 모두 노래를 읊었다. 그 중 우마료의 장관인 사람이 읊은 노래

　　'세상에 벚꽃이 없었더라면 꽃이 지는 것을 아쉬워할 필요도 없이 봄을 즐기는 마음은 한가했을 텐데'

라고 읊었다. 다른 사람의 노래

　　'벚꽃은 지기 때문에 더욱 사랑스러운 것. 근심 많은 세상 영원한 것은 없으니'

라고 읊고는 그 나무아래를 떠나 돌아갈 때에 날은 저물었다.

…いま狩する交野の渚の家、その院の桜、ことにおもしろし。その木のもとにおりゐて、枝を折りて、かざしにさして、かみ、なか、しも、みな歌よみけり。馬の頭なりける人のよめる。

　　世の中にたえてさくらのなかりせば春の心はのどけからまし

▌벚꽃 아래에서 고레타카 친왕과 풍류를 즐기는 사람들
異本伊勢物語絵巻(東京國立博物館 所藏)


となむよみたりける。また人の歌、

　散ればこそいとど桜はめでたけれ憂き世になにか久しかるべき
とて、その木のもとは立ちてかへるに日暮れになりぬ。

(82단, pp.184~185)


　계급과 상관없는 여러 사람들이 고레타카 친왕 주변에 모여서 술을
마시고 노래를 읊으면서 시간을 보내는 모습을 상상할 수 있다. 여기
서 우마료右馬寮란 말과 관련된 일을 맡은 장관으로 바로 아리와라 나
리히라를 가리킨다. 고레히토가 공식적으로 황태자로 정해진 것은 850
년의 일이고, 그가 우마료의 장관이 된 것은 863년의 일이다.[4]

　고레히토가 황태자가 된 이후 오랜 시간 권력에서 멀어진 삶을 사는
고레타카 친왕에 대한 안타까운 마음을 벚꽃의 아름다움을 노래하는
것으로 달래고 있다. '세상에 벚꽃이 없었더라면…', '벚꽃은 지기 때문
에…' 이 두 노래는 벚꽃에 매료된 마음을 노래한 것으로, 여기서 벚꽃

은 바로 고레타카 친왕을 비유한 것이다.

이들은 날이 저물 때까지 자리를 옮기면서 술과 노래와 더불어 마음
을 달래고 풍류를 즐긴다. 나리히라는 아마노가와天の河[5]에 이르러서

  '사냥하다 날이 저물었으니 오늘은 직녀에게 숙소를 부탁하고자
  하오. 마침 은하수에 이르렀으니'
  狩りくらしたなばたつめに宿からむ天の河原にわれは来にけり

(82단, p.185)

라고 노래를 읊자, 기노 아리쓰네가 고레타카 친왕을 대신해서

  '직녀는 일 년에 한번 오시는 분을 기다리고 있으니 아무리 침소
  를 구한다 해도 그리 쉽사리 방을 빌려주지는 않을 것이오'

ひととせにひとたび来ます君待てば宿かす人もあらじとぞ思ふ

라는 노래를 지어서 대구한다.

　고레타카 친왕의 별궁에 돌아와서도 밤늦게까지 술을 마시는데, 고
레타카 친왕이 먼저 침소에 든다. 이에 나리히라는

　　　'좀 더 바라보고 싶은데 달은 빨리도 숨으려 합니다. 산등선이 없
　　　어져서 달이 숨지 못하게 했으면'
　　　あかなくにまだきも月のかくるるか山の端にげて入れずもあら
　　　なむ(82단, p.186)

아리쓰네는

　　　'솟아있는 산봉우리가 모두 평평해졌으면 합니다. 산등선이 없다
　　　면 달도 들어갈 수 없으니'
　　　おしなべて峰もたひらになりななむ山の端なくは月も入らじを

라는 노래를 읊는다. 여기서도 달은 고레타카 친왕을 비유한다. '좀 더
바라보고 싶은데…'라는 구절에서도 고레타카 친왕에 대한 애틋한 마
음을 읽을 수 있다. 고레타카 친왕, 나리히라, 아리쓰네 세 사람의 풍류
의 세계를 82단에서 볼 수 있다.

# 02
# 고레타카 친왕의 출가

이어지는 83단은 82단을 요약한 것과 같은 내용으로 시작하는데, 82단과 마찬가지로 조금이라도 더 같이 있고 싶다는 마음이 우러나 있다.

옛날 미나세 별궁을 드나드시는 고레타카 친왕이 여느 때와 같이 매사냥을 가시는데, 수행원으로 마료의 장관인 노인이 따라나섰다. 며칠이 지나 고레타카 친왕은 교토의 저택으로 돌아가셨다. 마료의 장관은 고레타카 친왕을 모셔다 드리고 빨리 돌아가려고 생각하고 있는데 고레타카 친왕은 술을 주시고 하사품을 내리겠다고 하시면서 집으로 되돌아가는 것을 허락하지 않으셨다.

むかし、水無瀬に通ひたまひし惟喬の親王、例の狩しにおはします供に、馬の頭なるおきな仕うまつれり。日ごろ経て、宮にかへりたまうけり。御おくりしてとくいなむと思ふに、大御酒たまひ、禄た

まはむとて、つかはさざりけり。 (83단, p.186)

그런데 '이와 같은 일을 자주 되풀이하면서 친왕을 모시고 시중을 들고 있었는데, 뜻밖에도 친왕은 출가해버리시고 말았다(仕うまつりけるを、思ひのほかに、御ぐしおろしたまうてけり)'는 커다란 전환점을 그리고 있다.

고레타카 친왕은 황위쟁탈에서 물러날 수밖에 없었던 괴로운 신세를 술과 와카를 읊는 것으로 달래면서 시간을 보내고 있었다. 후원자가 없어서 패할 수밖에 없었던 친왕과 그 주변 인물로 등장하는 나리히라의 슬프고 괴로운 모습을 볼 수 있다. 결국 고레타카 친왕은 모든 권세를 상실한 채 출가하는 것으로 새로운 장을 연다.

고레타카 친왕의 출가는 872년 7월 21일의 일이다.[6] 돌이켜보면 고레히토 친왕이 황태자의 자리에 오르고(850년) 약 20년간, 고레타카 친왕은 묵묵히 살아왔고 세상은 아무 일 없는 듯 평온했다. 몬토쿠 천황 붕어 후에도 어린 세이와淸和(惟仁親王) 천황의 지위는 조부인 요시후사와 백부인 모토쓰네基経의 보호 아래 아무 탈 없이 평화롭기만 했다. 그 사이 고레타카 친왕은 성인식元服 직후 4품 다자이노소치大宰帥, 단조노카미彈正尹, 히타치常陸 태수 등의 관직에 오르기는 했지만 무엇 하나 실속 없는 이름뿐인 관직이었다. 친왕 중 가장 연장자이지만 평생 4품으로 항상 말석에 앉아야 하는 입장은 고레타카 친왕에게 굴욕이었을 것이다.

# 헤이안 귀족의 출가

『겐지 모노가타리』를 비롯한 헤이안 시대 모노가타리의 많은 등장 인물들은 '출가'를 염원하고 결행한다. 이것은 당시 귀족들의 정신세계에 불교가 깊숙이 자리하고 있음을 의미한다. 당대 최고의 문필가인 무라사키시키부紫式部가 그녀의 일기 속에서 출가를 기원하는 기록이 있다.

> 누가 뭐라고 해도 아미타불을 향해서 일심으로 공부합시다. 세상에 귀찮은 일은 조금도 마음에 없으니, 출가해서 불도수행에 정진한다고 해도 태만하지 않을 것입니다.
>
> 人、といふともかくいふとも、ただ阿彌陀仏にたゆみなく、経をならひはべらむ。世のいとはしきことは、すべてつゆばかり心もとまらずなりにてはべれば、聖にならむに、懈怠すべうもはべらず。[7]

모노가타리 속에서만 아니라 사실상 출가는 빈번했다. 닌묘仁明(在位 833~850) 천황, 그의 어머니 다치바나 가치코橘嘉智子(786~850), 여동생 한시 내친왕繁子內親王, 황자 사네야스 친왕人康親王(831~872) 등이 연이어 출가했는데[8] 이것이 하나의 좋은 예이다. 황족만이 아니라 후지와라 씨를 비롯한 당대 신분이 높은 귀족들도 이런저런 이유로 출가를 했다. 특히 여성의 경우 신분과 결혼생활의 중압으로 고통 받는 현세에서 벗어나 내세에서는 정토에 왕생할 것을 기원하는 움직임이 컸다.[9] 신변에 이상이 생겼다거나 어떤 좌절을 경험했다거나 하는 극단적 상황이 아니라 단지 나이가 들었다는 것만으로도 출가를 하고 있는 것을 보면, 이것은 지금 우리가 생각하는 출가와는 다른 점이 있었다는 사실을 염두에 두어야 할 것 같다.

출가는 속세를 떠나 불문에 들어서는 것으로 혈연만이 아니라 속세에서 형성된 다양한 인연을 끊고 수행의 길로 들어선다는 것을 의미한다. 그런데 일본에서의 출가는 속세의 모든 인연을 버리고 깊은 절로 들어가 수행에 전념한다는 의미만을 갖지는 않는다. 집을 떠나지 않고 속세에 있으면서 불교에 귀의하는 재가 사미在家沙彌나 재가 비구니在家尼가 존재했다. 속세에 생활 터전을 두면서 법명을 받아 삭발하고 승복을 입는 사람을 가리키는데, 이를 재가출가在家出家라고 한다.[10] 당시 귀족의 출가는 대부분 사원에 들어가지 않고 사저에서 불문에 귀의하는 재가출가였다. 독경·소향을 하면서 사저에서 불도를 닦는 것인데, 재가승에게도 지켜야 할 오계(不殺生·不偸盜·不邪淫·不妄語·不欲酒)가 있었다.

당시의 불교는 초기의 샤머니즘적이고 구복적인 것에서 벗어나 불교 본연의 개인 구제의 가르침이 중심이었다. 많은 출가자들은 자신의 구제를 염원하는 근행 생활을 위주로 출가하였기 때문에 불교 교리 설법과 같은 공적 활동은 거의 없었다. 이들의 출가는 깨달음에 근거한 해탈을 염원하는 그런 것이 아니라 현세 도피적 성격을 가지고 있었다. 이세사이구伊勢齋宮의 출가도 그러했고, 고레타카 친왕의 출가 역시 그랬다.

## 고레타카 친왕의 출가

　고레타카 친왕은 29세라는 나이에 병을 핑계 삼아 출가를 한다. 헤이안 시대에는 많은 인물들이 병·늙음·죽음을 동기로 출가했다. 이렇게 자신이 병에 걸렸다거나 늙어서 출가를 하는 행위는 이 시대 귀족 사회에서는 관행이었다. 인간의 고통을 출가의 공덕으로 회피하고자 했던 것이다. 또한 말세가 다가왔다고 생각하는 헤이안 시대 사람들의 자연스러운 선택이기도 했다.

　15세에 아버지를 잃고 25세에 어머니를 잃은 고레타카 친왕에게는 출가를 미룰 어떤 이유도 없었다. 출가가 이 시대 사람들의 자연스러운 선택이었다고 하나 부모가 생존한다면 결코 쉬운 선택은 아니었던 것 같다. 어머니 때문에 출가를 망설이거나 미루는 모습을 『겐지 모노가타리』에서도 찾아볼 수 있다. 스자쿠인朱雀院이 출가를 생각하는데, 그 어머니인 기사키노미야后の宮가 계셔서 망설여진다는 대목이 있다.

> 스자쿠인은 먼저의 행차 이후 병을 앓고 계셨다. 원래 병약하셨지만 특히 이번에는 불안한 마음이 들어, "오랫동안 근행하려는 염원이 깊었지만 어머니 기사키노미야가 계셔서 매사 삼가하여 지금까지 망설이고 있었다. 역시 불도에 이끌려서일까, 이 세상 오래 살지 못할 것 같은 생각이 든다" 등 말씀하시며 출가하는데 필요한 준비를 하셨다. 朱雀院の帝、ありし御幸の後、そのころほひより、例ならず悩みわたらせたまふ。もとよりあつしくおはします中に、このたびはもの心細く思しめされて、「年ごろ行ひの本意深きを、后の宮おはしましつるほどは、よろづ憚りきこえさせたまひて、今まで思しとどこ

ほりつるを、なほその方にもよほすにやあらむ、世に久しかるまじ
き心地なんする」などのたまはせて、さるべき御心まうけどもせさ
せたまふ。                                   (「若菜上卷」④, p.17)

온나산노미야女三宮의 아들 가오루薰도 세상살이가 힘들어서 출가하
려고 하지만 어머니가 어떻게 생각할지 몰라서 출가하기를 꺼린다.[11]
이렇게 부모가 생존하는 경우 출가는 그 시대에도 역시 쉬운 선택이
아니었던 것 같다. 김종덕이 주장한 바 있는 '헤이안 시대에 분명 존재
한 인간본연의 심층에 근거한 효의식'[12]으로 설명이 가능하다. 고레타
카 친왕은 어머니의 죽음으로 이제 출가를 주저해야할 이유가 없어졌
다. 또한 이제는 의지할 곳 역시 전혀 없다. 세상을 버리고 출가해도
마음으로부터 슬퍼하는 사람이 없다는 사실을 알고 있었던 것이다. 고
레타카 친왕의 출가는 당시로서는 너무나 당연한 선택이었다.

실은 어머니가 돌아가시고 2년이 되는 해, 868(貞觀10)년 8월27일
우린인雲林院에서 죽은 이의 명복을 빌기 위한 법회 추선법요追善法要를
거행했는데, 당시 고레타카 친왕의 원문願文이 『간케분소管家文草』[13]에
수록되어 있다. 어머니 시즈코는 '몬토쿠 천황의 총애를 받았지만 천황
이 갑자기 붕어하자 몸을 의지할 곳을 잃어서 비경에 처한 나머지 불도
에 들어 운명을 받아들였다'[14]는 내용의 글이다. 여기서 고레타카 친왕
은 어머니의 덧없는 운명을 말하는 것만이 아니라 자신의 불우함도
담아서 호소하고 있다.

불도에 의지해서 살고자함은 생전의 어머니만이 아니라 고레타카
친왕 그 자신의 심중에도 있었던 것 같다. 고레타카 친왕의 출가는 어
느 날 갑자기 일어난 사건이 아니라 어머니의 죽음과 동시에 이미 고레
타카 친왕의 마음속에서는 내정되고 있었던 것이다.

# 03
# 고레타카 친왕의 은둔생활

…(고레타카 친왕이 출가한 후 남자는) 정월에 고레타카 친왕을 배알하기 위하여 오노(京都北部 八瀬근처, 겨울에는 눈이 많이 내린다)를 찾아갔는데, 히에산의 산기슭이라 눈이 많이 쌓여있었다. 눈을 헤치고 암자를 찾아가서 고레타카 친왕을 보니, 그는 하는 일도 없이 슬픈 표정으로 계셨다. 잠시 후, 옛 추억을 더듬어 이야기를 드렸다. 그대로 그의 곁에 남아 있고 싶다고 생각했지만, 조정에서 해야 할 일이 있어서 더 이상 있지 못하고 해질 무렵 일어섰다.

   '초라한 생활을 하고 계시는 주군을 보니 현실이라는 사실을 잊고
   꿈속의 일로 여겨집니다. 눈 속을 헤치고 이렇게 뵙게 될지, 이전
   에는 상상도 못했습니다'

라는 노래를 읊고서 울면서 돌아왔다

…正月におがみたてまつらむとて、小野にまうでたるに、比叡の山のふもとなれば、雪いと高し。しひて御室にまうでておがみたてまつるに、つれづれといともの悲しくておはしましければ、やや久し

くさぶらひて、いにしへのことなど思ひいで聞えけり。さてもさぶ
らひてしがなと思へど、おほやけごとどもありければ、えさぶらは
で、夕暮にかへるとて、

　　忘れては夢かとぞ思ふおもひきや雪ふみわけて君を見むとは.
とてなむ泣く泣く来にける。
　　　　　　　　　　　　　　　　　　　　　　　(83단, P.187)

　나리히라의 고레타카에 대한 깊은 신의와 사랑이 잘 나타나 있다.
고레타카 친왕은 동생에게 황태자의 자리를 빼앗길 수밖에 없었고, 이
후 정치의 중심에서 소외된 불우한 시간을 보내다가 급기야 출가하기
에 이른 것이다. 이런 고레타카 친왕에게 나리히라는 남다른 애정을
가지고 있었다. 물론 친인척 간이라는 점도 있었겠지만 자신의 처지
역시 크게 다르지 않았기 때문이기도 하다. 그래서 자주 어울리고 변
함없는 충성심을 표현한 것 같다.
　이런 충성심은 출가를 한 다음에도 변함없는 모습으로 그려진다. 친
왕이 출가해서 무료하게 보내는 곳에 나리히라가 찾아간다. 때는 정월
이라 눈도 많이 쌓였지만 아리와라 나리히라는 험한 산의 눈을 헤치면
서까지 고레타카 친왕을 찾아간다. 고레타카 친왕의 모습은 무척이나
슬프게 묘사되고 있다. 옛날 일들을 생각하며 이런저런 이야기를 나누
는 사이 날이 저물었다. 곁에서 오래오래 모시고 싶었지만 궁중에서의
여러 행사 때문에 돌아가지 않으면 안 되는 몸이다. 결국 울면서 되돌
아간다는 이야기다.
　'눈을 헤치고'라는 단어 속에 그 처지가 얼마나 딱한지 잘 드러나
있다. 실은 고레타카 친왕이 출가하고 2년 후, 세이와清和(在位 858~
878) 천황은 고레타카 친왕에게 후코封戸를 하사하라는 명을 내린다.
후코란 상류귀족에게 주어지는 녹봉이다. 조서詔書에 '짐의 형 고레타

카 친왕은 선황의 사랑을 받은 사람으로 짐과 가장 우애가 두텁기를 바라는 바이다'는 내용의 글을 남기고, 더 나아가 '일주연지一株連枝 영고榮枯를 같이하다'는 글[15]이 있는 것으로 보아 혈육의 정을 느끼고 베푸는 호의에는 거짓이 없는 것 같다. 그런데 고레타카 친왕은 천황의 호의를 받아들이지 않는다. 천황의 호의는 고레타카 친왕이 어려운 삶을 살고 있음을 안타깝게 여겨서 베푼 것인데, 친왕은 그 불여의한 삶을 고집한다. 비록 그의 의지이기는 하지만 천황의 호의마저 받아들이지 않고 선택한 고레타카 친왕의 삶은 경제적으로도 결코 넉넉하고 여유로운 것은 아니었을 것이다. 청빈을 덕으로 생각하고 있었는지도 모른다.

'하는 일도 없이 슬픈 표정으로 계셨다'로 설명되는 고레타카 친왕에 대해 나리히라는 '이전에는 상상도 하지 못한 일이다'라면서 자신의 마음을 표현한다. 세상으로부터 소외된 고레타카 친왕은 이제 스스로 세상을 버리고 출가한다. 삶에 대한 더 이상의 희망이나 욕구는 보이지 않는다. 눈이 하얗게 쌓인 산속 암자에서 외로운 모습으로 자신의 삶을 그리고 있다.

같은 이야기가 담긴 단이 또 하나 있다. 역시 정월 눈이 많이 내리는 날이 그 배경이다.

옛날에 한 남자가 있었다. 어릴 때부터 모신 주군이 출가를 했다. 그 남자는 정월이면 반드시 옛 주군을 찾아뵈었다. 조정에서 직무를 맡아 평상시에는 찾아뵙지 못하였지만 원래의 마음을 잃지 않고 정월에는 찾아뵈었다. 옛날에 고레타카 친왕을 모셨던 사람 중 속세에 있는 사람, 법사가 된 사람 할 것 없이 많이 모였다. 정월이기 때문에 특별하다고 생각하셔서 술을 하사하셨다. 눈이 많이 내려서 하루 종

고레타카 친왕 출가 후, 눈이
많이 내리는 정월에 찾아뵙고
추억을 더듬다.
異本伊勢物語絵巻
(東京國立博物館 所藏)

일 그치지 않는다.

むかし、男ありけり。わらはより仕うまつりける君、御ぐしおろし
たまうてけり。正月にはかならずまうでけり。おほやけの宮仕へし
ければ、つねにはえまうでず。されど、もとの心うしなはでまうで
けるになむありける。むかし仕うまつりし人、俗なる、禅師なる、
あまた参り集りて、正月なればことだつとて、大御酒たまひけり。
雪こぼすがごとふりて、ひねもすにやまず。　　　(85단, pp.188~189)

고레타카 친왕은 비록 출가했지만 나리히라만이 아니라 옛날에 그
를 섬겼던 사람들이 찾아와서 자리를 같이한다. 그중에는 조정에서 직
무를 맡은 나리히라와 같은 인물도 있고, 세상 속에서 평범하게 살아가
는 인물, 그리고 출가한 인물 등 다양하다. 이들은 정월이라는 이유로

모두들 고레타카 친왕을 만나러 암자를 찾는다. 역시 눈이 내리고, 암자까지의 길은 결코 순탄하지 않았을 것이다. 그래도 이들의 만남은 후지와라 씨 중심의 세상에서 벗어나 정신적 자유를 만끽할 수 있는 공간이자 시간이었을 것이 분명하다. 술을 마시고 와카를 짓는 것은 당연지사다.

고레타카 친왕은 고레히토가 황태자가 된 이후, 세상을 멀리하며 술과 노래를 짓고 즐기는 이른바 풍류인으로서의 면모만 보였다. 속세의 권력을 잃고 사회적으로 안정된 기반이 없는 가운데 그가 보여줄 수 있는 모습은 현실에서 벗어나 풍류를 즐기는 것뿐이었다.

그런데 고레타카 친왕의 풍류는 출가 전의 일만이 아니다. 출가한 다음의 암자 생활에서도 그의 풍류는 그치지 않음을 확인할 수 있다. 술과 와카 그리고 속세에서 떨어진 암자에서의 자유로움까지 더해지면서 고레타카 친왕의 풍류는 극치를 이룬다.

> 사람들은 모두 취하고, 눈이 내리기 때문에 돌아갈 수 없다는 제목으로 노래를 읊었다.
>> '주군을 모시고 싶어도 몸을 둘로 나눌 수 없으니 곁에서 모실 수가 없습니다. 이렇게 눈이 쌓이는 것은 바로 돌아가고 싶지 않은 나의 마음과 같습니다'
> 라고 읊었기 때문에 고레타카 친왕께서는 매우 감탄하여 옷을 벗어 하사하셨다.
> みな人酔ひて、雪にふりこめられたり、といふを題にて、歌ありけり。
>> 思へども身をしわけねば目離れせぬ雪の積るぞわが心なる
> とよめりければ、親王、いといたうあはれがりたまうて、御衣ぬぎてたまへりけり。
>
> (85단, p.189)

눈 때문에 암자에 갇히게 된 고레타카 친왕의 주변 인물들은 제한된 공간, 제한된 시간을 아쉬워하면서 그들만의 풍류를 즐긴다. 제한된 공간, 제한된 시간이라 오히려 더 큰 자유로움을 만끽할 수 있었을 것이다. 그 아쉬움은 와카 속에서 표현되는 애틋함이었을 것이다.

황족과의 정략결혼을 통해서 자신의 세력을 키워나가는 후지와라 씨의 등장으로 황태자 자리를 빼앗긴 고레타카 친왕은 그 사건 이후 권력의 중심에서 벗어나 술과 와카를 즐기는 풍류인으로 살아가는데, 그 모습은 출가한 후에도 다를 바가 없다. '하는 일도 없이 슬픈 표정으로 계셨다'고 표현되기도 했지만, 그를 찾아 옛날에 그를 섬겼던 인물들이 등장함으로써 고레타카 친왕의 암자는 또 하나의 풍류의 장이 된다. 이렇게 고레타카 친왕은 풍류인으로 『이세 모노가타리』의 한 장을 장식한다.

❖ ❖ ❖

고레타카 친왕은 후지와라 씨를 배후에 둔 동생 고레히토 친왕에게 황태자의 자리를 빼앗긴 비운의 황자이다. 이 사건 이후 고레타카 친왕은 세상을 멀리하고 술과 노래를 즐기는 이른바 풍류인으로서의 면모만 보인다. 속세의 권력을 잃고 사회적으로 안정된 기반이 없는 가운데 그가 보여주는 모습은 현실에서 벗어나 풍류를 즐기는 것이었다.

정치의 중앙에서 빗겨난 곳에서 풍류를 즐기던 친왕은 결국 출가한다. 헤이안 시대 많은 인물들이 특별한 이유 없이 나이가 들었다는 이유만으로 출가하는 것은 당시 말세가 다가왔다고 생각하는 헤이안 귀족들의 자연스러운 선택이었다. 풍류만 즐기면서 세월을 살아가는 고레타카 친왕이었는데, 그 오랜 시간 그의 마음속에는 자신의 비극과 주변 사람들의 덧없는 아픔이 고스란히 담겨 있었던 것이다.

출가 후 눈이 오면 꼼짝할 수 없는 암자에서의 고레타카 친왕은 황량하게 그려지는데, 그를 마음으로부터 섬기고자 하는 사람들의 등장으로 또 하나의 풍류의 세계가 펼쳐진다. 술과 와카 그리고 속세에서 멀리 떨어진 암자에서만 느낄 수 있는 자유로움까지 더해지면서, 현실을 초월해서 자유롭게 세월을 보내며 아름다운 것을 추구하는 고레타카 친왕의 풍류는 극치를 이룬다. 이렇게 고레타카 친왕과 그 주변 인물들은 제한된 공간, 제한된 시간을 아쉬워하면서 그들만의 풍류를 실현한다. 제한된 공간, 제한된 시간이기 때문에 오히려 더 큰 자유를 만끽할 수 있었을 것이고, 그 아쉬움은 와카 속에서 커다란 의미를 가지고 애틋하게 표현된다.

『이세 모노가타리』에 등장하는 고레타카 친왕의 풍류는 출가 전의 일만이 아니다. 출가한 다음 암자에서의 생활에서도 그의 풍류는 그치지 않음을 확인할 수 있다. 고레타카 친왕의 풍류는 고레타카 친왕 한 사람에 의한 것이 아니라 그를 마음으로부터 따르고 섬기는 인물들을 통해서 명백하게 표현되고 있다.

■ 주 ─────────────────────────────

1 「昔文德天皇は、天安二年八月十三日にかくれさせ給ひぬ。御子の宮達あまた位に望
をかけてましますは、内々御祈どもありけり。…(中略)… 一宮惟喬親王の御祈は柿
下の紀僧正真済とて、東寺の一の長子、弘法大師の御弟子なり。二宮惟仁の親王の
御祈には、外祖忠仁公の御持僧比叡山の恵亮和尚ぞ承られける。「互におとらぬ高
僧達なり。とみにことゆきがたうやあらむずらむ」と、人々ささやきあへり。」(市古
貞次 校注・訳、『平家物語②』、新編日本古典文学全集 46, 小学館, 2004, pp.105~106)

2 武光誠(고선윤역), 『3일만에 읽는 일본사』, 서울문화사, 2000, pp.46~47

3 保阪弘司, 「大鏡裏書の訓注とその考察」(『大鏡研究序説』, 講談社, 1979) p.300 재인용

4 元慶四年(880)五月二十八日条 「貞観五年(863)二月拝左兵衛佐。数年遷左近衛権少将。
尋遷右馬頭。」 (藤原時平 等奉勅撰, 『日本三代実録』, 国史大系刊行会, 1929,
pp.475~476)

5 「名称のおこりは、山間部の花崗巌が風化して白砂の川原が長く続き、天の川を聯想
させたという。
古代からの狩場交野の地を流れ、天川、天河原を枕詞とした詩歌が『伊勢物語』や
『新古今集』にみられる。」(秋庭降, 『日本地名大百科』, 小学館, 1996, p.59)
동명의 지명이 현재 大阪府枚方市禁野에 있다.

6 『コンサイス人名辞典 日本編』, 三省堂, 1976

7 藤岡忠美 他 校注・訳, 『和泉式部日記 紫式部日記 更級日記 讃岐典侍日記』
(新編日本古典文学全集 26, 小学館, 2003) p.210

8 岡野浩二, 「奈良・平安時代の出家」(『王朝の権力と表象』, 森和社, 1998), pp.27~28

9 신선향, 『일본문학과 여성』, 울산대학교 출판부, 2005, p.31

10 김영, 「재가 비구니;이에아마의 위상」(『일본인의 삶과 종교』, 제이앤씨, 2007) p.50

11 「中納言、かく世のいと心憂くおぼゆるついでに、本意遂げむと思さるれど、三条
の宮の思されむことに憚り、この君の御ことの心苦しさとに思ひ乱れて…」(「総角」
⑤, p.330)

12 김종덕, 「平安時代의 孝意識」(『日語日文学研究』 제44집, 한국일어일문학회, 2003) p.75

13 平安時代에 学者, 漢詩人, 政治家로 활약한 菅原道真(845~903)의 시와 산문을 모은 저서. 전 12권인데, 惟喬親王의 願文은 11권에 수록되어 있다.

14 「弟子先妣紀氏初笄之後入侍先宮約意蔦蘿承恩牀第綺羅脂粉之労豈止一朝一夕而己自綸言不予宮車晏駕魂魄失寄身之地刀火篇伐性之兵泣竹如新食茶未足即策病心発至誓発寄事良因将益彼蒼」(菅原道真, 『管家文草』 11巻, 1661, pp.19~20)

15 「朕の庶兄惟喬親王は先皇の鐘愛する所也、朕之友于、尤も相厚からんことを欲す」 「朕、体を異にし、気を同じうす、昵愛之懐知る可し。一株連枝、栄枯之期を相共にす」 貞観16年 9月21日 詔(今井源衛, 『在原業平』, 王朝の歌人 3, 集英社, 1985, pp.159~160) 재인용

# 제8장
# 만년의 나리히라

**임종**

冊子本伊勢物語(個人所藏)

나리히라는『이세 모노가타리』의 주인공으로서 다양한 모습을 연출한다. 성인식을 필두로 시작되는 이야기는 죽음을 예감하는 노래를 읊는 것으로 막을 내린다. 남자는 사랑, 우정, 사교의 주인공으로 무대의 중심에서 열정적으로 그리고 순수하게 자신의 삶을 영위한다. 이루지 못한 사랑을 아파하고, 자신이 살 곳을 찾아 동쪽 지방으로 떠나기도 한다. 그리고 작품의 후반부에서는 '노인翁'이 되어 등장한다.『이세 모노가타리』는 한 남자의 일대기적 성격을 가진다. 일대기란 젊고 활기찬 모습만 있는 것이 아니라 늙음과 죽음도 포함한다.

　아리와라 나리히라를 말할 때『일본삼대실록日本三代実録』에 기술된 '방종불구放縱不拘'[1] 즉 '자유분방하여 규칙이나 세상의 관례에 여의치 않고 행동한다'는 구절을 많이 들먹이는데, 이건 20대 후반에서 30대 전반에 걸친 혈기왕성한 시기의 나리히라를 가리키는 말이다. 861년 어머니가 돌아가시고 872년 고레타카 친왕이 29세 나이에 출가하자, 나리히라는 아버지가 걸어왔던 길 즉 후지와라 씨에 대한 접근과 타협의 길을 걷는다. 황족으로서의 영화가 함께하는 그런 삶은 아니었지만 세상과 타협해서 관료로서의 삶을 영위하는 인물이 되었다. 어머니 이토 내친왕伊都內親王을 잃은 그 다음해(862년)에 종5위상從五位上으로 임명되고 세상을 떠나는 날(880년)까지 줄곧 관인으로서의 길을 걷는다. 왕손임에도 조부의 실각, 부친의 좌천 등 아픈 배경을 가지고 현실세계에서 소외된 젊은 시절을 보내야 했던 나리히라이지만, 어머니를 잃은 시점을 계기로 다른 삶이 시작된다. 말년에는 요직인 구로도藏人(궁중의 잡무를 처리하는 부서)의 우두머리가 되기도 했다.

이 글에서는 『이세 모노가타리』의 후반을 장식하는 나리히라의 늙음과 죽음에 초점을 맞추어서 나리히라 상像이 어떻게 조형되어 있는지를 살피고자 한다.

# 01
# 노인이 된 나리히라의 관직

## 축사를 읊는 노인

『이세 모노가타리』의 각 단은 대개 '옛날에 한 남자가(昔男)…'로 시작되는데, 간혹 실명 혹은 관직명으로 인물을 나타내기도 한다. 특히 작품의 후반부에서는 '남자'가 아닌 '…노인翁'으로 어떤 수식어와 더불어 그 모습을 드러내는데 76, 77, 79, 81, 83, 97단 등이 그 좋은 예라고 할 수 있다. 그중에서도 관직명을 내세우고 노인으로 등장하는 대목에 초점을 맞추어서 살펴보겠다.

젊은 나리히라는 헤이안조의 어떤 제도 속의 존재가 아니었다. 남자는 76단에서 처음으로 '노인(近衛府にさぶらひけるおきな)'으로 등장하는데, 이 노인은 '근위부에 근무하는' 관료이다. 수려한 외모에 자유분방한 젊은 날을 보낸 '남자'가 이제는 '노인'으로 표현되면서, 더 이상 방황하는 나리히라가 아니라 헤이안조의 질서 속에 자리 잡은 인물로 그려진다. 77단에서는 '우마료의 우두머리인 노인(右の馬の頭なりけるおきな)', 83단에서는 '마료의 우두머리인 노인(馬の頭なるおきな)'으로 등장한다.

나리히라는 865년에 우마두右馬頭가 된다. 그의 나이 41세의 일이다. 조부의 구스코의 변薬子の変은 옛이야기가 되고, 나리히라와 이루지 못한 사랑을 한 니조 황후도 입궁해서 세이와淸和(在位 858~876) 천황의 후궁 중 가장 높은 단계인 뇨고女御가 되는 그 무렵이다. 이제 나리히라는 더 이상 방황하고 좌절하는 모습이 아니라 관료로, 궁중 사교계의 가인歌人으로 순조로운 모습을 보인다. '노인'으로 묘사되는 나리히라는 젊은 날의 그 모습과는 다르다. 97단에서도 역시 '중장인 노인(中將なりけるおきな)'으로 행사에 참여해서 축사를 읊는다. 이렇게 축사의 작가로 참여한다는 것은 그 자체만으로 사교계에 순조롭게 진입했음을 의미한다.

관료가 된 노인은 과연 어떤 축사를 올렸을까. 축사는 정해진 틀이 있었을 것이다. 니조 황후가 동궁의 어머니이던 시절 조상신을 참배하는데, 근위부에 근무하는 노인은 다음과 같은 노래를 읊는다.

> '오하라의 오시오산의 신도 오늘만큼은 천손수호의 일을 생각해 내시겠지요'
> 大原や小塩の山も今日こそは神代のこともおもひいづらめ
>
> (76단, p.178)

76단의 축사는 '지금은 늙어서 노인이 되었지만 오늘만큼은 젊은 날 당신과 나의 사랑을 생각해내시겠지요'라는 다른 뜻도 내포하고 있다.[2] 그러나 표면상으로는 천손강림天孫降臨 시 아마테라스오미카미天照大御神의 명을 받고 후지와라 씨의 조상신인 아메노코야네노 미코토天兒屋根命[3]가 니니기노 미코토邇々藝命를 따라 내려왔다[4]는 것을 의미한다. 아메노코야네노 미코토는 나카토미노무라지中臣連의 조상신이므로, 바로 나카토미노 가마타리中臣鎌足(614~669)를 조상으로 둔 후지와라 씨의 조상신인 셈이다. 이른바 후지와라 씨와 천황가의 먼 옛날의 깊은 인연을 거론하면서 국모가 된 니조 황후를 축하하고 있다.

77단에서는 몬토쿠文德(在位 850~858) 천황의 뇨고 다카키코多可幾子의 49재 법회 때 법회의 주최자이자 다카키코의 오빠 후지와라 쓰네유키藤原常行가 노래짓는 사람들을 모아서 봄의 정취를 노래하게 했는데, 우마두인 노인은 법회의 성대함을 칭송하는 노래를 올린다. '우마료의 노인'은 바로 나리히라를 가리킨다. 여기서 그는 '노래짓는 사람' 부류에 속한다. 노인은 관료이지만 훌륭한 가인으로 더 주목을 받았던 것같다. 그는 법회에 바쳐진 헌상품이 너무 많아서 마치 산이 옮겨온 것과 같다는 점에 착안하고 다음과 같은 노래를 읊는다.

> '온 산이 모두 오늘의 법회에 옮겨온 것은, 떠나는 봄처럼 슬픈 뇨고와의 이별을 슬퍼해서이겠지'
> 山のみな移りて今日にあふことは春の別れをとふとなるべし
>
> (77단. p.179)

97단에는 다음과 같은 이야기가 있다.

옛날 호리카와 대신이라는 분이 계셨다. 마흔 살 축하연이 9조 거리의 집에서 열리던 날 중장인 노인이,

'벚꽃이여 마구 떨어져서 주변을 어지럽혀라. 늙음이 오는 길을 찾지 못하게'

むかし、堀河のおほいまうちぎみと申す、いまそがりけり。四十の賀、九条の家にてせられける日、中将なりけるおきな、

桜花散りかひ曇れ老いらくの来むといふなる道まがふがに

(97단, p.199)

관료인 노인이 축사를 올리는데 그 대상은 하나같이 당시 막강한 세력으로, 이 시대를 장악한 후지와라 일족의 사람들이다. 황손이면서도 정치의 중심에서 벗어난 삶을 살아야 했던 젊은 날의 나리히라에게 후지와라 씨는 결코 편안한 상대가 아니었다. 젊은 날의 나리히라의 모습에서 반사회적·반항아적 모습을 볼 수 있는데,[5] 그 배후에는 분명 후지와라 씨가 존재했다.

후지와라 후유쓰구藤原冬嗣(775~826)가 사가嵯峨(在位 809~823) 천황의 신임을 얻은 후부터 세력을 점차 키워나간 후지와라 일가는 천황의 외척으로 권력을 독차지하고 막강한 세력가로 한 시대를 움직였다.

97단에 등장하는 호리카와 대신은 후지와라 모토쓰네藤原基経다. 6단에서 주인공 남자가 도저히 이룰 수 없는 사랑이라서 니조 황후를 훔쳐서 도망갈 때, 이때 뒤따라와서 여자를 데리고 돌아간 바로 그 인물이다. 이야기 속에서 '귀신鬼'이라고 설정한 니조 황후의 오빠다. 당시 귀신으로 비유되는 막강한 힘의 소유자 앞에서 젊은 날의 나리히라는 아무 것도 할 수 없는 무능하고 보잘 것 없는 인물이었다. 인간의 힘으로는 도저히 대항할 수 없는 힘을 지닌 존재가 바로 헤이안조에서 막강

한 권력을 행사하는 후지와라 씨였다.

그의 마흔 살 축하연이라고 하면 875년의 일이다. 이 자리에서 나리히라는 중장인 노인으로 표현되고, 훌륭한 노래를 지어 그를 축하한다. 나리히라에게 모토쓰네는, 나아가 후지와라 씨는 더 이상 '귀신'과 같은 존재가 아니다. 노인으로 등장하는 나리히라는 이렇게 헤이안조의 사교계에서 그들에게 축사를 바치고 그들과 어울리는 인물로 그려진다.

그런데 축사를 읊는 나리히라는 왜 '노인'이어야 하는가? 필자는 이 답을 『오카가미大鏡』에서 찾고자 한다. '역사를 명백하게 비추는 거울'이라는 뜻을 가진 『오카가미』는 『요쓰기 노인의 이야기世継の翁が物語』라고도 한다. '요쓰기'란 대를 잇는다는 뜻이다. 그러니 '대를 잇는다'는 이름을 가진 노인의 등장을 알 수 있다.

> 좀 전에 우린인 보리(깨달음을 얻고 극락왕생하는 일) 강연에 참배하고 있는데, 보통 노인보다 특별히 나이가 많고 이상한 느낌이 드는 노인 두 사람과 노녀 한사람이 우연히 만나서 같은 장소에 있었습니다.
> 先つ頃、雲林院の菩提講に詣でてはべりしかば、例人よりはこよなう年老い、うたてげなる翁二人、嫗といきあひて、同じ所に居ぬめり。
> (『大鏡』天の卷, p.13)

이렇게 이야기가 시작된다. 이야기꾼으로 190살의 오야케노 요쓰기大宅世繼, 그 상대로는 180살의 나쓰야마 시게키夏山繁樹가 등장한다. 후쿠다 아키라福田晃는 '요쓰기라는 이름에는 대대로 전해지는 이야기를 전하고 당대의 영화를 말하는 것을 직업으로 하는 자라는 뜻이 있다. 장수를 축복하고 천하태평을 축복하는 것은 오래전의 일부터 지금의 일까지 모두 알고 있는 노인이어야 한다. 요쓰기의 상대로 옛 기억을 보강하는 나쓰야마 시게키도 장수를 축하하고 번영을 약속하는 노인의 명칭으로 역시 요쓰기와 같은 부류의 사람이다'라고 설명한다.[6] 한편 나쓰야마는 후지와라 다다히라藤原忠平(朱雀天皇때 摂政, 이어서 関白)를 가까이에서 모신 동자이라 '후지와라 씨의 번영을 축복한다는 의미가 내포되어 있다'고 한다.[7]

이렇게 축사를 읊는 인물로 노인이 설정되는 것은 우연한 일이 아니다. 당시 사람들의 머릿속에는 장수를 축복하고 천하태평을 축복하는 노인에 대한 인식이 전제되어 있었기 때문이다. 요쓰기의 말 중에 다음과 같은 구절이 있다.

> 옛날 현명한 천황은 정치를 할 때 "국내에 고령인 노인과 노녀가 있느냐'고 하고, 모셔서 옛날 정치의 규범을 묻고, 노인들의 말을 참고해서 천하의 정치를 했습니다. 그러므로 노인이란 대단히 우수한 사람입니다. 젊은이들은 노인을 바보로 여겨서는 안 됩니다.
> …(중략)…
> 진지하게 대대로 이어지는 이야기를 하려고 하는 것은, 다름이 아니라 미치나가의 훌륭함을 출가한 사람이나 세상에 사는 남녀 모두에게 이야기하고자 생각해서…
> 昔さかしき帝の御政の折は、「国のうちに年老いたる翁・嫗やある」と召し尋ねて、いにしへの掟の有様を問はせたまひてこそ、奏することを聞こし召しあはせて、世の政は行はせたまひけれ。されば、老いたるは、いとかしこきものにはべり。
> …(중략)…
> 「まめやかに世次が申さむと思ふことは、ことごとかは。ただ今の入道殿下の御有様の、世にすぐれておはしますことを、道俗男女の御前にて申さむと思ふが…  (『大鏡』 天の卷, pp.20~21)

노인, 즉 오키나翁는 그냥 나이를 먹었다는 의미가 아니라 노인이기 때문에 가질 수 있는 우월함을 내포하고 있다. 따라서 나리히라가 노인으로 등장하면서 축사를 하는 것은 우연한 일이 아니라 당시로서는 정형화된 것으로 사료된다.

## 세상과 타협하는 노인

특별한 행사에서 축사를 읊는 것만이 아니다. 후지와라 씨의 영광과 은혜, 그리고 주군에 대한 충성 같은 것을 읊은 노래도 있다. 98단에서는

옛날 태정대신이라는 분이 계셨다. 가까이에서 섬기는 남자가 음력 9월 즈음에 조화 매화가지에 꿩을 곁들여 바치면서,
> '내 의지하는 주인을 생각해서 꺾은 가지는 시절도 모르고 이처럼 꽃을 피웠네'

라고 지어 바쳤더니 대신께서는 아주 흥겨워하시면서, 노래를 가져온 이에게 상을 내렸다.

むかし、おほきおほいまうちぎみと聞ゆる、おはしけり。仕うまつる男、九月ばかりに、梅の造り枝に雉をつけて奉るとて、
> わが頼む君がためにと折る花はときしもわかぬものにぞありける

とよみて奉りたりければ、いとかしこくをかしがりたまひて、使に禄たまへりけり。 (98단, p.199)

태정대신[8]이란 관직 중 최고의 자리인데, '가까이에서 섬기는 남자'

라는 표현으로 보아 남자는 높은 관직의 사람을 모시는 인물이다. '조화라서 계절과 상관없이 늘 피어있는 이 매화처럼 내가 의지하는 나의 주군의 은덕 역시 항상 변함이 없다'는 의미를 내포하는 미사여구이다. 여기서 세상과 타협하고 후지와라 씨와도 타협해서 살아가는 나리히라상像을 찾아볼 수 있다. 젊은 날 도읍은 살 곳이 못 된다면서 동쪽 지방으로 살 곳을 찾아 떠나는, 황후가 될 여자를 보쌈하는, 신을 모시는 이세사이구를 사랑하는 반항아적·반사회적 요소는 더 이상 보이지 않는다.

101단에서도 이와 비슷한 노래를 볼 수 있다. 나리히라의 형 아리와라 유키히라在原行平의 집에서 연회가 열리고, 꽃병에 꽃을 꽂았다. 꽃 중에는 등꽃藤(후지)도 있었다. 연회가 끝날 무렵 찾아온 나리히라가 노래를 짓는데,

> '피는 꽃 아래 숨고자 하는 이들 많이 있기에 이전보다 더한 등꽃의 그늘이여'
> "왜 이렇게 읊었느냐"고 사람들이 묻자, 남자는 "태정대신의 영화가 한창이기에 후지와라 씨가 더욱 번성할 것을 염두에 두고 이렇게 읊었소"라고 대답했다.
> 咲く花の下にかくるる人を多みありしにまさる藤のかげかも
> 「などかくしもよむ」といひければ、「おほきおとどの栄花のさかりにみまそがりて、藤氏のことに栄ゆるを思ひてよめる」となむいひける。
> (101단, p.202)

표면상 등꽃을 찬미하는 것으로, 등꽃은 바로 후지와라 씨를 뜻한다. 여기서 '후지와라의 번영을 비꼬는 마음을 표현한 것'이라고 주장하는

등꽃 앞에서 후지와라 번영을 노래하는 노인
册子本伊勢物語(個人所藏)

이도 있다.[9] 필자 역시 나리히라가 순수한 마음으로 후지와라 씨를 찬미했다고는 생각하지 않는다. 그런데 여기서 주목해야 하는 점은 나리히라의 마음이 아니라 표면상 후지와라 씨의 영광과 은덕을 내세우면서 후지와라 씨와 타협하는 나리히라의 모습을 읽을 수 있다는 점이다.

한편 79단에서는

옛날, 아리와라 씨 문중에 황자가 태어나셨다. 이를 축하하여 사람들이 노래를 지었다. 황자의 할아버지 되는 노인이 읊은 노래
'우리 문중에 크나큰 그늘을 만들 나무를 심으니, 여름이고 겨울이고 그 밑에 들어가지 않는 이가 있을까'
むかし、氏のなかに親王生れたまへりけり。御産屋に、人人歌よみけり。御祖父がたなりけるおきなのよめる。

わが門に千ひろあるかげを植ゑつれば夏冬たれかかくれざるべき

(79단, pp.181~182)

　나리히라의 형인 유키히라行平의 딸이 세이와 천황의 후궁이 되어 제8 황자 사다카즈 친왕貞数親王을 출산하자[10] 노인이 이를 축하하는 노래를 읊는다. 875년 나리히라가 50세 때의 일이니 그가 관료로 순조로운 길을 걷고 있을 당시의 일이다. 세이와 천황에게는 30명에 가까운 후궁이 있었고 사다카즈 친왕의 어머니는 신분이 높지 않았다. 또한 워낙 늦게 태어난 황자라서 장래 황태자가 될 가능은 없었다. 그래도 아리와라 집안으로서는 큰 기쁨이었다. 이제 아리와라 일족은 헤이제이 천황의 자손으로 중앙에서 소외된 존재가 아니라 조금씩 세상 밖으로 나가 그리고 드디어 가문의 재기까지도 꿈꿀 수 있는 희망을 갖는다.

# 02
# 젊은 날의 회상

　『이세 모노가타리』는 '옛날에 남자…(むかし、男…)'로 시작되는 이야기들을 모은 것이다. 즉 『이세 모노가타리』는 훗날 옛일을 기억하는 구성을 갖고 있다. 그래서 『이세 모노가타리』 전체가 옛일을 기억하는 것이라 해도 되는데, 이 글에서는 남자가 '노인'이 된 입장에서 유독 지난날을 기억하는 이야기들을 찾아, 노인에게 있어서 지난날 즉 젊은 시절이 어떻게 기억되고 있는지 보고자 한다.

　먼저 '옛날 사람은 이렇게도 정열적이고 우아한 풍류를 알았다(昔人は、かくいちはやきみやびをなむしける)'는 구절로 유명한 초단을 보겠다. 이야기꾼은 지문草子地에 '옛날 사람은 이러했는데 지금의 사람은 그렇지 못하다'는 글을 남기고, 대치되는 상황을 구성하고 있다. 여기서 '지금의 사람'이란 바로 노인을 뜻한다. 젊은 날의 나리히라와 노인이 된 지금의 나리히라가 대치를 이룬다.

갓 성인이 된 남자가 옛 도읍지로 사냥을 갔다가 그 지역의 아름다운 자매를 보고, 입고 있던 옷소매를 찢어서 와카를 적어 보냈다는 것이 초단의 내용이다. 그 어떤 상황도 고려하지 않고 흔들리는 마음을 즉흥적으로 와카로 표현했다는 순수함에 초점이 맞추어진다. 세속적 질서에 얽매이지 않고, 우연히 만난 시골 자매를 보고 동요해서 입고 있던 소매를 찢어 와카를 적어 보내는 것은 헤이안 시대 일반 귀족의 출세 지향적 모습과는 다르다. 후지와라의 섭정 정치 속에서 결혼마저 자신의 출세와 연결시켰던 당시의 귀족과는 다른 가치관을 가지고, 마음이 움직이는 대로 자유로운 행동을 감행하고 있다.

과연 『삼대실록』에서 방종하다고 기록한 나리히라만이 가능한 일이다. 이것을 정열적인 궁정풍의 우아한 풍류 '미야비'라고 표현했고, 이것은 젊은 날의 나리히라이기 때문에 가능하다는 뜻을 내포하고 있다. 지금의 노인은 이런 정열적이고 우아한 풍류를 감행하지 못한다는 것을 뜻한다.

옛날 사람으로 표현되는 젊은 날의 나리히라는 세월이 흘러 지금은 노인이다. 같은 인물이지만 지금의 노인은 젊은 날의 그 풍류를 기억할 뿐 더 이상 그것이 가능한 인물이 아니다.

'옛날의 젊은이'와 '오늘날의 노인'을 노골적으로 표현한 이야기가 하나 더 있다. 하녀를 사랑하게 된 한 남자의 이야기를 담은 40단이 그렇다. 신분이 낮다는 이유로 남자의 부모가 여자를 쫓아버린다. 그러자,

> '여자가 스스로 나가 버린 것이라면 이토록 이별을 괴로워하지는 않겠다. 내 부모가 쫓았기에, 그 안타까운 사랑을 할 때보다 오늘 더욱 더 슬프다'

이렇게 읊고 남자는 쓰러지고 말았다. 부모는 당황했다. 아들을 생각해서 여자와 헤어지게 한 것인데, 설마 이런 일이 생길 것이라고는 상상도 못했다. 부모는 어찌해야 좋을지 몰라 당황하다가 기도했다. 남자는 그날 밤에 기절해서 그 다음날 아침에 겨우 숨이 돌아왔다. 옛날의 젊은 사람은 이와 같이 한결같은 사랑의 가슴앓이를 했다. 오늘날의 노인은 어찌 이런 사랑이 가능할까.

　いでていなばたれか別れのかたからむありしにまさる今日は悲しもとよみて絶え入りにけり。親あわてにけり。なほ思ひてこそいひしか、いとかくしもあらじと思ふに、真実に絶え入りにければ、まどひて願立てけり。今日のいりあひばかりに絶え入りて、またの日の戌の時ばかりになむ、からうじていきいでたりける。むかしの若人はさるすける物思ひをなむしける。今のおきな、まさにしなむや。

(40단, pp.148~149)

쫓겨난 여자 때문에 실신해서 다음날 겨우 깨어나는 젊은이에 대해서 '옛날의 젊은 사람은 이와 같이 한결같은 사랑의 가슴앓이를 했다. 오늘날의 노인은 어찌 이런 사랑이 가능할까'라는 설명을 더하고 있다. 옛날의 젊은이는 목숨을 건 한결같은 정열적 사랑을 했는데, 지금의 노인은 이런 정열적 사랑이 불가능하다는 대치를 보이고 있다. 여기서 옛날의 젊은이란 초단에서 '옛날 사람'이라고 표현한 젊은 날의 나리히라이고 바로 지금의 노인이다. 옛날의 젊은이만이 정열적이고 우아한 풍류, 한결같은 사랑의 가슴앓이를 할 수 있는 것이다. 지금의 노인에게는 과거의 회상에 지나지 않는 일이다.

앞에서도 지적한 바와 같이 노인으로 묘사되는 남자는 대개 관료로 등장한다. 방종하고 자유로운 모습이 아니라 안정되고 평탄한 길을 걷는 모습으로 등장한다. 다시 76단의 '근위로 근무하는 노인'의 이야기를 보자. 니조 황후로부터 녹을 받으면서 '오하라의 오시오산의 신도 오늘만큼은 신대의 천손수호의 일을 생각해내겠지요'라는 노래를 지어 바친다. 노래는 표면상 후지와라 가문에 대한 축사이지만 사실은 '지금은 늙어서 노인이 되었지만 젊은 날 사랑했던 기억을 당신도 기억하시나요'라는 뜻을 담고 있다.

옛날의 젊은이가 이루지 못한 사랑을 지금의 노인은 조용히 기억할 뿐이다. 세월이 흘러 지금은 그 시절의 젊은이가 아니다. 그 시절의 정열과 순수함은 이제 세월 속에 묻혀버리고 지금은 피할 수 없는 죽음을 의식하는 노인일 뿐이다.

옛날의 젊은이와 지금의 노인은 몸도 마음도 시간도 다른 세계에 존재한다.

# 03
# 나리히라의 노경과 우수

## 보잘 것 없는 노인

노년에 접어든 남자는 젊은 날의 자유분방한 삶과는 달리 관료로서 평온한 길을 걷는다. 젊은 날 그가 보여준 실연에 대한 아픔도 살 곳을 찾아 떠나야 하는 방황도 없다. 그렇다고 이 시간들이 마냥 긍정적이고 순탄하다고만 할 수 없다. 인생에 있어서 '늙음'이란 그 자체만으로도 우울하고 초라한 모습을 연상케 한다.

81단, 좌대신 집의 잔치에서 저택을 찬미하는 노래를 읊는 노인을 '가타이 오키나かたゐをきな(佳體翁, 歌代翁, 乞食翁)'라고 표현하는데, '가타이 오키나'에 대한 해석은 다양하다.[11] 필자는 옛 주석서를 참고해서 어리석고 보기 흉한 노인, 이른바 '보잘 것 없는 노인'이라고 해석하겠다.

> 거기에 있던 볼품없는 거지노인이 마루바닥 밑을 기어와서, 사람들
> 이 노래하기를 기다렸다가 읊었다.
> '(일본 육십여개의 지방 중에 가장 아름답다는) 시오가미에 언제
> 온 것인가, 아침에 나선 바다 낚시배가 이리로 오면 좋겠다'
> そこにありけるかたゐおきな、板敷のしたにはひ歩きて、人にみな
> よませはててよめる。
> '塩竈にいつか来にけむ朝なぎに釣する船はここによらなむ

(81단, p.183)

앞에서 등장한 '관료로서의 노인'과는 다른 이미지를 가진다. 이에
와타나베 야스히로渡辺泰宏는 '정체를 모르는 남다른 재능과 동시에 미
천함을 가지는 마레비토 신을 연상한다'고 했다.[12] '마레비토客'란 찾아
오는 사람이라는 뜻인데, 오리구치 시노부折口信夫가 지적한 용어이
다.[13] 여기서 관심이 가는 대목은 '신'이라는 점이다. 스즈키 히데오鈴木
日出男는 모노가타리의 인물 유형으로 노인을 이야기하면서 '신들의 힘
이나 어떤 영적인 능력이 인간의 늙은 모습으로 드러나 일상적인 힘을
넘어선 어떤 신성神性이나 영성靈性을 설정한다'고 설명했다.[14] 위에서
보아온 바와 같이 축사를 담당하는 남자는 항상 '노인'이었다. 굳이 말
하지 않아도 특별한 힘을 내재하고 있음을 암시하기 위한 것인지도
모른다.

## 세월의 무상함을 노래하는 노인

　노인이 어떤 특별한 힘을 내재하고 있다고 해도, 필자는 '늙음' 혹은 '노인'이 가지는 네거티브적 이미지에 초점을 두고 논지를 전개하고자 한다. '늙음'은 많은 우수를 가지기 때문이다. 앞에서도 지적한 바와 같이, 나리히라는 어머니의 죽음 이후 다른 삶을 시작한다. 이 글에서 살피고자 하는 '노인'으로서의 남자는 이 시점에서 비롯된다. 84단은 모자 간의 애정을 담고 있는데, 세월의 아쉬움을 동시에 담고 있다. 그리고 죽음이라는 피할 수 없는 이별을 의식해야만 하는 시간이 되었음을 암시한다. 궁중에서 일하는 나리히라에게 나가오카쿄長岡京[15]에 계시는 어머니 이토 내친왕[16]이 먼저 전갈을 보낸다.

> '나이가 들면 피할 수 없는 이별이 있다고 하니 네가 더욱 보고 싶어지는구나'
> 그 아들 너무 슬퍼서 흐느끼면서 읊는 노래
> '이 세상에서 피할 수 없는 이별 없었으면, 천년 살기를 바라는 자식을 위해서라도'
> 老いぬればさらぬ別れのありといへばいよいよ見まくほしき君かな
> かの子、いたううち泣きてよめる。
> 世の中にさらぬ別れのなくもがな千代もといのる人の子のため
> (84단, p.188)

　세월의 무상함에 대한 아쉬움은 누구도 피할 수 없는 일이다. 84단의 노래는 어머니와의 피할 수 없는 이별, 즉 어머니의 죽음을 생각하며 읊은 노래이다. 이제는 나 자신이 늙어간다는 사실에도 우수를 느 낀다.

> 옛날에 그리 젊지 않은 이런저런 친구들이 모여 달을 보고 있다가 그 중 한 사람이
>> '남들처럼 달을 칭송하지 않으리, 이것이 반복되면 사람들은 늙어 가는 걸'
> むかし、いと若きにはあらぬ、これかれ友だちども集りて、月を見 て、それがなかにひとり、
>> おほかたは月をもめでじこれぞこのつもれば人の老いとなるもの
>> (88단, p.193)

흐르는 세월에 대한 아쉬움 때문에 달을 보고도 아름답다고 말할 수 없는 심정을 읊고 있다. 주인공 남자는 이제 누구도 피할 수 없는 죽음을 의식하면서 늙어가는 나이가 되었다. 늙음, 그리고 죽음이란 누구에게나 쉽게 받아들일 수 있는 일이 아니다.

## 고독해진 노인

> 옛날 닌나 천황이 세리카와에 행차하셨을 때, 이제는 그런 일이 어울 릴 것 같지 않지만 그래도 이전에 했던 일이기에, 천황은 사냥매를 돌보는 역할을 그 남자에게 맡기셨다. 남자는 입고 있던 스리가리기누 의 소매에 노래를 적었다.

'나이 들었다 탓하지 마십시오. 내가 사냥복을 입는 것도 오늘이 마지막입니다. 사냥터의 학도 오늘이 마지막이라 울고 있는 듯 합니다'

이것을 보시고 천황은 기분이 나빠졌다. 남자는 자신의 나이를 생각하고 읊은 것인데, 젊지 않은 사람은 자신의 일이라 받아들였다는 것이다.

むかし、仁和の帝、芹河に行幸したまひける時、いまはさること、にげなく思ひけれど、もとつきにけることなれば、大鷹の鷹飼にてさぶらはせたまひける。すり狩衣のたもとに書きつけける。

　　おきなさび人なとがめそかりごろも今日ばかりとぞ鶴も鳴くなる
おほやけの御けしきあしかりけり。おのがよはひを思ひけれど、若からぬ人は聞きおひけりとや。

(114단, p.210)

나이가 들어 여생이 얼마 남지 않았다는 사실을 학의 목숨에 비유해서 '나의 목숨도 저 학처럼 머지않아 죽으리라'는 내용의 노래를 읊은 것인데, 이 노래를 들은 천황은 바로 자신의 처지를 노래한 것으로 오해하고 기분이 나빠졌다는 이야기다. 이 내용은『고센슈後撰集』에 있는 것인데, 당시 고코光孝(在位 884~887) 천황은 57세로 적지 않은 나이였다.[17] 그래서 오해한 것 같다. 천황이라고 해도 신분이 높은 사람이라고 해도 늙음이라는 것은 그리고 죽음이라는 것은 벗어날 수 없는 것으로 결코 반가운 것이 아니다. 97단 모토쓰네의 축하연에서 '벚꽃이여 마구 떨어져서 주변을 어지럽혀라. 늙음이 오는 길을 찾지 못하게'라는 와카를 읊은 것도 그 일환이다.

이 노래는 감히 천황의 여생을 운운한 것이 아니라 나리히라 본인의 늙음과 죽음에 대한 우수를 노래한 것이다. 그런데 시가詩歌라는 것은 누구를 꼭 집어서 정확한 어떤 사실을 전달하는 그런 문예가 아니다.

읊는 자가 담은 뜻을 그대로 받아들일 수도 있겠지만 한편으로는 듣고 해석하는 자가 아는 만큼 보이는 만큼 더 많은 의미를 부여해서 받아들이는 것도 사실이다. 거기에 매력이 있다고 해도 과언이 아니다. 따라서 이 노래를 천황이 어떻게 받아들이는가는 천황의 몫이라 생각한다. 그래도 상대는 천황이다. 지존의 천황도 늙음, 죽음 앞에서는 어쩔 수 없는 한 인간에 불과하다.

한편 남자는 매사냥을 나갈 때 착용하는 문신들의 평복인 스리가리 기누摺狩衣[18]에 노래를 적었다. 초단에서도 남자는 입고 있던 평상복의 소매를 찢어서 거기에 즉흥적으로 노래를 적었다. 이 노래는 아름다운 자매에게 보내기 위한 것이었고, 이것은 '열정적 궁정풍의 우아한 풍류(いちはやきみやび)'라는 긍정적 평을 받았다. 이에 반해 114단의 노래는 천황의 오해를 불러일으키는 부정적 이야기의 소재가 되었다. 같은 남자가 같은 행동을 하고 읊은 노래인데, 시간을 달리하면서 상이한 이야기를 전개한 셈이다.

다른 사람도 아닌 천황이 이런 오해를 하고 기분 나빠했다면 나리히라 역시 마음이 편하지는 않았을 것이다. 그래서일까 124단에서는 남자가 한없이 약해지는 모습을 보인다.

> 옛날, 한 남자가 무슨 일을 생각하던 때이었는지 다음과 같은 노래를 읊었다.
> '생각하는 것을 말하지 않겠다. 나와 같은 마음 가진 이 없으니'
> むかし、男、いかなりけることを思ひけるをりにかよめる。
> 思ふこといはでぞただにやみぬべきわれとひとしき人しなければ
>
> (124단, p.215)

이것만으로는 무슨 일이 있었는지 무슨 생각을 하고 이러는지 알 수가 없다. 앞에서 본 114단과 연관을 지어서 천황마저도 하나의 인간에 불과했고, 내 마음을 몰라주고 오해했기 때문인지도 모른다. 남자는 세상에 대해서 마음을 닫아버리고 이제 더 이상 아무 말도 하지 않겠다고 선언한다.

사실 남자는 처음부터 고독한 존재였다. 불운한 황족으로 출생한 그는 권력의 중심에서 벗어난 곳에서 자신을 쓸모없는 사람이라 생각하고, 헤이안쿄가 아닌 다른 곳에서 살 곳을 찾겠다고 나서기까지 한 인물이다. 만년에 수년간 관료로 살아가지만 그의 마음 깊은 곳에는 항상 고독이 존재했다.

그렇다고 남자가 혼자였던 것은 아니다. 남자는 자신을 쓸모없는 사람이라 생각하고 동쪽 지방으로 떠날 때도 혼자가 아니었다. 이전부터 알고 지내던 사람과 동행했다. 그뿐 아니라 동쪽 지방에서도 도읍에 있는 친구들에게 노래를 지어 보냈다.(11단) 출가한 고레타카 친왕惟高親王을 만나기 위해서 눈이 쌓인 암자까지 찾아갔다.(83단) 너무나 귀여워 해주신 어머니도 계셨다.(84단) '평소 친히 마음을 터놓고 이야기하던 친구'라고 소개하는 기노 아리쓰네紀有常(815~877)와 같은 인물도 있었다.(16단)

『이세 모노가타리』의 주인공 남자는 항상 누군가와의 관계 속에서 살았다. 이 관계는 진실 되고 정열적인 것이었다. 그 대상은 여자이기도 하고 친구이기도 하며 모셔야 하는 주군이기도 했다. 사랑·우정·충성…. 그런데 지금은 나와 같은 마음을 가진 이가 없어서 아무 말도 하지 않겠다는 것이다.

필자는 이 이야기가 마지막 125단의 바로 앞에 있는 것이라는 점에

▌ 나리히라를 석가모니에
비유해서 그린 열반도
(英一蝶筆·東京國立博物館 所藏)

주목한다. 『이세 모노가타리』는 이어지는 줄거리를 가지고 구성된 것
이 아니지만, 크게 보아 남자의 일대기라는 점을 지적한 바 있다. 따라
서 124단은 남자의 일대기에서 마지막 한 순간의 시간임을 짐작할 수
있다.

　『삼대실록』에 따르면 나리히라는 880년 5월 28일 56세의 나이에 세
상을 떠나는데[19] 그 전에 어머니는 물론이고 고레타카 친왕도 기노 아
리쓰네도 먼저 세상을 떠난다. 주변 인물들의 죽음은 그를 더욱더 고
독하게 했을 것이다. 어린 시절부터 마음 깊은 곳에 자리한 고독은 이
제 주체할 수 없을 정도가 되었다. 그것을 무마할 힘이 이제는 어디에
도 없다. 늙음 때문이다. 이렇게 조금씩 다가오는 죽음의 그림자는 이

제 자신에게도 피할 수 없는 일이 되었다. 드디어 125단 임종의 노래를 남기고 『이세 모노가타리』는 끝을 맺는다.

> 옛날, 한 남자, 병에 걸려 죽을 것 같은 생각이 들어서
>> '언젠가 가는 길이라고 예전부터 들어왔지만, 어제오늘 될 줄은
>> 생각지도 못했네'
> むかし、男、わづらひて、心地死ぬべくおぼえければ、
>> つひにゆく道とはかねて聞きしかどきのふけふとは思はざりしを
>
> (125단, p.216)

정열적인 풍류를 자랑한 나리히라는 이렇게 삶을 마감한다. 누구도 비켜갈 수 없는 순간을 기록하는 것으로 『이세 모노가타리』는 확실하게 매듭을 짓는다.

❖ ❖ ❖

『이세 모노가타리』는 아리와라 나리히라의 일대기적 성격을 가진다고 했는데, 일대기는 젊고 활기찬 모습만 있는 것이 아니라 늙음도 죽음도 포함한다.

먼저 관직명을 가지고 노인으로 등장하는 나리히라에 초점을 맞추어 보았다. 관료로서의 노인은 항상 축하연에서 축사를 올리는 인물로 등장한다. 더 이상 방황하는 나리히라가 아니라 헤이안조의 질서 속에 자리 잡은 인물로 그려진다. 그에게 후지와라 씨는 이제 두렵고 감당할 수 없는 존재가 아니다. 그들과 함께 어울리고 타협하는 삶을 살아간다. 특별한 행사에서 축사를 읊는 것만이 아니라 후지와라 씨의 영

광과 은혜, 그리고 주군에 대한 충성 같은 노래를 읊기도 한다. 이제 아리와라 일족은 헤이제이 천황의 자손으로 중앙에서 소외된 존재가 아니라 조금씩 세상 밖으로 나가, 그리고 드디어 가문의 재기까지도 꿈꿀 수 있는 존재로 희망을 갖는다.

노년의 나리히라는 젊은 날의 자유분방한 삶과는 달리 관료로서 평온한 길을 걷는다. 젊은 날 그가 보여준 실연에 대한 아픔도 살 곳을 찾아 떠나야 하는 방황도 없다. 그렇다고 이 시간들이 마냥 긍정적이고 순탄하다고만 할 수 없다. 인생에 있어서 '늙음'이란 그 자체만으로도 우울하고 초라한 모습을 연상하기 때문이다. 이제 누구도 피할 수 없는 죽음을 의식하면서 늙어가는 나이가 되었다. 늙음 그리고 죽음은 누구에게나 찾아오는 것이지만 쉽게 받아들일 수 있는 일도 아니다. 어린 시절부터 마음 깊은 곳에 자리한 고독은 이제 주체할 수 없을 정도가 되었다. 그것을 무마할 힘이 이제는 없다. 늙음이란 그런 것이다. 이렇게 조금씩 다가오는 죽음의 그림자는 이제 자신에게도 피할 수 없는 일이 되었다.

노인에게 있어서 지난날, 즉 젊은 시절의 기억은 이상적 지난날의 모습으로 그려진다. '옛날의 젊은이'는, 초단에서 '옛날 사람昔人'이라고 표현한 젊은 날의 바로 그 남자이며 과거 속으로 사라진 인물이다. 그리고 바로 지금의 노인이다. 그러나 옛날의 젊은이만이 정열적이고 우아한 풍류, 한결같은 사랑의 가슴앓이를 할 수 있는 것이다. 지금의 노인에게는 과거의 회상에 지나지 않는 일이다. 옛날 젊은이의 사랑을 지금의 노인은 조용히 기억할 뿐이다. 세월이 흘러 지금은 그 시절의 젊은이가 아니다. 그 시절의 정열과 순수함은 이제 세월 속에 묻혀버리고 지금은 피할 수 없는 죽음을 의식하는 노인일 뿐이다. 옛날의 젊은이와 지금의 노인은 몸도 마음도 시간도 다른 세계에 존재한다.

『이세 모노가타리』에서 노인으로 등장하는 나리히라는 젊은 날의 방황하는 인물이 아니라 후지와라 체제 속에서 관료로서 타협하고 순응하는 인물로 조형되고 있다. 동시에 젊은 날의 자유분방한 인물과는 다른 인물로, 그 시대를 동경할 뿐 더 이상 정열적으로 살아갈 수 없는 그런 인물이다.

젊은 날의 자유분방하고 정열적인 풍류를 영위할 수 있는 그런 인물이 아니라 '반反미야비'의 인물로 조형되고 있다.

■ 주
━━━━━━━━━━━━━━━━━━━━━━━━━━━━━━━━━━━━━━━━━━━━━━━━

1 元慶四年(880)五月二十八日条「業平体貌閑麗。放縦不拘。略無才学。善作倭歌。」
  (藤原時平 等奉勅撰, 『日本三代実録』, 国史大系刊行会, 1929, p.475)

2 業平와 二条后의 옛사랑의 그림자를 드리우고 있다.

3 天児屋命라고도 한다. 天児屋根命에 관한 기록은 『古事記』上つ巻에 있다. 天照大神
  이 석실문 안으로 숨었을 때 석실문 앞에서 祝詞를 읊은 신으로, 天照大御神이 석실문
  을 조금 열었을 때 太玉命와 함께 거울을 들어 밀었다. 天孫降臨 때 迩々芸命를 随伴한
  中臣連의 조상이라 한다. 中臣連의 祖神이므로 中臣鎌足를 조상으로 하는 藤原氏의
  氏神로 모셔지고 있다.(『古事記』, pp.65~117 참조)

4 『伊勢物語』76단, p.178, 주9 참조

5 고선윤, 「伊勢物語의 業平像」(『日本研究』, 한국외대 일본연구소, 2002) 참조

6 福田晃, 「民俗学からみた大鏡」(『大鏡・増鏡』, 鑑賞日本古典文学, 角川書店, 1973)
  p.347

7 加藤静子, 「〈歴史語り〉の発信者と受信者」, 『大鏡』, p.434

8 857(天安元年)년에 太政大臣인 藤原良房로 생각된다.(窪田空穂, 『伊勢物語評釈』, 東
  京堂出版, 1977, p.251)

9 신선향, 「源氏物語의 伊勢物語 受容에 관한 고찰」(『日語日文学』 제12집, 한국일어일
  문학회, 1999. 9) p.251

10 貞観十八年三月十三日条「皇子貞数為親王。年二歳。母更衣参議大宰権師従三位在
   原朝臣行平之女也。」(藤原時平 等奉勅撰, 『日本三代実録』, 国史大系刊行会, 1929,
   p.372)

11 「○基中にあるかたい翁とは、業平いふなり。かたひ翁と云に三の義有。一には業
   平も官の御子なれども今はさがりて同程の人のともをすれば、人、かたひといふ
   義。二には嘉躰翁とかけり。是はようがん人にすぐれたるをもていふ也。三には、
   哥の躰を得たれば、哥躰翁ともいふ也。○いたじきの下にはひありくとは、必板敷
   の下にありくには非ず。…されば業平も、かならず下敷の下にはふに非ず、只身の
   さがる事をいふ也。」(『冷泉家流伊勢物語抄』, p.371)
   「これうるはしきかたいなれども、あさましきすがたをいへり。此義、劣き也。業

平、さしもあさましきすがたにてあるべからず。」(『彰考館文庫本伊勢物語抄』, p.409)
「かたゐは、佳躰の心にや。中将の事を国史に躰貌閑麗なるよし、しるせるゆへなり。いたじきは板敷也。したにはひありくは、御子達におそれをなしたる心なるべし。」(『伊勢物語愚見抄』, p.561)
「かたいおきな、かたくなしき翁と云心也。業平自書の詞なるべし。」(『伊勢物語肖聞抄』, p.632)
(片桐洋一, 『伊勢物語の研究 [資料篇]』, 明治書院, 1991) 재인용

12 渡辺泰宏, 「伊勢物語章段群論」(『国文学』43-2号, 学灯社, 1998.2) p.111

13 「まれびとの最初意義は、神であつたらしい。時を定めて来り臨む神である。大空から、海のあなたから、惑村に限つて、富みと齢と其他若干の幸福とを齎して来るものと、村人たちの信じてゐた神の事なのである。」(折口信夫, 「古代生活の研究」, 『折口信夫全集』, 中央文庫, 1985, p.33)

14 鈴木日出男, 「源典侍と光源氏」(『源氏物語虚構論』, 東京大学出版会, 2003) p.291

15 784년 桓武天皇이 平城京에서 천도한 곳. 794년 平安京 천도까지 약 10년간 중심이었던 곳.

16 「桓武天皇の皇女あまた長岡の京にすみ給ふをいふ。」(『伊勢物語愚見抄』, 84단)
(片桐洋一, 『伊勢物語の研究 [資料篇]』, 明治書院, 1991, p.545上)

17 『後撰集』과 『三代実録』에 光孝天皇의 마지막 매사냥에 在原行平가 마지막으로 동행한 기록이 있다. (阿部俊子, 『伊勢物語(下)』, 講談社学術文庫 p.152) 재인용

18 매사냥을 나갈 때 착용하는 문신들의 평복인데, 넉줄고사리의 줄기와 잎의 색소를 천에 문질러서 나타낸 뒤틀린 것 같은 무늬(しのぶずり)가 있다.

19 貞観二年(860)四月二十五日条 「卒時年五十六」(藤原時平 等奉勅撰, 『日本三代実録』, 国史大系刊行会, 1929, p.476)

헤이안의 사랑과 풍류
이세모노가타리伊勢物語

『이세 모노가타리伊勢物語』는 와카를 중심으로 한 125개 단의 짧은 이야기로 이루어진 헤이안 시대 최초의 '우타 모노가타리歌物語'이다. 각각의 단은 독립된 내용으로 앞뒤 서로 아무런 연관이 없는 것처럼 보이지만, 작품 전체를 보면 아리와라 나리히라在原業平로 생각되는 남자의 생애를 그리고 있다. 성인이 된 남자의 순수한 사랑에서 시작해서 마침내 세상과 작별하는 아쉬움을 담은 내용으로 끝을 맺는 흐름 속에는, 나리히라와는 전혀 관계가 없는 이야기도 있지만 그 골격은 나리히라의 일대기라고 할 수 있다.

　『이세 모노가타리』의 주인공은 반드시 나리히라의 실상을 의미하지 않는다. 어떤 특정한 미의식에 의해 여과된 당시의 이상적 인간상을 말한다. 여기서 '미의식'이란 『이세 모노가타리』의 주제라고도 할 수 있는 '미야비'를 뜻한다. 『이세 모노가타리』의 주인공은 바로 '미야비'를 대변하는 이상적 인간상이라고 할 수 있다.

　나리히라는 헤이안조平安朝의 미의식에 의해 만들어진 이상적 인간상으로, 이른바 '미야비'의 대표적 인물이다. 『이세 모노가타리』 역시 '미야비'를 대표하는 작품이다. 따라서 이 책에서는 『이세 모노가타리』

■ 상층 귀족의 자가용차, 우차
伊勢物語色紙(俵屋宗達筆)

전반에 깔려있는 미의식 '미야비'를 의식하면서, 사랑과 풍류를 중심으
로『이세 모노가타리』를 살펴보았다.

　제1장 풍류로서의 '미야비'에서는, 와카에 나타난 '미야비'를 나열
했다.

　'미야비'란 '세련된 말과 행동을 만들어 내는 마음의 움직임'이나 '정
신적 자유' 등으로 설명할 수 있다. 이 글에서는『이세 모노가타리』의
이야기, 특히 이야기 속의 와카를 통해서『이세 모노가타리』의 미의식
인 '미야비'를 살펴보았다.『이세 모노가타리』의 세계는 세속적 · 일상
적 생활에서는 성립하기 어려운 마음의 흐름을 와카로 절실하게 구하
는 '미야비' 문학'으로 창조되었다'고 할 수 있기 때문이다.

　『이세 모노가타리』에 등장하는 남녀는 그 만남에 있어서 상대의 마
음을 움직일 수 있는 와카를 주고받았고, 나아가 그 와카는 때와 장소
에 적합한 것으로 섬세한 감각을 수반했다. 종이의 색, 같이 보내는
꽃나무와 선물, 그리고 단어 하나하나가 전체적으로 하나의 의미를 가
지고 우아하고 세련된 그리고 재치가 엿보이는 미의식의 세계를 만들

었다. 이 자체가 바로 헤이안의 '미야비'이다.

특히 가덕설화歌德說話라고 할 수 있는 이야기 속에서는 와카의 역할이 두드러진다. 행복한 결말을 이끌어내는 결정적인 역할을 하는 와카는 상대방의 마음을 움직일 수 있는 것이야 했다. 상대방의 마음을 움직이고 공유할 수 있는 와카를 짓는다는 것은 그 자체가 바로 '미야비'이다. 또한 와카의 진의를 읽고 마음을 움직일 수 있는 사람 역시 '미야비'이다.

제2장 이상적 '이로고노미'에서는, 『이세 모노가타리』의 공통된 주제를 주인공 남자의 '이로고노미'에서 찾았다. 『이세 모노가타리』에는 남자의 사랑이야기가 많다. 상당히 많은 여성과 다양한 접촉을 한다. 그런데 그 사랑을 하나의 미적 이념으로 승화시키고 있기 때문에 『이세 모노가타리』의 주인공 나리히라는 헤이안 시대 문학 작품 속에서 '이로고노미'의 으뜸이라고 한다.[2]

'이로고노미'는 한자어 호색好色으로 이해하기 쉬운데 단순한 호색이 아니다. 헤이안조의 하나의 미적 이념으로 간주해야 한다. 그 조건으로는 와카에 능해서 적절한 장소에서 적절한 정감을 실은 와카를 지을 수 있어야 하고, 자신의 몸을 바칠 수 있는 정열이 있어야 한다. 용모도 중요하다. 그리고 악기를 비롯해서 다양한 예능을 알아야 한다.

『이세 모노가타리』에는 '이로고노미'의 용례가 몇 군데 있는데 모두 부정적 의미를 수반한다. 당시 진정한 '이로고노미'의 뜻은 사라지고 호색의 이미지가 짙어졌기 때문이다. 따라서 진정한 '이로고노미'는 '이로고노미'의 용례에서보다는 『이세 모노가타리』의 다양한 이야기 속에서 찾을 수 있다.

이 글에서는 99세 백발 노파와의 사랑에서 이상적 풍류인 '이로고노미'를 찾았다. 현대적 감각으로서는 이해할 수 없지만 헤이안 시대의 미적 이념을 고려할 때 이성에 대한 정열, 나아가서는 그러한 노파에 응해주는 주인공의 풍요로운 마음에서 이상적 풍류인의 모습을 찾을 수 있다. 여기서 강조하고 싶은 것은, 보여지는 사실만으로 상대를 평가하지 않는다는 점이다. 상대의 진심을 읽고 그 마음을 배려할 수 있는 마음이 바로 '이로고노미'라는 사실이다. '이로고노미'는 『이세 모노가타리』가 그리고 있는 또 하나의 풍류라고 할 수 있다.

제3장 니조 황후의 사랑에서는 신분차이에 따른 불가능한 사랑을 고집하는 『이세 모노가타리』의 사랑을 이야기했다.

니조 황후와의 사랑을 그리는 '니조 황후 단'에서, 여자는 후지와라 권력의 한가운데에 존재하는 인물임을 처음부터 밝히면서 등장한다. 이에 반해 남자는 어떤 특정한 사회적 지위와 개인적 특성을 지닌 존재가 아니다. 이룰 수 없는 사랑을 하는 순수하고 정열적인 한 남자의 모습만 보일 뿐이다.

남자는 시종일관 무모하다고 할 정도로 정열적이고 적극적인 마음과 행동을 보인다. 여자를 향한 남자의 마음은 어디에서나 확인할 수 있다. 사랑의 시작에서 파멸에 이르기까지 그 사랑을 고집한다. 그러나 여자의 마음은 좀처럼 잘 드러나지 않는다.

니조 황후 단은 신분차이에 따른 불가능한 사랑을 처음부터 내재하고 있다. 이것이 니조 황후 단을 통해서 볼 수 있는 『이세 모노가타리』의 사랑이다. 이 사랑은 '무카시 오토코'의 정열, 그리고 풍류로 설명 가능하다.

니조 황후 단 전체를 통해서, 남자가 왜 니조 황후를 사랑하게 되었는가에 대한 언급은 없다. 단지 주인공의 절실한 감정과 상황의 변화 속에 느끼는 마음만 그려져 있을 뿐이다. 그러나 어떠한 상황에도 구애받지 않고 자신의 사랑을 계속해서 지키고자 하는 남자의 모습에서 사랑의 동기는 순수하였음을 짐작할 수 있다. 이해관계가 아닌 인간에 대한 정, 즉 상대에 대한 사랑의 감정을 소중히 여기고 그것을 중심으로 자신의 인생을 펼치려고 하는 주인공의 모습을 볼 수 있다. 사회적 제약에 구애받지 않고 상대방을 사랑하는 주인공의 순수한 마음, 이것이『이세 모노가타리』의 사랑이다.

제4장 사이구의 사랑에서는, 황실의 종묘인 이세 신궁에 상주하면서 신을 섬기는 사이구와의 금기된 사랑을 살폈다.

여자는 천황가의 정통과 번영을 위해서 아마테라스오미카미를 모시는 사이구이기 때문에 뭇 남성과의 사랑이 허락되지 않았다. 남자는 천황의 명을 받고 여러 지방에 들러 사냥을 하는 직분이기 때문에 한곳에 머무를 수 없다. 즉 두 사람의 만남은 지속될 수 없다는 전제를 가지고 시작된다.

그런데 야스코 사이구는 니조 황후처럼 수동적이고 소극적이지 않다. 적극적이다. 이세 신궁이라는 특별한 공간 안에서 야스코 사이구는 먼저 남자를 찾아가고, 먼저 노래를 보낸다. 사이구의 밀통은 바로 해임되는 죄 중에서도 가장 큰 죄이다. 그러나 여자는 조금도 주저하지 않는다. 이에 비해 남자는 항시 여자를 기다리는 수동적이고 소극적인 모습을 보인다.

결국 이 사랑은 남자가 떠나는 것으로 끝을 맺는다. 그러나 남자는 끝까지 미련을 버리지 못한다. 이에 반해 여자는 냉정하다. 신의 영역이라고 할 수 있는 이세 신궁에서 사이구에 대한 사랑은 남자가 아무리 정열적이고 우아한 풍류인이라고 해도 가능한 범주가 아니었다. 적극적으로 그 사랑을 받아들이려고 한 사이구 역시 비구니가 되는 것으로 결말을 맺는다.

니조 황후 단과 이세사이구 단은 둘 다 이룰 수 없는 슬픈 사랑이 야기를 담고 있는데, 그 주인공들은 전혀 다른 모습을 보인다. 야스코 사이구는 적극적이고 능동적인 사랑을 하지만 남자는 이세 신궁이라는 밀폐되고 제한된 신의 영역에서 자유롭지 못할 뿐 아니라 기다리기만 하는 인물로 그려진다. 이와 달리 니조 황후 단의 남자는 무모하다고 할 정도로 적극적이다. 반면 여자는 수동적이고 소극적인 인물이었다.

그러나 『이세 모노가타리』의 근간을 이룬다고 할 수 있는 두 사랑이 야기는 전혀 다른 두 인물의 사랑이 아니다. 『이세 모노가타리』의 주인공인 남자 '무카시 오토코'는 모노가타리 안에서 이런 다양한 사랑을 하고 있다.

그 사랑은 처음부터 불가능한 사랑이었고 결국 좌절과 괴로움을 남긴다. 그러나 사랑하는 그 순간만큼은 오직 사랑만을 고집했다. 적극적으로 다가갈 수 없는 기다리기만 하는 사랑이지만 그 마음은 진실되고 순수했다. 이것이 나리히라의 풍류 '미야비'이고 『이세 모노가타리』에서 볼 수 있는 사랑이다.

제5장 주인공의 도읍 인식에서는, 도읍을 버리고 동쪽 지방으로 살곳을 찾아 떠나는 '동쪽 지방으로의 유리東下り'를 중심으로 남자의 도읍에 대한 공간 인식을 쫓았다.

여기서 '도읍'이란 헤이안 시대의 도읍인 교토, 즉 헤이안교平安京를 뜻하는데 이것은 '미야코都'를 말한다. '미야코'는 궁정풍의 우아하고 섬세한 풍류를 뜻하는 '미야비'의 어원이기도 하다. 그러므로 당시 도읍이란 천황이 거주하는 정치의 중심지 역할만 하는 것이 아니라 경제·문화·예술 등 모든 분야에서 중심이 되는 곳이었다. 귀족 중심의 화려한 헤이안 시대를 맞이해서 도읍은 그 어느 때보다 사람들의 가치관을 좌우했다.

『이세 모노가타리』의 남자는 도읍을 떠나겠다는 의지를 밝히고 '동쪽 지방으로의 유리'를 시작한다. 도읍은 헤이안 시대의 중심지로서 화려한 귀족 문화를 꽃피우고 있었지만, 몰락한 비운의 황족인 나리히라를 품어줄 수 있는 그런 공간은 아니었다. 그런데 몸이 도읍에서 멀어지면 멀어질수록 도읍을 그리워하는 마음은 더 커진다. 몸과 마음이 그리는 복선은 나리히라의 실상만큼이나 복잡하다. 도읍에서 좌절하고 도읍을 떠났지만 결국 도읍을 그리워하고, 도읍에서 벗어난 어디에서도 존재할 수 없다는 사실을 재확인한다. 자신의 의식 세계는 도읍을 벗어나서는 아무것도 할 수 없다.

『이세 모노가타리』의 주인공 나리히라는 '미야비'를 대변하는 이상적 인간상을 그리고 있는데, '미야비'의 어원이 도읍을 뜻하는 '미야코'라는 사실을 생각하면 충분히 이해된다. 궁정풍의 우아하고 세련된 풍류 '미야비'는 도읍을 전제한 미의식이므로 도읍에 대한 공간 인식이 없다면 생각할 수 없다.

제6장 도읍 사람의 시골 인식에서는, 그 무대가 도읍이 아닌 시골 즉 '히나鄙'에서 펼쳐지는 이야기를 살펴보는 것으로 도읍 사람들의 시골에 대한 공간 인식을 규명했다. '히나'는 미야코와 대비되는 용어이다. 『이세 모노가타리』가 그리고 있는 시골, 헤이안 시대 귀족들이 생각하는 시골에 대한 가치관을 여기서 찾을 수 있다.

헤이안 시대 도읍 사람이라면 당연히 갖추어야 할 필수 조건의 하나가 와카인데, 시골 사람은 그렇지 못하다는 선입견을 가지고 그들의 노래를 평가한다. 시골에서 만난 여자와는 이별이 전제된다. 짧은 기간이기는 하지만 한때 도읍지였던 나가오카쿄長岡京마저 황폐한 곳이라고 수식한다.

그런데 시골은 그 자체가 하나의 가치를 가지고 존재하는 그런 공간이 아니다. 도읍을 전제하고 그와 대비되는 차별적 개념으로 존재한다. 헤이안 시대 귀족의 주된 무대가 도읍이므로 도읍 사람에게 시골은 차별된 공간으로 인식될 뿐이다. 그들이 추구하는 이상적 삶이 궁정풍의 우아하고 세련된 풍류 '미야비'였음을 감안할 때 충분히 이해된다.

도읍이 아닌 미지의 세계는 새로운 가치관을 창출할 수 있는 그런 공간이 아니다. 도읍을 기억하는 실마리로서 의미를 가지며 '미야코'를 부각하기 위한 공간에 불과하다. 『이세 모노가타리』의 주인공 나리히라는 '미야비'를 실현하는 헤이안 시대의 이상형으로 군림한다. '미야비'의 삶을 살고자 하는 남자에게 시골은 '미야비'의 대비어인 '히나비'의 어원 '히나'에 불과하다. 즉 '반反미야비'라고 할 수 있다.

제7장 고레타카 친왕의 풍류에서는, 『이세 모노가타리』의 주인공 나리히라가 변함없는 마음으로 섬기는 고레타카 친왕의 삶을 조명하고 풍류인으로서의 면모를 살폈다.

동생에게 황태자의 자리를 빼앗긴 비운의 황자 고레타카 친왕은 세상을 멀리하고 술과 노래를 즐기는 이른바 풍류인으로서의 면모만 보인다. 속세에서의 권력을 잃고 사회적으로 안정된 기반이 없는 가운데 그가 보여주는 모습은 현실에서 벗어나 풍류를 즐기는 것이었다. 이렇게 풍류를 즐기던 친왕은 결국 출가하게 되는데, 당시 말세가 다가왔다고 생각하는 헤이안 귀족들에게는 자연스러운 선택이었다.

출가 후 눈이 오면 꼼짝할 수 없는 암자에서의 고레타카 친왕은 황량하게 그려지지만, 그를 마음으로부터 섬기고자 하는 사람들의 등장으로 또 하나의 풍류의 세계가 펼쳐진다. 술과 와카 그리고 속세에서 멀리 떨어진 암자에서만 느낄 수 있는 자유로움까지 더해지면서 고레타카 친왕의 풍류는 극치를 이룬다. 제한된 공간, 제한된 시간이기 때문에 오히려 더 큰 자유로움을 만끽할 수 있었고, 그 아쉬움은 와카 속에서 커다란 의미를 가지고 애틋하게 표현된다.

이렇게 고레타카 친왕의 풍류는 출가 전의 일만이 아니다. 출가한 다음의 암자 생활에서도 다를 바가 없다. 또한 고레타카 친왕의 풍류는 고레타카 친왕 한사람에 의한 것이 아니다. 마음으로부터 따르고 섬기는 인물들을 통해서 명백하게 표현되고 있다.

제8장 만년의 나리히라에서는, 『이세 모노가타리』의 후반을 장식하는 노인翁 나리히라의 늙음과 죽음에 초점을 맞추어서 그 인물이 어떻게 조형되고 있는가를 살폈다.

혈기왕성한 젊은 날의 나리히라는 '자유분방해서 규칙이나 세상의 관례에 여의치 않고 행동한다'는 평을 받았다. 그러나 어머니가 돌아가시고 고레타카 친왕이 출가한 후 나리히라는 아버지가 걸어왔던 길, 즉 후지와라 씨에 대한 접근과 타협의 길을 걷는다. 왕손이지만 조부의 실각, 부친의 좌천 등 아픈 배경을 가지고 현실세계에서 소외된 젊은 시절을 보내야 했던 나리히라는 이 시점을 계기로 세상을 떠나는 날까지 줄곧 관인으로서의 길을 걷는다.

관인이 된 노인은 축사를 바치는 인물로 더 이상 방황하는 나리히라가 아니다. 헤이안조의 질서 속에 자리 잡은 인물로 그려진다. 그렇다고 이 시간들이 마냥 긍정적이고 순탄하다고만 할 수 없다. 인생에 있어서 '늙음'이란 그 자체만으로도 우울하고 초라한 모습을 연상하기 때문이다.

그러므로 노인에게 있어서 지난날, 즉 젊은 시절의 이야기는 이상적 세계로 기억된다. 그 시절의 정열과 순수함은 이제 세월 속에 묻혀버리고 지금은 피할 수 없는 죽음을 의식하는 노인일 뿐이다. 옛날의 젊은이와 지금의 노인은 몸도 마음도 시간도 다른 세계에 존재한다.

『이세 모노가타리』에서 노인으로 등장하는 나리히라는 젊은 날의 방황하는 인물이 아니다. 후지와라 체제 속에서 관료로서 타협하고 순응하는 인물로 조형되고 있다. 동시에 젊은 날의 자유분방한 인물과는 다른 인물로, 그 시대를 동경할 뿐 더 이상 정열적으로 살아갈 수 없는 그런 인물이다. 젊은 날의 자유분방하고 정열적인 풍류를 영위할 수 있는 그런 인물이 아니다. 반反'미야비'적 인물로 조형되고 있다.

이상 8개의 장을 통해서 『이세 모노가타리』를 고찰해 보았다. 『이세 모노가타리』의 주인공 남자 나리히라는 헤이안조의 미의식에 의해 만들어진 이상적 인간상으로, 이른바 '미야비'의 대표적 인물이다. 실제의 나리히라와 모노가타리 허상의 나리히라는 『이세 모노가타리』 속에서 궁정풍의 우아하고 세련된 풍류를 실현하는 이상적인 풍류인으로 하나의 '나리히라상像'을 만들고 있다. 『이세 모노가타리』 역시 '미야비'를 대표하는 작품이다. 따라서 『이세 모노가타리』를 연구함에 있어서 그 전반에 깔려있는 풍류 '미야비'를 의식하지 않을 수 없다.

헤이안 시대에는 후궁을 중심으로 하는 화려한 궁중 문화가 전성기를 이루는데, 이것은 귀족사회 전체에 교양과 세련미를 요구했다. 따라서 헤이안 귀족의 생활은 그 자체가 궁정풍의 우아하고 세련된 풍류 '미야비'의 실현이었다. 당시 '미야비'의 용례가 많지 않은 이유도 헤이안의 귀족은 생활 속에서 이미 '미야비'를 구현하고 있어서 더 이상 그 단어를 표면화할 필요가 없었기 때문이다. 즉 헤이안조 귀족들의 생활은 그 자체가 궁정풍의 우아하고 세련된 풍류 '미야비'이었다.

이 책에서는 먼저 『이세 모노가타리』의 미의식 이른바 궁정풍의 우아하고 세련된 풍류 '미야비'와 이상적인 풍류인 '이로고노미'를 살피고, 이어서 『이세 모노가타리』 이야기 속에서의 사랑과 풍류를 규명해 보았다.

『이세 모노가타리』에는 많은 사랑이야기가 있는데 '무카시 오토코' 나리히라의 이루지 못한 두 사랑이야기, 니조 황후와 사이구 야스코 내친왕과의 사랑은 굵직한 줄거리를 만들면서 『이세 모노가타리』의 근간을 이루고 있다. 그 사랑은 처음부터 불가능한 사랑이었고, 결국 좌절과 괴로움을 남겼다. 그러나 사랑하는 그 순간만큼은 사회적 제약에 구애받지 않고, 진실되고 순수한 마음으로 사랑만을 고집했다. 이것이 『이세 모노가타리』에서 볼 수 있는 사랑이고 나리히라의 풍류이다.

한편 『이세 모노가타리』의 무대는 다양하다. 도읍과 시골都鄙이라는 대비되는 공간 설정은 『이세 모노가타리』를 이해함에 있어서 중요한 테마이다. '도읍'은 헤이안 시대의 도읍인 헤이안쿄를 뜻하는데, 이것은 '미야코'를 말한다. '미야코'는 '미야비'의 어원이다. 경제·문화·예술 등 모든 분야에서 중심이 되는 곳이고, 귀족중심의 화려한 헤이안 시대를 맞이해서 사람들의 가치관을 좌우하는 곳이었다. 이른바 궁정풍의 우아하고 세련된 풍류 '미야비'는 도읍을 전제한 미의식이므로 도읍에 대한 공간 인식 없이는 생각할 수 없다. 이에 반해 시골은 '미야비'의 대비어인 '히나비'의 어원 '히나'로, '반反미야비'라 할 수 있다.

나리히라가 변함없는 마음으로 따르는 고레타카 친왕은, 출가 후에도 술과 와카 그리고 속세에서 멀리 떨어진 암자에서만 느낄 수 있는 자유로움까지 더해서 풍류의 극치를 이룬다. 속세에서 벗어나 자유롭게 세월을 보내며 아름다운 것을 추구하는 소위 '정신적 자유'를 여기서 찾을 수 있는데, 이것이 바로 '미야비'이고 『이세 모노가타리』가 그리고 있는 풍류의 세계이다. 반면 노인翁으로 등장하는 나리히라는 젊은 날의 방황하는 인물이 아니다. 후지와라 체제 속에서 관료로서 타협하고 순응하는 인물로 조형되지만, 젊은 날의 자유분방하고 정열적인 풍류를 영위할 수 있는 그런 인물이 아니다. 따라서 '반反미야비'적 인물로 조형되고 있다고 할 수 있다.

 『이세 모노가타리』 속에서 주인공인 남자 나리히라는 헤이안 시대의 이상적 풍류인으로 일관하고 있다. 이 책에서는 무엇이 그를 궁정풍의 우아하고 세련된 풍류를 아는 이상적 풍류인으로 군림하게 하는가에 대해서 『이세 모노가타리』의 이야기를 통해서 고찰했다. 마지막으로 『이세 모노가타리』의 주인공은 모노가타리의 주인공으로서 당시의 미의식을 투영한 인물에 불과하다고 하지만 실존인물 아리와라 나리히라의 모습을 무시할 수 없다. 더 나아가 그가 살았던 헤이안 시대의 역사적 사건, 그를 둘러싼 인물들 등 크고 작은 요소들을 결코 무시할 수 없다. 따라서 이야기를 전개함에 있어서 이런 배후는 항상 언급되었다. 『이세 모노가타리』의 나리히라를 둘러싼 요소들은 『이세 모노가타리』의 주인공 나리히라의 사랑과 풍류를 연구함에 있어서 항상 뼈대 역할을 했다.

 이상 『이세 모노가타리』 전반에 깔려있는 미의식 '미야비'를 의식하면서 등장인물의 사랑과 풍류를 중심으로 『이세 모노가타리』를 고찰했다. 『이세 모노가타리』의 주인공 '무카시 오토코'는 헤이안 귀족의 미의식을 대변하는 사랑과 풍류의 주인공이었다. 따라서 이 책을 통해서 헤이안 시대 문학 세계의 미의식에 접근할 수 있었다고 생각한다.

▋ 제비붓꽃 그림의 병풍
　　燕子花図屛風(尾形光琳筆・根律美術館　所藏)

■ 주————————————————————————————

1 秋山虔,『王朝文学空間』, 東京大学出版会, 1987, p.67

2 김종덕,「『源氏物語』의 日本的 美学」(『외국문학』 제18호, 열음사, 1989.3) p.28

# 참고문헌

## 텍스트

福井貞助 校注・訳, 『竹取物語 伊勢物語 大和物語 平中物語』(新編日本古典文学全集 12, 小学館, 2004)

## 주석서

阿部秋生 他 校注・訳, 『源氏物語①~⑥』(新編日本古典文学全集 20~25, 小学館, 2004)

阿部俊子 全訳注, 『伊勢物語(上)』, 講談社学術文庫, 1977

有吉保 他 校注・訳, 『歌論集』(新編日本古典文学全集 87, 小学館, 2002)

阪倉篤義 他, 『竹取物語 伊勢物語 大和物語』(日本古典文学大系 9, 岩波書店, 1972)

市古貞次 校注・訳, 『平家物語』(新編日本古典文学全集 46, 小学館, 2004)

大津有一・築島裕 校注, 『伊勢物語』(日本古典文学大系, 岩波書店, 1957)

小沢正夫 他 校注・訳, 『古今和歌集』(新編日本古典文学全集 11, 小学館, 2004)

片桐洋一, 『伊勢物語 大和物語』(鑑賞日本古典文学 5, 角川書店, 1981)

菊地靖彦 他 校注・訳, 『土佐日記 蜻蛉日記』(新編日本古典文学全集 13, 小学館, 1995)

窪田空穂, 『伊勢物語評釈』, 東京堂出版, 1977

小島憲之 校注・訳, 『万葉集①~④』(新編日本古典文学全集 6~9, 小学館)

関根賢司, 『伊勢物語』(日本古典文学 2, 有精堂, 1983)

橘建二 他 校注・訳, 『大鏡』(新編日本古典文学全集 34, 小学館, 1998)

田辺聖子, 『竹取物語と伊勢物語』(現代語訳 日本の古典 4, 学研版)

玉上琢弥, 『源氏物語評釈』, 角川書店, 1989

中野幸一 校注・訳, 『うつほ物語①~③』(新編日本古典文学 14~16, 小学館, 1999)

中村真一郎 他, 『竹取物語・伊勢物語・落窪物語』(日本古典文庫 7, 河出書房新社, 1988)

藤岡忠美 他 校注・訳, 『和泉式部日記 紫式部日記 更級日記 讃岐典侍日記』(新編日本古典文学全集 26, 小学館, 2003)

藤岡忠美 校注, 『袋草紙』, 岩波日本古典文学大系 29, 1995

松尾聡 他 校注・訳, 『枕草子』(新編日本古典文学全集 18, 小学館, 1997)

峰村文人 校注・訳, 『新古今和歌集』(新編日本古典文学全集 43, 小学館, 2003)

山口佳紀 他 校注・訳, 『古事記』(新編日本古典文学全集 1, 小学館, 2003)

渡辺実, 『伊勢物語』(新潮日本古典集成, 新潮社, 1990)

## 단행본

秋山虔,『源氏物語の世界』, 東京大学出判会, 1964

_____,『王朝文学空間』, 東京大学出版会, 1987

石田穣二,『伊勢物語』, 角川書店, 1979

市原愿,『一冊の講座伊勢物語』, 有精堂, 1983

今井源衛,『在原業平』(王朝の歌人 3, 集英社, 1985)

市古貞次,『日本文学全史』, 学灯社, 1984.

江口孝夫,『わかる図説古典入門』, 三省堂

大岡信,『あなたに語る日本文学史』, 新書館, 1998

大曾根章介 他,『物語文学』(研究資料 日本古典文学 第1巻, 明治書院, 1983)

岡野浩二,『王朝の権力と表象』, 森和社, 1998

奥村恒哉,『古今和歌集』(新潮日本古典集成, 新潮社, 1980)

折口信夫,『小説戯曲文学における物語要素』(折口信夫全集 第七巻, 中央公論社, 1966)

片桐洋一,『伊勢物語古注釈大成』, 笠間書院, 2004

_____,『伊勢物語の新研究』, 明治書院, 1990

_____,『伊勢物語 大和物語』(鑑賞日本古典文学 5, 角川書店, 1981)

_____,『伊勢物語研究 [研究篇]』, 明治書店, 1991

_____,『伊勢物語の研究 [資料篇]』, 明治書院, 1991

河合隼雄,『紫のマンダラ』, 小学館, 2000

国史大系編纂会,『日本三代実録』, 吉川弘文館, 1983.

佐藤謙三,『平安時代文学の研究』, 角川書店, 1982

清水文雄,『源氏物語その文芸的形成』, 大学堂書店, 1978

菅原道真,『管家文草』11巻, 1661,

鈴木日出男,『源氏物語虚構論』, 東京大学出版会, 2003

鈴木知太郎,『王朝の歌人』(和歌文学講座 6, 桜楓社, 1984)

関根賢司,『伊勢物語』(日本古典文学 2, 有精堂, 1983)

高群逸枝,『日本婚姻史』, 至文堂, 1963

武光誠,『地名から歴史を読む方法』, 河出書房神社, 2001

橘りつ 編,『和歌威徳物語』, 古典文庫399, 1980

玉上琢弥,『王朝人のこころ』(日本の古典, 講談社, 1975)

角田文衛,『王朝の映像』, 東京堂出版, 1976

中村真一郎,『色好みの構造』, 岩波書店, 1985, p.8.

_____,『日本古典にみる性と愛』, 新潮社, 1976

西野儀一郎, 『古代日本と伊勢神宮』, 新人物往来社, 1976

日本文学協会, 『物語・小説』(日本文学講座 4, 大修館書店, 1987)

日本文学研究資料刊行会編, 『平安朝物語 I』, 有精堂, 1985.

浜田啓介, 『中古』(論集 日本文学・日本語 2, 角川書店, 1977)

日加田さくを, 『物語作家圏の研究』, 武蔵野書院, 1964

久松潜一, 『増補新版 日本文学史』, 至文堂, 1979

服藤早苗, 『平安朝の女と男』, 中央新書1240, 1995

福田晃, 『大鏡・増鏡』, 鑑賞日本古典文学14, 角川書店, 1973

藤岡作太郎, 『国文学全史 平安朝篇』, 講談社, 1977

藤原時平 等奉勅撰, 『日本三代実録』, 国史大系刊行会, 1929

_____, 『日本文徳天皇実録』, 国史大系刊行会, 1929

保阪弘司, 『大鏡研究序説』, 講談社, 1979

松本章男, 『業平ものがたり』平凡社, 2010

南波浩, 『物語・小説』, 日本文学講座4, 大修館書店, 1987

宮島達夫, 『古典対照語い表』(笠間索引叢書 4, 笠間書院, 1981)

村岡典嗣 編, 『安波禮弁』, 本居宣長全集, 岩波書店, 1942

目崎徳衛, 『王朝のみやび』, 吉川弘文館, 1978

本居宣長, 『古事記伝』(本居宣長全集12) 築摩書房, 1969

和歌文学会, 『王朝の歌人』(和歌文学講座 6, 桜楓社, 1984)

渡辺実, 『伊勢物語』(新潮日本古典集成, 新潮社, 1990)

구정호, 『아무도 모를 내 다니는 사랑길』, 제이앤씨, 2005

기세춘 외 편역, 『시경』(중국역대시가선집 1권, 돌베개, 1994)

武光誠(고선윤역)『3일만에 읽는 일본사』, 서울문화사, 2000

문명재, 『일본설화문학연구』, 보고사, 2003

민두기, 『일본의 역사』, 서울: 지식산업사, 1987

신선향, 『일본문학과 여성』, 울산대학교 출판부, 2005

임성철, 『일본고전시가문학에 나타난 자연』, 보고사, 2002

樋口清之(유은경・이원희 역), 『일본인의 성』, 예문서원, 1995

한국일본학회, 『신일본문학의 이해』, 시사일본어사, 2001

허영은, 『일본문학으로 본 여성과 가족』, 보고사, 2005

## 사전

市古貞次, 『国文学研究書目解題』, 東京大学出判会, 1982.

管野洋一 他編, 『古今歌とこば辞典』, 新潮社, 1998

上代語辞典編修委員会, 『時代別国語大辞典 上代編』, 三省堂, 1983

中田祝夫 他, 『古語大辞典』, 小学館, 1984

日本古典文学大辞典編輯委員会, 『日本古典文学大辞典』, 岩波書店, 1983

久松潜一 他, 『古語辞典』, 角川書店, 1981

松村明, 『大辞林』, 三省堂, 1989

安田吉実 他 編, 『엣센스 日韓辞典』, 民衆書林, 2000

吉田精一, 『日本文学鑑賞辞典-古典編』, 東京堂出版, 1975

『日本国語大辞典第二版』, 小学館, 2001

『角川古典大辞典』, 角川書店, 1982

『全訳古語例解辞典』, 小学館, 1988

이희승, 『국어대사전』, 민중서림, 1982

## 논문

今西祐一郎, 「色好み試論」(静岡女子大学紀要, 1974)

伊藤好英, 「在原業平の恋した貴婦人」(『国文学解釈と鑑賞』, 至文堂, 2006. 12月号)

岡崎義恵, 「みやびの精神」(『日本の文芸』, 講談社学習文庫, 1978)

折口信夫, 「小説戯曲文学における物語要素」(折口信夫全集 第七巻, 中央公論社, 1966)

神田龍之介, 「伊勢物語第69段試論」(『国語と国文学』, 東京大学国語国文学会, 2006.2)

片桐洋一, 「伊勢物語根本」(『源氏物語とその周辺』, 古代文学論叢 第2輯, 武蔵野書院, 1971)

片桐洋一, 「伊勢物語とうつほ物語」(『国文学』, 学灯社, 1998.2)

加藤睦, 「数奇」(『国文学』, 学灯社, 1985.9)

神野藤昭夫, 「伊勢物語・平中物語」(『国文学』, 学灯社, 1992.4)

河添房江, 「斎宮を恋う」(『日本の文芸』, 講談社学術文庫, 1978)

菊地照男, 「東国と熊襲・隼人」(『古事記日本書紀必携』, 別冊国文学, 学灯社, 1995)

工藤重矩,「婚姻制度と文学-研究現状問題点」(『国文学』, 学灯社, 2000.12)

桑原博史, 「疎外者の魂の原点」(国文学解釈と鑑賞, 至文堂, 1977.1) p.60

小町谷照彦, 「業平」(『国文学』, 学灯社, 1993.10)

_____, 「在原業平一旅の思想」(『国文学解釈と鑑賞』, 至文堂, 2002.2)

斎藤清衛, 『中世日本文学』, 有朋堂, 1966, p.133)

鈴木日出男, 『別冊国文学 竹取物語 伊勢物語 必携』, 学灯社, 1988.

_____, 「色好みの成立」(『国文学』, 学灯社, 1991.10)

_____, 「伊勢物語を読む」(『国文学』, 学灯社, 1988)

_____, 「人物造型-色好みの成立」(『国文学』, 学灯社, 1991.10)

_____, 「桜」(国文学臨時増刊号, 第47巻3月号, 学灯社, 1992) p.30

曾田繁夫, 「昔男一伊勢物語主人公の誕生」(『国文学』, 学灯社, 1985.7)

高橋亨, 「いろごのみ」(『国文学』, 学灯社, 1985.9)

高群逸枝, 「飛鳥奈良平安時代」(『日本婚姻史』, 至文堂, 1963)

角田文衛, 「日本文化と後宮」(『国文学解釈と教材の研究』, 学灯社, 1980.10)

土方洋一, 「貴種流離」(『国文学』, 学灯社, 1985.9)

日向一雅, 「伊勢物語東下りをめぐって」(『日本文学』, 日本文学協会, 1991.3)

藤本宗利, 「みやびの半面」(『日本文学』, 日本文学協会, 1987.5)

堀内秀晃, 「色好み」(『研究資料日本古典文学① 物語』, 明治書院 1985)

松井健児, 「伊勢物語の越境と歌」(『日本文学』, 日本文学協会, 1991.5)

村松正明, 「平安朝文学に於ける夢の研究」, 한국외국어대학교 박사논문, 2001.8, p.3

三木紀人, 「都・鄙」(『国文学, 学灯社, 1985.9)

三谷邦明, 「奸計する伊勢物語」(『日本文学』, 日本文学協会, 1991.5)

三田村雅子, 「みやび・をかし」(『国文学』, 学灯社, 1985.9)

本居宣長, 「あしわけ小舟」(日本歌学大系 第七巻, 風間書房, 1990)

森野宗明, 「みやび」(『国文学解釈と鑑賞』, 至文堂, 1977.1)

渡辺泰宏, 「伊勢物語章段群論」(『国文学』43-2号, 学灯社, 1998.2)


고선윤, 「伊勢物語의 '미야비'」(『日本学報』제46집, 한국일본학회 2001.3

____, 「이세 모노가타리의 이로고노미」(『日本文化研究』제4집, 한국일본학협회 2001.4

____, 「이세 모노가타리의 나리히라상」(『日本研究』제18호, 한국외국어대학교 일본
연구소, 2002)

김영, 「일본고대의 성애관 고찰」(『日語日文学研究』제59집 22권, 한국일어일문학회,
2006.11)

김영, 「재가 비구니;이에아마의 위상」(『일본인의 삶과 종교』, 제이앤씨, 2007)

김영심, 「천황가의 무녀, '사이구' 일대기」(『일본인의 삶과 종교』,제이앤씨, 2007)

김임숙, 「室町後期에 있어서의 伊勢物語의 수용」(『日語日文学』제14집, 대한일어일문
학회. 2000.11)

김종덕, 「겐지이야기에 나타난 継母子 관계」(『日本研究』제15호, 한국외대 일본연구
소, 2000)

_____, 「源氏物語의 源泉과 伝承」(『日本研究』제8호, 한국외국어대학교, 일본연구소, 1993)

_____, 「源氏物語의 日本的 美学」(『외국문학』제18호, 열음사, 1989.3)

_____, 「貴種流離譚의 伝承과 源氏物語」(『日本研究』제16호 한국외대일본연구소, 2001)

_____, 「平安時代의 孝意識」(『日語日文学研究』제44집, 한국일어일문학회, 2003)

_____, 「平安時代 文学에 나타난 女性」(『일본문학속의 여성』, 제이앤씨, 2006)

_____, 「光源氏の愛執と出家願望」(『日本研究』第13号, 韓国外大日本文化研究会, 1999)

남이숙, 「일본고전와카에 나타난 달의 이미지」(『日語日文学研究』제57집, 한국일어일문학회, 2006.5)

민병훈, 「이세 모노가타리를 통해서 본 고대의 関東」(『日本文化学報』제31집, 한국일본문화학회, 2006)

박연정, 「源氏物語女性人物造型論」, 고려대학교 대학원 박사논문, 2000

신선향, 「源氏物語의 伊勢物語 受容에 관한 고찰」(『日語日文学』제12집, 대한일어일문학회, 1999.9)

왕숙영, 「고전시가」(『신일본문학의 이해』, 시사일본어사, 2001)

이상경, 『伊勢物語』에 나타난 대치적 구성에 관한 연구」(『日本学報』, 한국일본학회, 1996.5)

이용미, 「조작된 여인 지옥과 구제」(『일본인의 삶과 종교』, 제이앤씨, 2007)

임찬수, 「와카의 효율성」(『日本言語文学』제9집, 한국일본언어문화학회, 2006)

# 나가며

퀼트로 만든 침대보를 보는 순간 입이 다물어지지 않았다. 한땀 한땀 바늘이 지나간 자리에 많은 생각과 시간이 담겨 있음을 의심치 않았다.

얼마나 시간이 걸렸냐고 묻자, '1년, 2년…아니 10년'이란다. 그리고 이어지는 친구의 말에 나는 큰 용기를 얻었다.

사실 처음부터 이렇게 큰 작품을 만들겠다고 생각하면 할 수 없었다는 거다. 가로세로 10센티미터 작은 정사각형을 만들고 만들고 또 만들고, 25장이 만들어지면 가로세로 50센티미터의 하나의 작품이 완성된다. 이런 것을 하나 둘 모아서 연결하면 더블침대를 덥고도 남는 크기의 퀼트 침대보가 만들어진다는 것이다. 그러니 이 침대보의 어느 한 부분은 10년 전의 것이기도 하다.

어디서부터 어떻게 쓰기 시작해야 할지 도무지 엄두를 내지 못하고 있을 때였다. 그래! 모든 시작은 작은 것부터 시작된다. 이렇게 보면 두려움도 무거움도 없다. 나는 이 말을 우리 후배들에게 전하고 싶다. 끝으로 표제지에 사용하라고 한지를 아낌없이 내주신 직지사의 홍선 스님, 마무리까지 하나하나 꼼꼼하게 살펴주신 양선희 박사님과 여백의 정용기 선배님께 깊은 감사를 드린다.

ㄱ 선 윤

# 찾아보기

고선윤 高善允

서울대학교 동양사학과 졸업

한국외국어대학교 대학원 일본어과 박사과정 졸업(문학박사)

학술진흥재단 박사후국내연수(중앙대학교)

백석예술대학교 외국어학부 겸임교수

## 저서

• 『공간으로 읽는 일본고전문학』(공저)(제이앤씨)

## 역서

• 『은하철도의 밤』(다락원)

• 『세상에서 가장 쉬운 철학책』(비룡소)

• 『해마』(공역)(은행나무)

• 『3일만에 읽는 세계사』(서울문화사)

• 『3일만에 읽는 일본사』(서울문화사)

  외 다수

## 논문

• 「센류를 통해서 본 『이세모노가타리』-나리히라의 '이로코노미'와
  와카를 중심으로-」(『일본학연구』 제40집, 단국대학교 일본연구소,
  2013.9)

- 「『이세모노가타리』의 동쪽지방 -'아즈마쿠다리'를 중심으로-」(『일본언어문화』 제22집, 한국일본언어문화학회, 2012.9)
- 「이상적 풍류인 '이로고노미' -『이세모노가타리』를 중심으로-」(『일어일문학연구』 제71집 2권, 한국일어일문학회, 2009.11)
- 「『이세모노가타리』 나리히라의 인물조형 -노인이 된 나리히라를 중심으로-」(『일어일문학연구』 제70집 2권, 한국일어일문학회, 2009.8)
- 「헤이안 귀족의 '미야비' -『이세모노가타리』의 와카를 중심으로-」(『일본문화연구』 제31집, 동아시아일본학회, 2009.7)
- 「『이세모노가타리』의 '히나(鄙)'에 대한 일고찰」(『일본문화학보』 제40집, 한국일본문화학회, 2009.2)
- 「『이세모노가타리』의 나리히라상(像) -후지와라 체제 속에서의 나리히라-」(『일본연구』 제18호, 한국외국어대학교 일본연구소, 2002)
- 「『이세모노가타리』의 이로고노미 -이로고노미의 조건을 중심으로-」(『일본문화연구』 제4집, 한국일본학협회, 2001.4)
- 「『伊勢物語』의 '미야비' -'미야코(都)'와의 관계를 중심으로-」(『일본학보』 제46집, 한국일본학회, 2001.3)

# 헤이안의 사랑과 풍류
## 이세모노가타리(伊勢物語)

초판인쇄    2014년 01월 08일
초판발행    2014년 01월 17일

저    자    고선윤
발 행 처    제이앤씨
발 행 인    윤석현
등    록    제7-220호
주    소    서울시 도봉구 창동 624-1 북한산현대홈시티 102-1106
전    화    (02) 992-3253(대)
팩    스    (02) 991-1285
전자우편    jncbook@hanmail.net
홈페이지    http://www.jncbms.co.kr
책임편집    김선은

ISBN 978-89-5668-836-7 93830                    정가 24,000원

이 도서의 국립중앙도서관 출판시도서목록(CIP)은 서지정보유통지원시스템 홈페이지(http://seoji.nl.go.kr)와 국가자료공동목록시스템(http://www.nl.go.kr/kolisnet)에서 이용하실 수 있습니다.
(CIP제어번호: CIP2014000569)